ANGELIKA KOCH

Die Eifel und die blinde Wut

EISKALT ENTSORGT Nach einem Burn-out und Reha soll Kommissar Werner Baltes in den Polizeialltag zurückkehren. Ehefrau Vera findet das gar nicht gut und macht sich Sorgen. Aber er bekommt einen alten, ungelösten Fall ohne Dringlichkeit auf den Tisch: Fünf Jahre zuvor wurde der Kommunalpolitiker und Vollblutpopulist Timotheus Nippes in kleinen, äußerst unfeinen Portionen in Eifeler Müllcontainern aufgefunden. Nippes war Hassobjekt in den sozialen Medien und Liebling der Zeitungen. Baltes fühlt keinerlei Sympathie für das Opfer, wühlt sich jedoch beharrlich durch einen Dschungel an Motiven. War der Mord die Rache für politische Ränke, geschah er aus enttäuschter Liebe, gab es einen Anlass aus uralten Zeiten? Der Kommissar lernt auf der Suche nach dem Täter mehr über die menschlichen Abgründe, als ihm lieb ist – auch über die eigenen. Schließlich muss er über seinen Schatten springen.

Angelika Koch studierte Soziologie, Linguistik und Philosophie an der Westfälischen Wilhelms-Universität in Münster. Seit über dreißig Jahren ist die Eifel ihre Wahlheimat. Hier arbeitet sie als Journalistin für Zeitungen und Zeitschriften, ferner veröffentlichte sie Reiseführer über Eifel und Moselland. Im Gmeiner-Verlag erschien zuletzt ihr Buch »Eifel für Fortgeschrittene – Die Wahrheit über Deutschlands wilden Westen« mit Reisereportagen der ganz anderen Art zu Land und Leuten.

ANGELIKA KOCH

Die Eifel und die blinde Wut

Kriminalroman

GMEINER

Immer informiert

Spannung pur – mit unserem Newsletter informieren wir Sie regelmäßig über Wissenswertes aus unserer Bücherwelt.

Gefällt mir!

Facebook: @Gmeiner.Verlag
Instagram: @gmeinerverlag
Twitter: @GmeinerVerlag

MIX
Papier aus verantwortungsvollen Quellen
FSC® C083411

Besuchen Sie uns im Internet:
www.gmeiner-verlag.de

Im Ehnried 5, 88605 Meßkirch
Telefon 07575/2095-0
info@gmeiner-verlag.de

1. Auflage 2021

Lektorat: Sven Lang
Herstellung: Mirjam Hecht
Umschlaggestaltung: U.O.R.G. Lutz Eberle, Stuttgart
unter Verwendung eines Fotos von: © Screeny / photocase.de
Druck: CPI books GmbH, Leck
Printed in Germany
ISBN 978-3-8392-0014-8

Personen und Handlung sind frei erfunden.
Ähnlichkeiten mit lebenden oder toten Personen
sind rein zufällig und nicht beabsichtigt.

Habe ich das verdient? Ich weiß es nicht, vielleicht. Früher, viel früher, da hätte ich vielleicht geglaubt, dass ich es verdient habe. Jetzt finde ich in mir kein Bedauern. Wozu auch? In Filmen zieht in so einem Moment das ganze Leben an einem vorüber. Das ist natürlich Quatsch. Nichts zieht an mir vorüber. Ich bin nicht mehr der Jüngste und ich sehe schlecht. Sehr schlecht. Ich werde bald Hilfe brauchen. Wie ich das hasse!

Die Arme tun mir weh, die Knie, die Hüften, ich habe Durst. Ich mache mir gleich in die Hose. Es ist so schwer, nur durch die Nase zu atmen. Man muss in den Schmerz hineinatmen, habe ich mal gelernt, aber das funktioniert nicht. Wie lange sitze ich hier schon und bin auf diesem beschissenen Stuhl festgebunden? Stunden? Oder nur Minuten? Hier ist es dunkel … Ist es draußen noch hell? Am Anfang habe ich nichts gespürt, da hatte ich echte Angst. Wäre fast erstickt. Aber keine Zeit, um auf den Körper zu achten. Jetzt hocke ich hier allein. Und es ist so still. Ich muss noch auf dem Hof sein. Ich hätte es doch gemerkt, wenn der mich weggebracht hätte. Was war zuletzt? Was war noch mal zuletzt? Die Küsterin wollte kommen, das weiß ich noch. Eine Nervensäge. Ich habe ihr gesagt, dass ich keine Zeit habe. Immer will sie Spenden für Blumenschmuck für die Kapelle, jedes Mal. Habe mich breitschlagen lassen, aber sie ist dann doch nicht gekommen. Und dann? Dann bin ich raus, wollte zum Hochsitz neben dem alten Koben. Die Leiter muss repariert werden … Ja, genau, ich habe noch den Werkzeugkasten in den Schubkarren gepackt. Und dann? Irgendwas war da, ein Geräusch, ich glaube, ein Auto. Dann hört's auf. Ich weiß nichts mehr. Ich weiß es nicht, verdammt, ich weiß es nicht mehr.

Wo hat der mich versteckt? Bleibt eigentlich nur der alte Eberkoben. Aber es stinkt nicht. Der Eber ist seit Ewigkeiten weg. Das geht heute alles künstlich, Sauen brauchen die Natur nicht, schon lange nicht mehr. Man muss mit der Zeit gehen. Hat aber auch nichts geholfen.

Wenn dieser Clown mich umbringen wollte, hätte er es schon getan. Klar, das hätte er. Der will mir nur einen Schrecken einjagen. Vielleicht ist er längst über alle Berge. Vielleicht findet mich bald jemand. Man wird mich vermissen … Ja, doch, irgendwer wird mich vermissen. Nicht so von Herzen. Aber merken, dass ich fehle. Dass mir irgendwas zugestoßen sein muss. Es kann nicht mehr lange dauern.

Allein dieser idiotische Aufzug. Knallorangerote Kluft, unförmig. Wie ein Müllmann. Ja, genau so. Und ein Motorradhelm auf. Ich glaube, ich kenne den. Sonst wäre es doch vollkommen überflüssig, sich so zu verkleiden. Ja, bestimmt, es ist jemand, der es mir heimzahlen will. Und jetzt traut er sich nicht weiter. Lässt mich hier schmoren. Oder kann es eine Frau sein? Keine Ahnung, hat ja keinen Mucks von sich gegeben. Ist bestimmt schon abgehauen. So einer ist das. So wie alle, erst den großen Zampano raushängen lassen und sich dann verpissen. Typisch.

Ich bin nicht so. Ich bin geradeaus. Wenn ich was anfange, dann bringe ich es auch zu Ende. Hat mir nicht nur Freunde eingebracht, klar. Aber geht es darum im Leben? Nein, natürlich nicht. Um Respekt geht es.

Ich höre nichts. Die Esel haben nicht Laut gegeben. Seltsam. Die schreien sonst immer, wenn jemand Fremdes kommt. Die Gäste finden das romantisch. Wandern mit Esel und Streichelzoo. Die halten das für Landleben. Was soll daran romantisch sein? Die spinnen doch alle. Wieso kommt die Kleine nicht und holt mich? Oder ist die auch … Ich kriege verdammt noch mal keinen Ton raus, dieses Gewimmer wird niemand hören. Hat keinen Sinn. Ich habe Durst.

Wer macht so was? Und warum? Meine Leute können es nicht sein, die scheiden von vornherein aus. Die haben doch alle was davon, dass ich den Laden auf Vordermann gebracht habe. Da ist keiner leer ausgegangen. Die müssen spuren, sicherlich, aber die wissen genau, wofür. Die haben das selbst so gewollt. Jeder von denen. Kommt mir bloß nicht und jammert! Hättet ja alles anders machen können und besser. Wenn ihr gekonnt hättet. Könnt ihr aber nicht. Oder? Alles Weicheier. Die würden das hier auch nicht zu Ende bringen. Nicht einmal anfangen würden die so was.

Kann sein, dass meine Alte mir so was an den Hals gewünscht hätte. Geguckt hat sie manchmal so. Aber den Mund gehalten. Respekt hatte die. Und die Kleine eigentlich auch. Die wusste ja, was sie getan hat damals. Die weiß genau, dass sie spuren muss. Bis heute weiß die das. Gut, sie ist mal abgehauen. Ist aber zurückgekommen. Und warum kommt man zurück, wenn man doch wegbleiben kann? Genau! Weil man weiß, wo sein Platz ist. Und wer man ist. Das habe ich ihr beigebracht. Will sie zwar nichts von wahrhaben, aber trotzdem.

Ich habe Angst. Quatsch. Habe ich nicht. Wenn die Kleine auch … Nein, bestimmt nicht, die ist clever. Habe ich ihr sogar geschrieben, noch vor Kurzem, als ich die Diagnose gekriegt hab. Wenn ich hier rauskomme, dann rede ich mit ihr darüber, versprochen. Über alles. Muss ja gar nicht warten bis nach meinem Tod, ich sag ihr das hier und jetzt. Versprochen. Man kann nur das weitergeben, was man selbst bekommen hat, weiß man doch. Sie wird das verstehen. Kennt mich doch, bin doch ihr Papa. War noch nie ein Mann schwülstiger Worte. Mir wurde beigebracht, das Maul zu halten, Sentimentalitäten bringen doch nichts. Die helfen mir auch jetzt nicht weiter. Wer macht so was?

Der Pole, dem würde ich das zutrauen. Als ich den vom Hof gejagt hab, da hat er mich verflucht. Richtig abergläubisches Zeug. Die sind da drüben auf eine Art katholisch, da schüttelt man nur den Kopf. So wie hier vor zig Jahrzehnten. Oder Jahrhunderten. Aber hier hat sich was bewegt. Ich habe was bewegt, klar. Das auch. Eigentlich kann ich stolz drauf sein. Bin ich auch. Aber der Pole? Lebt der überhaupt noch? Das ist lange her, der wird das vergessen haben. Es fällt einem doch nicht nach zig Jahren ein, dass man da gern mal wen … Quatsch.

Vielleicht ist es doch irgendein Irrer. Vielleicht kennt der mich gar nicht. Gibt ja so Sadisten, das Internet ist voll von dem Zeug. Ich lese das gar nicht. Irgendwer hat neulich gesagt, dass die es auf mich abgesehen haben. Hass-Posts und so was. Wegen dem Müll ... immer noch. Hört das denn nie auf? Wie kann man sich in etwas so verbeißen? Alles Trottel! Deswegen diese orangene Montur? Quatsch. Hunde, die bellen, beißen nicht. Verdammt, dieses Klebeband ... Ich muss stillhalten. Das geht gleich vorbei. Da kommt jemand.

Luft! Atmen! Ich wusste es doch, jetzt noch die Arme ... Komm schon, beeil dich.

Was ... was willst du?

Du?

Ich glaube es nicht. Du? Komm, wir vergessen das hier, versprochen. Ich vergesse alles, ich schwöre.

Nein, ich will das nicht. Du kannst mich nicht zwingen. Es reicht jetzt, hörst du!

1

Dieser Klang … ein wenig stockend erst und zart, dann voller Inbrunst, dazu ein leichtes Stöhnen des Pianisten, ein kaum hörbares Knarzen, vermutlich vom Klavierhocker. Er liebte sie so sehr, diese Aufnahme »The Köln Concert«. Und noch mehr liebte er es, dass seine Frau ihm in vollendeter Harmonie zu Keith Jarretts Spiel den Rücken massierte. Mit geschlossenen Augen lag Kriminalhauptkommissar Werner Baltes bäuchlings auf dem Bett, nackt, und seine Vera hockte genauso nackt auf seinem Hintern. Kein Leistungsdruck, nichts. Mit den Tabletten, die er nun schon seit einem Jahr nahm, war er sowieso zu nichts fähig außer zu wohligem Brummen. Sie wussten das beide und es war nicht schlimm. Er atmete tief ein, der Duft von Lavendelöl stieg ihm in die Nase. Dahindösen, sich ins Nichts streicheln lassen von ihren sanften und doch zuverlässigen Bewegungen … Beinahe gelang es.

»Sag mal …«, murmelte er ins Kopfkissen.

»Schschsch, willst du wohl still sein!« Sie klang wie eine Mutter und griff ihm entschlossen in den Nacken. »Du hast Feierabend, verstanden?«

Er fügte sich sofort. Sie hatte ja recht. Vier Stunden Arbeit pro Tag, mehr nicht, und die waren um. Aber woher wusste sie, dass da doch wieder dieses Bild vom Müllcontainer vor seinem inneren Auge aufgetaucht war? Zwanzig Jahre Ehe und man hatte keinen eigenen Kopf mehr. Als wären seine eigenen Synapsen mit ihren verdrahtet. Schon rein äußerlich hatten sie sich einander im Lauf der Zeit angeglichen, als wären sie zweieiige Zwillinge, beide eher drahtig als pummelig, wie es mit Mitte fünfzig vielleicht normaler gewesen wäre. Beide standen zu ihrem grauen Haupthaar, wenngleich ihres zu einem mehr als schulterlangen Zopf geflochten war. Beide mit modischer Brille und einer Vorliebe für unprätentiöse sportliche Klamotten. Damit wagten sie sich sogar in die Symphonie nach Köln, um Lang Lang zu hören. Bei ihnen war keine Spur von traditionellem Landei, das es konservativ mag … Sie standen etwas quer im Eifeler Stall, wie die Nachbarn meinten, die auf ihre Katzen aufpassten, wenn die Baltes' ihren Winterurlaub auf Norderney verbrachten. Und vielleicht hatte dieses Querstehen ihm das Leben gerettet oder im Gegenteil dazu beigetragen, dass er eines Tages einfach nicht mehr weiterkonnte. Er wusste es nicht, trotz seiner vierzehntägigen Therapiesitzungen bei einem Psychologen, die nach der Entlassung aus der Rehaklinik auf seiner To-do-Liste standen.

Rückblickend musste er sagen: Es hatte lange vorher schon Anzeichen gegeben und er hatte sie alle übersehen. Er war niemand, der jammerte. Er stand stramm und fand, das müsse so sein. Aber jede Nacht nur drei Stunden durchschlafen, bis sich sogar die belanglosesten Routinefälle in seinen Dämmerzustand fraßen … die Reizbarkeit gegen seine Kollegen und gegen Vera, die ihn vergeblich zu entspannenden Konzertbesuchen überreden wollte … die Unfähigkeit, sich auf irgendetwas zu konzentrieren – nicht einmal die hundert Quadratmeter Rasen hinterm Haus konnte er am Stück mähen. Es gab unerklärbare Wechsel zwischen Appetitlosigkeit und Heißhunger und eine merkwürdige Unlust beim Joggen, keine Spur mehr von läuferischer Leichtigkeit. Als ob er immer atemlos bergauf rennen müsste. Er wusste jetzt, es konnte jeden treffen, tröstlich irgendwie.

Und dann dieser Tag, der das Stoppschild setzte. Diese provisorische Verkehrsführung in Daun kannte er doch: zwei Supermarkteinfahrten einander vis-à-vis, unmittelbar an der Autobahnzufahrt und Bundesstraße in Personalunion, ohne Abbiegespuren, Kreisel, Ampel oder sonstiges Beiwerk, das im Berufsverkehr ein Entkommen von den Supermarkt-Parkplätzen erleichtert hätte. Man war eingekeilt zwischen Einkaufswagen, Kinderwagen, Rollatoren und vor allem zwischen Autos, deren Insassen vermutlich auf ihre sogenannte defensive Fahrweise stolz waren. Manchmal wagte eine gefühlte Viertelstunde lang keiner der an vorderster Front abbiegewilligen Fahrer, sich beherzt in den auf der Bundesstraße fließenden Verkehr einzufädeln. Insbesondere junge Mütter und Omas, fand Werner Baltes in einem Anfall von untypischem Machismo, sollten allesamt am Nürburgring ein Rallyetraining absolvieren, zwangsweise. Er hatte sich auf Platz vier der automobilen Warteschlange vorgekämpft, vor ihm ein wuchtiger SUV mit den widersprüchlichen Botschaften am Heck, dass ein süßer Schnullerträger namens »Paul« an Bord war und dass man »Böhse Onkelz« toll fand. Er hatte Eis gekauft, für das Terrassenvergnügen mit Vera. Das Gefrorene der Sorte Eierlikör-Vanille war keins mehr, sondern matschige Soße. Er schlug aufs Lenkrad. Er brüllte: »Fahr los, verdammt noch mal, du Arsch mit Ohren!« Eine innere Stimme, die sehr nach Veras melodischem Alt klang, raunte: »Du kannst doch nicht …« Eine andere innere Stimme, die sehr nach Werner Baltes im Alter von drei Jahren klang, schnaubte: »Kann ich wohl!« Dann gab er Gas, schlitterte an mehreren vor ihm stehenden Wagen vorbei und hinein in einen Kombi mit einem niederländischen Touristenpaar samt Hund, der in Richtung Autobahn unterwegs war. Seine Kollegen vom Streifendienst nahmen sich der Sache an. Zum Glück hatten die Niederländer nur ein verstörtes Tier und Blechschaden. Mehr war nicht passiert. Bei seinem eigenen Auto hingegen lagen die Trümmer eines Kotflügels auf dem Asphalt. Dafür war etwas anderes neu: die Erkenntnis, es geht nicht mehr, Pausenzeichen für viele, viele Monate. Er wehrte sich nicht mehr.

Feierabend. Baltes drehte den Kopf zur Seite, damit er besser atmen konnte. »Wenn ich dich nicht hätte, Vera.«

Die knetete jetzt vehementer, sodass die perlenden Klaviertöne von ihren Kniffen überlagert wurden. »Hast mich aber. Tut dir das schon leid?«

»Nee. Noch nicht. Wenn du allerdings so weiterfolterst …«

»Das. Ist. Gesund«, entgegnete sie und unterstrich jedes Wort mit einem zusätzlichen Druck auf seine Schultermuskulatur. »Außerdem habe ich keine Lust, dich irgendwann im Knast zu besuchen, weil du dich beim nächsten Mal nicht damit begnügst, Parkplätze umzupflügen, sondern Geiseln nimmst.«

»Tue ich nicht«, versprach er und legte sein Gesicht wieder auf dem Kissen ab. Aber so dick, dass es seine Ohren bedecken würde, war es leider nicht.

»Du verspannst dich schon wieder, das merke ich doch.« Sie ächzte leicht bei ihrem Tun, er konnte ihre schaukelnden Bewegungen auf seinen Pobacken spüren. Etwas regte sich in ihm, ebbte aber sofort wieder ab. Die Serotoninwiederaufnahmehemmer leisteten ganze Arbeit. »Und das Leben ist zu kurz, um es mit Müll zu verbringen«, mahnte sie. Sie kannte den Fall, an dem er zurzeit saß, um sich allmählich wieder an die Arbeitswelt zu gewöhnen. Er hatte ihr immer erzählt, was ihn beschäftigte, fast immer jedenfalls und zumindest in groben Zügen, obwohl er es nicht durfte. Aber er wusste, dass es seine Kollegen mit der Verschwiegenheit nicht anders hielten. Ohne darüber reden zu können, wäre er wohl schon viel früher ausgerastet. Ausrasten, das war es gewesen, und er schämte sich dafür, obwohl sein Therapeut sagte, es sei die Antwort einer gesunden Seele auf krankmachende Umstände. Wo kämen wir hin, wenn jeder so vermeintlich gesund antwortete, fragte er sich.

»Stimmt nicht«, brummte er gedämpft in die Daunenfüllung des Kissens hinein. »Iffbimi emschbammunk ssselbss.«

»Du sollst mit vollem Mund nicht reden, mein Schatz.«

Baltes bemühte sich. »Ich. Bin. Total. Entspannt.«

Vera hielt inne. »Lügner. Ich sollte dich züchtigen.«

»Mmmpff«, entgegnete ihr dahingestreckter Gatte. »Wuschtichsdoch. Fffrauensingefäääälich.«

»Ich werde gefährlich, wenn du so weitermachst.« Sie gab ihm einen Klaps auf den Oberarm. »Der Fall setzt seit mehr als fünf Jahren Staub an, Schatz. Die SOKO hatte keinen Erfolg, das LKA hat ihn nicht gelöst, nicht einmal Aktenzeichen XY hat was gebracht. Niemand erwartet von dir, dass du jetzt einen Täter aus dem Hut zauberst. Du sollst dich nur behutsam wieder an den Arbeitsalltag gewöhnen, nicht mehr, nicht weniger.«

Damit war Baltes nicht allein. Das ganze Land musste sich wieder daran gewöhnen, nach all den Wochen Ausnahmezustand dank eines kleinen, mit kronenförmigen Ausbuchtungen versehenen Virus. Die Menschen standen jetzt wieder nah beieinander, zwar noch immer mit Mundschutz, aber ohne nach Gummi riechende Einmalhandschuhe. Desinfektionsmittel gab es in den Supermärkten zu Schleuderpreisen und keiner wollte Dosensuppen oder Nudeln kaufen. Vermutlich hortete man das Zeug palettenweise im Keller, wo es verstauben würde, bis vielleicht ein späterer Archäologe aus den versteinerten Resten Rückschlüsse auf eine geheimnisvolle Katastrophe schließen würde. Die Spuren würden so schnell nicht ausradiert sein. Vor allem nicht die in den Köpfen. Baltes fühlte sich mit seiner verletzlichen Langsamkeit nicht mehr allein. Seine ganz eigene Krankheit war ihm ein früher Lehrer gewesen, er hatte früher als andere das Rüstzeug gehabt, mit der verordneten Innerlichkeit etwas anzufangen. Der wochenlange Zwangssonntag war für ihn nicht der entlarvende Leerlauf einer antrainierten Unersättlichkeit gewesen, der nur mit Ablenkung beizukommen war. Sie hatte ihm den Blick geschärft, er hatte ganz neue Fragen. Baltes war voller Tatendrang. Er befreite seinen Mund. »Deine Massagen wirken Wunder.«

2

Manche Dinge fangen ganz banal an. Und es gibt fast nichts Banaleres als Essensreste, die man nach der Mahlzeit vom Teller in den Mülleimer wischt, oder ausgequetschte Teebeutel oder das schon leicht angetrocknete Dosenfutter, das die Etepetete-Katze nicht mag. Kurzum, Biomüll ist trivial, stinkt und man will ihn schnellstmöglich loswerden.

So ging es an einem Augustabend, lange vor Werner Baltes' Ausraster, auch Melanie Wollmer. Sie hatte für sich, ihren Ehemann Mirco und die dreizehnjährigen Zwillinge gekocht. Es sollte etwas Besonderes sein, denn kürzlich hatte sie auf eine Halbtagsstelle im Seniorenheim Sonnenhang gewechselt und nun mehr Zeit. Melanie war überzeugt: Jetzt fängt das Leben an, jetzt kann sie auch etwas für die Gesundheit tun. Nicht nur für die ihrer Patienten. Die waren zwar irgendwie auch alle lieb, die meisten jedenfalls, außer Herr Mayer. Der war aggressiv in seiner Demenz und grapschte, was sie lästig fand. Deswegen hatte sie ihm schon manches Mal auf die Finger geschlagen. Aber für sich selbst und die eigene Familie etwas zu tun, das war schon anders. Sie hatte Rosenkohl in buttriger Mandelsoße auf dem Plan gehabt, dazu selbst gemachtes Kartoffelpüree und nichts Angerührtes aus der Tüte. Die Kinder sollten lernen, wie gut es schmeckt, wenn es mal etwas anderes als Pizza oder Burger gab. Mirco vor allem musste abnehmen, er wog mehr als hundertzwanzig Kilo.

Das Mahl verlief schweigsam. Die Kinder trollten sich Richtung Kühlfach und holten sich eine extra pappige Pizza raus, American Style. Mirco hielt sich tapfer und meinte, sein Kumpel Tom habe Grillabend. »Habe ich beinah vergessen … tschö!« Melanie hörte, wie er die Haustür zuknallte. Sie kaute auf einem Bissen Rosenkohl herum und musste zugeben, es schmeckte … nach nichts. Bestenfalls. Das Püree dagegen wies leichte Schmauchspuren auf. Sie seufzte, stapelte die Teller und schob die klebrige Masse in eine papierene Biomülltüte, welche wiederum in ein neongrünes Henkeleimerchen eingebettet war. Das ganze Konstrukt sollte dazu dienlich sein, den häuslichen Essensabfall zu Fuß oder mit dem Auto zu einem Sammelcontainer am Dorfende zu verfrachten. Einmal wöchentlich wurde der große schwarze Container geleert.

Das System war neu in der Gegend, vorher hatten manche Haushalte eine eigene braune Biotonne. Die meisten jedoch, das wusste Melanie, kippten alles einfach in den Restmüll. Jeder tat, wie er wollte, und keiner verschwendete einen Gedanken an die Entsorgung der eigenen Hinterlassenschaften. Bis irgendwelche

Juristen oder Politiker auf die Idee kamen und etwas neu geregelt haben wollten, so ganz blickte Melanie nicht durch. Und nun pilgerte man seit einigen Wochen vorzugsweise abends in der Dunkelheit zum Sammelcontainer, um den eigenen matschigen Abfall zu dem bereits vorhandenen zu geben. Sie mochte es sogar, in der Abenddämmerung noch ein bisschen rauszukommen. Sie schnappte sich das Eimerchen, als die abendlichen Amselgesänge allmählich verstummten, die Zwillinge in irgendeinem Computerspiel versackt waren und Mirco wohl immer noch mit Tom am Grill stand. Oder Bier trank.

Alles war still auf der Straße, niemand außer ihr war unterwegs. Doch hinter den Hecken konnte sie in manch einem Garten Gelächter und klirrende Gläser hören. Irgendwer hörte Musik, auf volle Lautstärke gestellt, vermutlich Sascha. Er verbarrikadierte sich stets nach Feierabend in der Einliegerwohnung seiner Eltern und dröhnte sich zu mit irgendetwas, das für Melanies Ohren wie eine Mischung aus Laubbläser und Kolbenfresser klang, aber Sascha sagte »geile Mucke« dazu. Wenn er mal vor die Tür trat und ansprechbar war.

Melanie ging weiter, am Sportplatz vorbei zum Wendeplatz einer einsamen Sackgasse, auf dem der Glascontainer und seit Neuestem der Biomüllcontainer das Wenden zu einem erratischen Manöver machten. Aber der Gemeinderat hatte beschlossen, alles, was auch nur entfernt nach Wegwerfbarem aussah, aus der Dorfmitte zu verbannen. Eine energiesparende Straßenlaterne schickte ihr rötliches Licht auf den Weg. Wäre Daun eine Großstadt, Melanie hätte vielleicht Angst vor fußläufigen Ausflügen in eine derart schummrige Gegend, aber es war ihr Dorf. Heimat halt. Hier passierte nie etwas Schlimmes außer den obligatorischen Handgreiflichkeiten nach dem österlichen Junggesellenfest. Aber das gehörte einfach dazu: Erst füllten die Unbeweibten eiserne Wagenräder mit Stroh, steckten sie in Brand und schubsten das flammende Inferno die steile Wiese von Bauer Häb runter. Dann aßen sie Rührei mit Speck, kiloweise sogar, schließlich hatten die Jungs zuvor der Tradition entsprechend Eier im Dorf gesammelt. Und jeder gab gern und reichlich, weniger als zehn gespendete Eier pro Haushalt wären als Geiz ausgelegt worden. Wer die brachiale Cholesterinzufuhr unbeschadet überstand, kippte ausreichend Stubbis mit Bitburger Bier hinterher – fertig war die enthemmende Mischung. All das war Melanie zutiefst vertraut, nichts Bedrohliches fand sie daran.

Da war das, was aus der offen stehenden Klappe des Biomüllcontainers ragte, schon eher unheimlich. Es hatte Haare … drahtige dunkle Borsten. Es hatte Zähne, gebogene gelbliche Hauer. Es hatte stumpfe Augen, die den Schein der Laterne nicht widerspiegeln konnten.

Melanie ließ ihr Eimerchen fallen, die Papiertüte mit dem missglückten Abendessen rutschte raus und verteilte ihren Inhalt auf dem Asphalt.

»Scheiße!«, brüllte sie und meinte gleich beides: ihr Malheur und den leblosen Wildschweinkopf im Container. »Wer macht denn so eine Scheiße!« Dabei hatte sie sofort einen Verdacht. Sie wusste um die Proteste gegen die Einführung der Biomüllcontainer, die seit einigen Wochen die Eifel in Wallung brachten. Es gab eine Gruppe in den sozialen Medien mit unermüdlichen, bisweilen jeglicher Rechtschreibung spottenden Aufrufen, es »denen da oben« zu zeigen – und sei es, indem man Biomüll vor die Haustür der Verantwortlichen kippte oder eben die Containerstellplätze in Müllhalden verwandelte. Der Ton wurde rauer und angriffslustiger. Sogar eine Handvoll bekennender Reichsbürger hatte sich der Gruppe angeschlossen und postete, dass sich am Container nun deutsche Senioren mit Stöcken gegen marodierende Ratten zur Wehr setzen müssten – mal wieder ein Verrat am Volke. Woher sie ihre Informationen hatten, blieb schleierhaft, denn die Profile offenbarten Wohnsitze weit jenseits der Eifeler Berge. Andere nannten es einen lebensgefährlichen Angriff auf unschuldige Allergiker, denn auch Wespenschwärme fanden sich ein. Im Dorf machten sich einige über die Protestler lustig, andere wiederum empfanden sie als Speerspitze berechtigter Wut gegen unliebsame Entscheidungen über alle Köpfe hinweg. Alle schienen sich einig zu sein, dass es Wichtigeres und Appetitlicheres als die Entsorgung der eigenen Abfälle gab. Aber insgesamt hatte das Ganze eine buchstäblich anrüchige Fahrt aufgenommen. Nicht jeder nahm die Sache so gelassen wie Melanie. Ihre Kids jedenfalls fanden die Sache cool, endlich war mal was los im Dorf.

Aber das hier geht eindeutig zu weit, dachte Melanie. Sie war keine Helikoptermami, die ihre Brut einer Rund-um-die-Uhr-Überwachung aussetzte und mit dem Auto bis ins Klassenzimmer chauffierte. Ihre Kinder waren sicher nicht übermäßig zart besaitet, hatten keine Allergien und waren ordnungsgemäß gegen alles geimpft, was der Hausarzt empfohlen hatte. Aber die Vorstellung, dass sie beim Müllwegtragen auf einen Kadaver stießen, der mit den gefährlichsten Viren und Bakterien besiedelt sein mochte, ließ sie erschaudern. Sie holte ihr Handy aus der Hosentasche und wählte die Nummer von Theo, ihrem Nachbarn, der – welch ein Segen – zugleich der für ihr Dorf zuständige Beamte der Polizeiinspektion in Daun war. Sie hoffte, dem Schuldigen würde ein saftiges Bußgeld drohen. Es gab weit und breit nur einen Jäger, dem sie zutraute, Wildschweinköpfe zu horten. Er war für seine stattliche Trophäensammlung bekannt. So etwas Makabres wäre bei ihr niemals als Raumdekor im Wohnzimmer gelandet. Auch dann nicht, wenn Mircos vier Meter breiter Curved-Bildschirm Platz für so etwas gelassen hätte. Sie mochte den Jäger sowieso nicht, der am Stammtisch von Fortschritt redete und sich Forstgebiete unter den Nagel gerissen hatte, um sie an Windenergiekonzerne zu verpachten. Ein profitables Geschäft, angeblich. Sie hatte Mitleid mit den Tieren, zugleich jedoch schwang eine große Portion Resignation mit. Als kleines Rädchen im Getriebe konnte sie sowieso nichts ausrichten. Sollten die da oben machen, was sie wollten. Hauptsache, der

Alltag war wie immer und so ein blutrünstiger Dreck wie dieser kam weg.

Aber der Wildschweinkopf stellte sich als Auftakt einer Serie bizarrer Funde dar. Tage später wurden in einem Container im Nachbardorf meterlange, wenig appetitlich riechende Gedärme entdeckt, diesmal vom Rehwild. Und auch dabei blieb es nicht.

*

Der Platz war mit rot-weißem Flatterband abgesperrt. Ein halbes Dutzend Menschen ging umher. Sie wirkten in ihren weißen Schutzanzügen und mit ihren Kapuzen wie geschlechtslose, misstrauisch den fremden Planeten Erde beäugende Besucher aus dem All. Sie gingen mit behutsamen Schritten umher, bückten sich, fotografierten, klaubten mit Pinzetten winzige Teilchen von was auch immer vom Asphalt, stellten kleine nummerierte Schilder auf und murmelten ab und zu kaum verständliche Sprachmemos in Diktiergeräte. In der Mitte des Platzes stand ein orangefarbener Müllwagen, beide Fahrertüren waren weit offen, nebendran befanden sich zwei Biomüllcontainer in trauter Eintracht, denn Netteseifen war ein großes Dorf – hier kam man mit einem nicht aus. Unschön war, dass der Inhalt eines Containers ausgekippt war, fein säuberlich drapiert und entzerrt auf einer großen Plastikplane.

Jenseits des Flatterbandes, schon halb auf dem Hof

der ehemaligen Netteseifener Grundschule, parkten mehrere blau-weiße Polizeifahrzeuge, ein BMW mit Trierer Kennzeichen und zwei Krankenwagen. Doch niemand hatte es eilig. Die Anwesenheit des schwarzen Wagens eines Dauner Bestattungsunternehmens lieferte die Erklärung. Drinnen saßen zwei dunkel gekleidete Männer und rauchten. Auch sie hatten keinen Stress. Vermutlich würden sie unverrichteter Dinge zurückfahren müssen. Denn das, was die beiden Müllmänner gefunden hatten, die neben den Polizeiwagen standen und ins Gespräch mit zwei Beamten in Zivil vertieft waren, war für ein anständiges katholisches Begräbnis derweil ungeeignet.

»Wie oft leeren Sie hier?«, fragte Kriminalhauptkommissar Lutz Didier. Er hatte Hunger, hatte sich auf einen Döner nebenan am Trierer Bahnhof gefreut, als der Alarm von den Kollegen aus Daun gekommen war. Seine Stimme klang schärfer, als er wollte, auch sah er mit seiner randlosen Brille und der großen Nase humorloser aus, als er war. Aber gut gelaunt war er wirklich nicht. Ohne etwas zu essen, eine Dreiviertelstunde hoch in die Eifel brettern, ausgerechnet mit der neuen Kollegin Natalia Subotka, die er kaum kannte, die sich im K11 aber schon einen Ruf als Zicke erarbeitet hatte. Und sich dann um diesen Fund kümmern, inmitten von weggeworfenen Pommes mit Mayo, Apfelschalen, Lauchstrünken und Kotelettknochen, die bei den kühlen Frühherbsttemperaturen nicht faulig, sondern immer noch nach Essbarem rochen.

»Einmal die Woche«, entgegnete der ältere Müllmann, der in seinem orangeroten Arbeitsanzug und weißgrauem Dreitagebart aussah wie ein flambierter Bär. »Jeden Montag, gegen acht Uhr. Wenn wir das nicht tun, steigen die uns aufs Dach.«

»Wer steigt aufs Dach?«, fragte die Subotka und wedelte mit ihrem blonden Pferdeschwanz. Didier hatte bereits bemerkt, dass sie das immer tat, wenn sie keinen Plan hatte, aber irgendwie vorankommen wollte.

»Die Leute vom Dorf«, antwortete der jüngere Müllmann, ein hagerer Typ. »Wenn wir nicht pünktlich alles picobello hinterlassen, hagelt es wieder Beschwerden in der Zentrale, und wir kriegen Ärger von ganz oben.«

»Und Sie öffnen immer erst die Einfüllklappe, um zu schauen, was im Container ist?«, fragte Didier.

»Ja klar«, brummte der Ältere. »Was glauben Sie, was die Leute für Zeug untermischen! Die Plastiktüten, mit denen der Biomüll da reingeworfen wird, sind das kleinste Problem. Das kann rausgeharkt werden in unserer Anlage. Aber da waren mal zersägte Dachlatten drin, die haben sich verkantet. Damenbinden, Hundefutterdosen, giftige Gartenpflanzen … einfach alles. Unverantwortlich!«

»Was machen Sie, wenn Sie sehen, dass ein Container voller Fehlwürfe ist?«, hakte Natalia Subotka nach.

»Wir melden das ans Abfallwerk nach Trier. Die haben eine Statistik, in der fein säuberlich aufgelistet wird, wo es die meisten Sauereien gibt. Aber fragen Sie mich nicht, was dann damit geschieht. Alles Chefsache.«

Didier rieb sich die große Nase. Es juckte, vielleicht ein Schnupfen im Anmarsch. »Ist es denn in letzter Zeit schlimmer geworden?«

»Hier in der Gegend?«, fragte der Hagere und nickte. »Kann man so sagen. Das mit dem Schweinekopf und dem Darm voller Scheiße, das stand ja sogar in der Zeitung. Aber dass wir einen Fuß von einem Kerl drin haben ...« Er schüttelte den Kopf, als sei er mehr empört als verstört über den Fund. »Mit Tennissocken und Badelatschen dran ... Ich meine, wer macht so was?«

»Erst mal müssen wir rausfinden, wer so was ist«, entgegnete die Kommissarin spitz. »Und dann, wer so was macht. Alles der Reihe nach.«

Eine der Gestalten in Weiß näherte sich. »Der erste Container ist so weit durch, wir machen uns an den anderen.«

Didier und Subotka nickten. »Haben Sie da den Deckel auch geöffnet?«, wandte sich der Kommissar an den Bärenhaften.

»Noch nicht, wir haben ja sofort die 110 gewählt ... Können wir jetzt weiter mit unserer Tour? Ich meine, wir sind jetzt heftig in Verzug.«

»In Ordnung«, meinte Didier. »Ihre Daten haben wir ja.« Aber die beiden Müllwerker würden noch Fingerabdrücke und DNA-Proben abgeben müssen, trotz Handschuhen und wetterfester Arbeitskluft. Es war ein Albtraum für die Spurensicherung. Die Container standen an einem öffentlichen Platz, sie müssten von ganz Netteseifen Vergleichsproben nehmen und könnten immer noch nicht sicher sein, dass nicht auch Leute von anderswo ihr gäriges Zeug hier abluden. Massenweise Spuren und kaum eine Chance, sie eindeutig zuzuordnen.

Didier hörte ein dumpfes Krachen und sah, dass die Weißgekleideten den zweiten Container auf eine weitere Plane ausgekippt hatten.

»Fund!«, rief einer sofort.

Die beiden Kommissare gingen hin. Und Didier war nun doch froh, nichts gegessen zu haben. Auch seine Kollegin kniff die Lippen zusammen. Dass es einen weiteren Fuß mit Tennissocke geben würde, das hatten die beiden schon vermutet. Ein einzelner Badeschuh lag etwas entfernt. Aber direkt neben ihn war ein Kopf gerollt. Aschige, verkrustete Haarbüschel, eine knollige, blaurot geäderte Nase, volle Lippen, nikotingelb verfärbte Zähne und zwei runde Vertiefungen unterhalb der Stirn. Die Lider waren über dunkelbraun verkrusteten Höhlen eingesackt. Didier atmete tief durch. Und zählte bis zehn. Dann ging es wieder. Er sah genauer hin. Etwas an dem Gesicht, das nicht wirklich mehr eines war, kam ihm bekannt vor.

»Sehen Sie das, Frau Subotka?« Er wies auf einen fast perfekten, kreisrunden Blutschwamm an der rechten Stirnseite zwischen Haaransatz und Augenbrauen, der ungefähr so groß wie ein Einkaufswagenchip war.

Sie beugte sich vor, atmete flach und nickte. Abrupt richtete sie sich wieder auf. »Klar. Ich bin ja noch nicht lange hier, aber die Wahlplakate von dem da, die hingen an jeder Laterne, als ich in die Eifel zog. Man konnte ja gar nicht dran vorbeischauen.«

»Mit anderen Worten: LKA«, meinte Didier und spürte ein Gefühl der Erleichterung. Nicht er würde sich damit abmühen müssen zu klären, wie Teile von Timotheus Nippes im Netteseifener Müll gelandet waren. Nicht er würde den Trierer Polizeipräsidenten und den Innenminister mit voraussichtlich spärlichen, verwirrenden Informationen für Pressekonferenzen füttern und dafür Kritik von allen Seiten kassieren müssen. Allenfalls ein kleines Rädchen in einem großen Getriebe würde er sein, einer von vielen für die Routinerecherchen. Er seufzte. »Gut, dann rufen wir jetzt in Trier an und warten, bis die Kollegen aus Mainz dazukommen.« Er drehte sich um und machte hinter dem Flatterband rund ein Dutzend Leute aus, einige von ihnen umklammerten neongrüne Eimerchen. Ob sie wirklich Biomüll hatten entsorgen wollen oder das Plastikutensil nur als Vorwand nutzten, um möglichst nah an den Ort des Geschehens zu gelangen, das war Didier gleichgültig. Hauptsache, es war kein neugieriger Journalist da. Aber er sah niemanden mit gezückter Kamera oder Handy im Anschlag, alle begnügten sich mit stillem Zuschauen. Hier auf dem Land ist die Welt noch in Ordnung, dachte er und begriff dann erst, dass er in entsetzensstarre Gesichter blickte.

3

Werner Baltes kannte seine Kollegen Lutz Didier und Natalia Subotka, obwohl er noch nie persönlich mit ihnen an einem Fall zusammengearbeitet hatte. Er hielt sie für akribisch arbeitende Kommissare, die mit den wenigen blutigen Verbrechen in der Region nicht überfordert waren. Ein paar spektakuläre Fälle gab es durchaus: Ein Mann hatte seine Geliebte im Drogenwahn erwürgt, sie ins gemeinsame Bett gelegt, das geheizte Schlafzimmer mit Silikon abgedichtet und so noch etliche Tage lang mit der Leiche in einer Wohnung gelebt. Baltes konnte sich vorstellen, was es für die Spurensicherung bedeutet haben mochte, den Tatort zu untersuchen … rein vom Optischen und Olfaktorischen her. Ein Hochbetagter hatte in geistiger Verwirrung seine Ehefrau erstochen, mit der er bald Diamantene Hochzeit gefeiert hätte. Er selbst hatte die Polizei alarmiert und sich bei ihrem Eintreffen entschuldigt, dass er nicht wisse, warum seine Frau keinen Kaffee gekocht habe, das tue sie sonst immer für Besuch. Ein jahrelang schwelender Nachbarschaftsstreit war eskaliert. Es ging um einen ausgeliehenen, aber nicht zurückgegebenen Wagenheber, der im Getümmel zweckentfremdet wurde. Aber eine derart planvolle Raserei, wie sie vor Jahren Timotheus Nippes widerfahren war, hatte es in der Eifel weder vorher noch nachher gegeben.

Auf dem Schreibtisch von Lutz Didier stapelten sich Akten, die schon von außen verrieten, dass sie oft gewälzt worden waren. »Immerhin kein Serientäter, kein Raubmörder und kein Terrorist, so viel ist klar. Sonst aber nichts. Schau noch mal ganz von vorn über alles drüber«, meinte Didier, als er Baltes die Dokumente zum längst erkalteten Fall gab. »Ein Haufen Verdächtiger, ein Haufen Motive, doch wirklich überzeugen konnte den Staatsanwalt nichts. Nicht einmal die Spezialisten vom LKA haben irgendetwas herausgefiltert, von dem man hätte sagen können: Das ist es! Es ist blamabel. Und bald sind es fünf Jahre her. Der Chef glaubt, dass sich die Presse auf das Jubiläum stürzt und uns mal wieder vorführt.« Presse war etwas hochgegriffen für das, was in den letzten Jahren davon übrig geblieben war: ein kunterbuntes kostenloses Anzeigenblatt und der altehrwürdige Mosella-Courier. Es war kein Geheimnis, dass es ein gespanntes Verhältnis gab zwischen dem Chefredakteur des Mosella-Couriers und dem Polizeipräsidenten. Es war nur ein Geheimnis, warum das so war. Und keine der Konfliktparteien machte Anstalten, es zu lüften.

Baltes musste nicht erst nachlesen, um wen es sich bei dem Opfer handelte, das ziemlich gerecht portioniert auf verschiedene Biomüllcontainer rund um Netteseifen gefunden worden war. Physisch vollständig zusammengeklaubt bis auf die Augäpfel, die blieben verschwunden. Er vermutete, dass die sich irgendwo zwischen Tonnen von kalten Nudeln, welkem Salat, Teefiltern, Kohlstrünken, Apfelkerngehäusen, Kartoffelschalen, Pizzabrotkanten oder Katzenfutterresten entmaterialisiert hatten. Sicher waren sie längst als Kompost auf einem Eifeler Acker gelandet, Staub zu Staub. Braun sind sie gewesen, das wusste Baltes. Wer findet schon braune Augen in einem Meer von Kaffeesatz. Ob sie überhaupt wichtig sind, die Augen? Warum hatte sich jemand die Mühe gemacht, sie auszustechen? Dass die geleerten Höhlen im Schädel nicht das Werk hungriger Nager oder Wespen waren, hatte die Obduktion ergeben. Irgendetwas sollten die Augen, die es nicht mehr gab, über das Opfer erzählen, davon war er überzeugt.

Er hatte Timotheus Nippes live erlebt, als offizieller Gast auf einem Neujahrsempfang in einem Dorfgasthof. Es gehörte sich, Vertreter der Polizei einzuladen. In dem Jahr hatte Baltes das Los erwischt und von allen Kollegen das kürzeste Streichholz gezogen. Er musste ins Willibrordsbräu. Das Wirtshaus war nach dem Missionar benannt, welcher angeblich die Eifel christianisiert und so lange auf einen mächtigen keltischen Hinkelstein eingedroschen hatte, bis daraus ein Kreuz geworden war. Der einst rustikale Tanzsaal war umfunktioniert in eine stylische Event-Location mit bunter LED-Beleuchtung. Mundarttheater fand hier statt, ab und zu ein Konzert oder Kabarett oder eine Traumhochzeit, nebenan in der Burgruine konnte man sich trauen lassen. Und es gab politische Veranstaltungen. Hier wurde geklatscht und gejohlt oder brav genickt, je nachdem. Nippes war Gründer der Wählergemeinschaft »Für Recht und Staat«, die zwischen Mosel und Ahr etliche Mandate in kommunalen Parlamenten eingefahren und dafür gesorgt hatte, dass er mit den Etablierten kungeln konnte. Obwohl er immer betonte, wie wenig er mit einer der Volksparteien zu tun habe – »Die passen einfach nicht zu uns hier« –, wurde er stets zitiert: »Die sollen alle in Berlin machen, was sie wollen, mit uns hat das nichts zu tun.« Eine Legislaturperiode lang war es ihm sogar gelungen, in den Mainzer Landtag einzuziehen – fraktionslos zwar und wie ein vor der Metzgerei allein gelassenes Hündchen verbannt auf einen der hintersten Sitze. Aber von dort aus bellte das Hündchen recht wirkungsvoll. Nippes war, gerade als Querdenker und Exot inmitten gesitteter Anzugträger, ein Medienliebling. Seine Markenzeichen waren Flanellhemden und eine Lederweste mit vielen Taschen. Reporter in Krisengebieten oder Tierfilmer in der kanadischen Wildnis trugen so etwas. Und eben Nippes, ein Kerl wie von einer Dampfwalze gezeugt, der nie müde wurde zu sagen, dass er sage, was ist. Ganz einfach. »Jeder versteht mich«, rief er Bass tönend in die Kameras und gezückten Notizblöcke, »ich labere nicht lang drum herum, ich bring's auf den Punkt.« Und dann pflegte er verschmitzt zu lächeln, sodass sich die Anmutung, da rase ein Vierzigtonner ungebremst auf einen zu, in Erleichterung auflöste. Seinen Beritt, so nannte Nippes die Handvoll Landkreise, in denen er Oberwasser gewonnen hatte und in denen niemand an ihm vorbeikam.

Kritiker kürzten seine Gruppierung »Für Recht und Staat« vorzugsweise mit »FRuSt« ab und lächelten dabei süffisant, als ob sie einen besonders smarten Witz gemacht hätten. Man munkelte auch, der Stern der Wählergemeinschaft sei am Sinken, allzu durchschaubar die Inhaltsleere, allzu wankelmütig das Personal. Eifeler fallen nur einmal auf so etwas herein, hieß es. Timotheus Nippes selbst sah das anders, keine Spur von Unlust, im Gegenteil. Wenn er auf der Bühne eines Dorfsaales stand, dann rief er in ein Meer zu ihm emporgereckter Gesichter, nannte sich und seine Anhänger »Wir Rechtsstaatlichen«.

»Du hast es versprochen«, sagte Werner Baltes und nestelte vor dem Kleiderschrank an seiner Krawatte herum, »in guten wie in schlechten Zeiten.« Er legte derlei männliches Accessoire nur zu besonderen Anlässen an, und diese besonderen Anlässe pflegte er zu hassen, wie zum Beispiel Neujahrsempfänge. Ihn erwartete nur Blabla und Selbstbeweihräucherung abgehalfterter Politgrößen, davon war er überzeugt. Ausgerechnet Timotheus Nippes auf der Rednerliste zu finden hob seine Laune nicht. Umso wichtiger war es, dass Vera ihn begleitete. Nur mit ihr an der Seite würde er die drei Stunden Alkohol und Plattitüden überstehen, zusammengepfercht mit an die zweihundert anderen zum Zuhören verdonnerten Opfern.

Aber seine Gattin zierte sich. »Ich würde nur gehässige Kommentare abgeben«, rief sie ihm aus dem Wohnzimmer zu.

»Die sind mein Lebenselixier, das weißt du doch.«

»Du würdest dich für mich schämen. Stell dir vor, neben uns säße einer dieser Frusttypen und ich würde Witze machen über rechtsstaatliche Trolle.«

»Ich würde dich dafür lieben.«

»Tust du das denn nicht auch, ohne dass ich mitkomme?«

»Das müsste ich mir noch überlegen.« Er gab es auf, einen ordnungsgemäßen Knoten anstatt einer Geschenkschleife binden zu wollen, und riss sich die Krawatte vom Hals. Betont legere Kleidung wäre seine Art, den Protest gegen diesen verlorenen Abend auszudrücken. Er tauschte die Hose mit Bügelfalten gegen eine Jeans. Gerade in unliebsamer Umgebung sollte man sich in seiner zweiten Haut wohlfühlen, fand er.

Eine Stunde später saßen beide im überfüllten Saal des Willibrordsbräu und wussten, es hätte nicht schlimmer kommen können. Zum Entree der prominenten Gäste und passend zur Qualität der Raumluft erklang Helene Fischers »Atemlos« blechern aus einem Lautsprecher. Sie waren hoffnungslos eingekeilt in der Mitte einer langen Stuhlreihe, kein vorzeitiges Entkommen möglich, ohne zig Leuten auf die Füße zu treten oder sie zum Aufstehen zu nötigen, was die Blicke aller auf sie gelenkt hätte. Gegenüber von Vera saß ein kahlköpfiger Geistlicher mit weißem Kollar und silbernem Kreuz am Revers seines schwarzen Jacketts, das bei genauerem Hinsehen abgetragen wirkte. Zu einem Gespräch schien er nicht aufgelegt, alles an seiner hageren, fast ausgehungerten Gestalt signalisierte Abwehr von nichtsnutzigem Geplauder. Vera war froh. Kein Small Talk, umso besser. Sie hätte nicht gewusst, worüber sie mit einem Priester reden sollte. Unverfängliches über das Wetter oder lieber Provokantes über die eingeschüchterten Kinder, die sich nun als Erwachsene zu Hunderten meldeten, um ihr seelisches Leid zu schildern, das ihnen von Männern wie diesem angetan worden war? Oder über die Nichtwahrnehmung von Frauen im Kirchenapparat? Dazu hätte sie viel beitragen können, sie verstand sich als Feministin reinsten Wassers, ihrer Ehe zum Trotz oder gerade deswegen, denn ihren Werner hatte sie zuvor auf Herz und Nieren geprüft. Aber dieser Kleriker, der mit mahlenden Kiefern in ein leeres Glas vor ihm auf den Tisch starrte, war offenkundig vollkommen ungeeignet für Diskussionen. Also schweigen.

Neben ihrem Ehemann hatte ein smarter blonder Brillenträger Platz genommen, Hemd, Hose und leger um den Hals geschlungener Schal in Anthrazit. Man hätte ihn für ein weitsichtiges Double vom FDP-Chef halten können. Baltes wusste jedoch, der Typ gehörte zu einer anderen Fraktion. Zu der von Timotheus Nippes.

Er hatte ihn schon bei mehreren offiziellen Anlässen gesehen, einer dieser umtriebigen Leute, an denen man in der Eifel nicht vorbeikam. Immer dieselben Gesichter, zu jeder Gelegenheit. Beide griffen gleichzeitig zu einer der Gourmet-Mineralwasserflaschen, die zu kleinen Grüppchen portioniert auf den Tischen standen.

»Oh, sorry, bitte nach Ihnen«, meinte der Lindner-Doppelgänger und lächelte Werner Baltes an, der wie beim Simultanturmspringen selbiges tat und sagte. Beinahe hätten sie sich beim Griff nach der Flasche getätschelt. Als hätte er auf eine heiße Herdplatte gefasst, zog der Kommissar seine Hand zurück.

»Lamm, Doktor Julian Lamm«, fasste sich der andere schneller und stellte sich mit einer im Sitzen angedeuteten Verbeugung vor.

»Äh, ja, ich weiß, Baltes mein Name, Kripo.«

»Was, Sie kennen mich schon? Ich habe doch gar nichts getan«, witzelte Lamm. Die Flasche war nun unbestritten seine, erneut langte er zu, öffnete den Verschluss mit einem Zischen und goss sich ein, bis sein Glas randvoll war. »Und für das hier alles kann ich schon dreimal nichts … Auch einen Schluck?« Gönnerhaft präsentierte er die offene Flasche wie eine Trophäe.

Baltes nickte und schob sein Glas rüber. Lamm schenkte ihm das Glas halb voll ein, die Flasche war leer. Der Kommissar merkte, dass er Durst hatte. Ganz plötzlich. »Wofür können Sie nichts?« Ihm fiel selbst auf, dass seine Stimme vorwurfsvoll klang.

Was jedoch offenbar keinen bleibenden Eindruck hinterließ. »Ich denke, mein Parteifreund stellt gleich ein neues Müllkonzept vor. Und ich bin dafür da, es umzusetzen. Ich bin seit ein paar Tagen der Chef von ›Emma‹. Wie die Jungfrau zum Kinde, so ungefähr«, sagte Doktor Lamm munter. »Eigentlich bin ich ja Literaturwissenschaftler …«

»Aha. ›Emma‹?«

»Die neue Eifel-Mosel-Müllabfuhr.«

»Ach so, das da.« Baltes hatte von einem neuen Entsorger gehört, der gegründet worden war, wohl um der internationalen Müllmafia Paroli zu bieten. Er und Vera waren in Neapel gewesen, hatten die von halb verhungerten Hunden zerfledderten Müllhaufen in den Seitenstraßen gesehen und waren schnell weitergegangen, den deutschen Hang zum Perfektionismus lobend, den sie selbst nur halbherzig auslebten. Fast nie dachte einer von ihnen daran, bei den Joghurtbechern den Aludeckel abzureißen, damit er vom Plastik getrennt verarbeitet werden konnte. Außerdem mogelte Baltes alles Mögliche in den gelben Sack, was nicht hineingehörte, Einweggabeln oder Zahnstocher inklusive. Die Altpapiertonne blieb jeden Monat halb leer, weil er die gedruckte Ausgabe des Mosella-Couriers im Kommissariat zu lesen bekam und ansonsten online auf dem Laufenden blieb. Vera wollte sich sowieso nicht mehr der Informationsflut aussetzen und hatte vor geraumer Zeit beschlossen, nur noch Bücher zu lesen. Hardcover. Und wenn sie ein Buch ausgelesen hatte, stellte sie es in den offenen Bücherschrank in Dauns Stadtmitte. Sie selbst nahm fast nie etwas heraus, zu viel Konsalik und Utta Danella oder Ratgeber für Probleme, die sie garantiert nicht hatte. Im Restmüll der Baltes' fand sich ein Sammelsurium, für das Werner seine Frau verantwortlich machte und Vera ihren Mann. Irgendwas war immer drin, aber keiner hatte einen Plan, was warum wie da hineingeworfen wurde. Und alles, was in der Küche abfiel, landete im Schnellkomposter im Garten. »Wir haben mit Müll nicht viel zu tun. Ist das so wichtig, dass sich die Neujahrsansprache darum dreht?«

»Mit Müll fängt man Mäuse …« Lamm drehte sich zum Rednerpult so, dass der Kommissar sein Gesicht nicht sehen konnte.

Timotheus Nippes ging auf das Pult zu, klopfte dabei jedem auf die Schulter, der in der ersten Reihe saß, und schien zu schwanken wie ein tapsiger alter Seebär an Deck bei harter Dünung. Applaus brandete auf, auch Baltes überredete sich zu ein paar verhaltenen Klatschern. Doch am Pult, leicht erhöht über dem Publikum, entfaltete Nippes die volle physische Wucht, für die er berühmt war. Er zerrte das Mikrofon in die passende Position, klopfte drauf, sodass es durch den Saal krachte. Er war einer von ihnen, einer von denen, die sich nicht zu fein waren, mit Schweißflecken in den Achselhöhlen vor sie zu treten und zu sagen, was gesagt werden musste.

»Wir haben viel zu tun«, bellte er. »Wir sind hier ins Hintertreffen geraten, schon lange, hier in unserer Eifel, das müssen wir ändern. Wir müssen das Steuer rumreißen, sage ich euch, und das geht nicht mit Heiteitei und Eiapopeia!«

Vera lehnte sich an ihren Mann. »Wo er recht hat, hat er recht«, raunte sie grinsend in sein Ohr, »und es geht nicht mit Schickimicki und erst recht nicht mit Larifari.«

»Und ich füge hinzu: Es geht nicht mit Schickimicki!«

Baltes tätschelte das ehefrauliche Knie. »Hast du seine Rede geschrieben?«

»Pssst!«, machte jemand.

Sie schüttelte den Kopf. »Keine Sorge ... Ghostwriterin werde ich erst mit Altersdemenz. Aber eine solche Rhetorik, die kann sich auch ein Schimpanse merken.«

Lamm beugte sich an Baltes vorbei zu Vera. »Unterschätzen Sie unsere nächsten Verwandten nicht. Versuche haben ergeben, dass die besser Memory spielen als wir alle.«

»Schschscht ...«, kam es aus einer anderen Ecke.

»Mögen Sie Ihren Parteifreund nicht?«, fragte Werner Baltes.

»Ach, wissen Sie ... Gleich wird's spannend. Hoffe ich doch.« Lamm federte auf seinen Sitz zurück und schaute, als wäre er live bei »Verstehen Sie Spaß« und kenne als Einziger die Finte.

»Großes haben wir angestoßen, ich sage, Großes!«, schallte es vom Rednerpult. Nippes schwitzte jetzt auch auf der Stirn. Sein Blutschwamm glühte rot. »Wir gehen in eine neue Ära des Umweltbewusstseins. Hier vor Ort, hier bei den Menschen!«

»Wo denn sonst?«

»Vera, sei doch nicht immer so verdammt logisch.«

»Das sagt ausgerechnet ein Kommissar?«

»Freidehsforfjutscha war gestern«, lief Nippes zur vollen Form auf, »wir haben die Antwort, wir sind die Antwort, für die Eifel, in der Eifel!«

»Immerhin ist er noch räumlich gut orientiert«, meinte Vera. Lamm und Werner Baltes grinsten. Sie machte ein Funkeln in den Augen des Geistlichen aus, der ihr gegenübersaß, ansonsten blieb der Mann nach wie vor reglos.

»Unsere Antwort ist ›Emma‹!« Eine Rückkopplung schrillte durch den Saal, ein kollektives Stöhnen folgte. Nippes bog das Mikro etwas zur Seite, das unerträgliche Pfeifen hörte auf. »Mit der Eifel-Mosel-Müllabfuhr läuten wir eine ganz neue Ära ein. Wir verbinden Ökonomie und Ökologie, wir sind die Zukunft, meine Damen und Herren, meine lieben Freunde, wir!« Er reckte den rechten Zeigefinger empor und hatte mit weit aufgerissenen Augen einen verheißungsvollen Gesichtsausdruck angenommen. »Niemand von euch wird noch eine stinkende und klebrige Mülltonne voller Ungeziefer im Hausflur stehen haben. Diese Zeiten sind vorbei, liebe Freunde, ja, ich sage euch, sie sind vorbei!« Nippes breitete die Arme aus, zeigte die feuchten dunklen Stellen seines Hemdes und krachte mit der rechten Hand ans Mikro. »Wir machen Abfall zu einem Erfolg, zu einem sauberen Erfolg. Wir denken an die Zukunft, wir machen Zukunft. Gerade auch … und das sage ich euch … gerade auch in Zeiten des demografischen Wandels. Jedes Dorf, jede Straße, jede Stadt bekommt supersaubere Sammelstellen für Abfall. Für euren täglichen Küchenabfall. Keine Oma muss mehr mit Besen und Gartenschlauch ihre Tonne reinigen, keine Oma muss sie bei Schnee und Eis zur Straße schleppen, keine Oma muss jeden Cent ihrer kleinen Witwenrente dreimal umdrehen, nur um ihre Gemüsereste loszuwerden. Denn das Schönste: Das ist viel billiger, ja viel billiger als eure Tonnen voller Maden, die ihr da jetzt im eigenen Garten stehen habt oder in der eigenen Garage.« Er machte eine Pause, in Erwartung von Beifall, erntete jedoch zunächst Gemurmel, bis dann doch jemand klatschte. Werner Baltes sah zur Seite: Es war Lamm. Andere folgten seinem Beispiel, erst zögerlich, dann mitgeschleift von den Einzelnen, den Vielen, der hundertköpfigen Menge.

»Wovon redet Nippes eigentlich?«, brummte Baltes. »Bei uns stinkt nichts. Und der ist doch Landwirt. Was hat der gegen ein bisschen Geruch?« Er wurde ungeduldig. »Wann kommt er endlich zum Punkt?«

Lamm beugte sich zu ihm. »Ganz im Vertrauen, Herr Kommissar, ich glaube nicht, dass das neue System reibungslos durchgeht. Die Leute mögen keine Veränderungen.«

»Ach, wer soll sich über solchen Kleinkram schon aufregen«, schaltete sich Vera ein, »es ändert sich sowieso immer alles. Ihr Parteifreund versucht wohl nur, mit Nebensächlichkeiten davon abzulenken, dass er Klimakrise, Flüchtlingselend, Terrorismus und so nicht in den Griff kriegt.«

Lamm sah sie über den Rand seiner Brille an. »Ihnen fällt schon auf, gute Frau, dass Sie da von einer kleinen regionalen Wählervereinigung etwas viel verlangen?«

»Na und? Alles fängt klein an. Hat Ihr Parteifreund sonst noch was zu sagen?« Sie setzte sich kerzengerade auf und bemerkte, dass der Geistliche ihr aufmerksam in die Augen sah, als hätte er sie als Seelenverwandte ausgemacht.

»Die Müllgebühren werden deutlich sinken, das sage ich euch, so wie ich hier stehe«, fuhr Nippes mit tiefem Bass fort, wie ein gütiger Nikolaus. »Wir reden hier über echtes viereckiges Geld. Und wir denken an die alleinerziehenden Mütter, die nun mehr in der Tasche haben. Aber …« Nippes machte eine horizontale Handbewegung, als wolle er sein Publikum segnen. »Ich sage: Ja, ja, wir müssen auch an die Jugend denken! Viele von euch wissen, dass mir die Jugend besonders am Herzen liegt.«

In den Priester kam Bewegung. »Das achte Gebot, er sollte es nicht allzu weit auslegen«, sagte er und schwieg sofort wieder, ganz konzentriert auf den Redner, bevor Vera etwas entgegnen konnte. Sie hätte gewettet, dass Nippes ein eifriger Kirchgänger und vorbildlicher Katholik war. Aber offenbar war auch er nicht unfehlbar.

»Die Jugend«, seufzte Nippes nun, »die Jugend braucht Orientierung. Auch und gerade in der Eifel, auch und gerade hier, wo der Zusammenhalt noch intakt ist, wo ein Wort noch etwas gilt. Darum, meine lieben Freunde, darum haben meine Rechtsstaatlichen und ich, wenn ich das so bescheiden sagen darf …« Er bebte kurz auf, ein Kichern, ein Lächeln, ein Lachen, Werner Baltes wusste nicht genau, was es sein sollte. »… etwas ganz Besonderes auf den Weg gebracht. Wir – und das meine ich wirklich – wir bieten den Jugendlichen an, gemeinsam mit den Pfarreien, dass sie ein Schnupperpraktikum auf unseren Höfen machen können. Tagsüber richtige Arbeit, danach Gesprächsrunden. Einmal über alles reden können, darum geht es doch. Und was tun! Runter vom Sofa, sage ich nur, rein in die Äktschn. Trecker fahren, auf dem Acker. Auch die Mädels, ja, die natürlich auch! Und im Wald helfen, das Totholz fortzuschaffen. Ja, unsere geschundenen Wälder brauchen Hilfe. Die bekommen sie nun. Von den Jugendlichen, die unsere Jugendämter betreuen. Da braucht niemand mehr Freidehsforfjutscha, wir machen das ganz konkret, sage ich euch, ganz konkret! Ich sage das auch als Bauer, ich bin ja auch ein Bauer, wie ihr wisst. Ich weiß, wie und wo man anpacken muss. Und jetzt wird angepackt! Auch von den jungen Leuten.« Er selbst packte an, rüttelte am Rednerpult, während abermals Applaus aufbrandete, diesmal ohne Zögern. »Ich danke euch, meine lieben Freunde, ich danke euch. Auf in ein neues Jahr, auf in ein gutes Jahr. Wir Rechtsstaatlichen, wir schaffen das, dank euch.« Er trat ab, schweißnass, lächelnd, zufrieden.

4

Werner Baltes hatte Nippes seitdem nie mehr lebendig gesehen. Zwischen dem Neujahrsempfang und dem Auffinden der Leichenteile lagen acht Monate. Was war in dieser Zeit geschehen? Hatte es schon damals jemanden gegeben, der überlegte, wie er den ihm Verhassten beseitigen könnte? Denn es musste Hass gewesen sein. Kein Kalkül, kein nüchternes Aus-dem-Weg-Räumen eines Widersachers oder Konkurrenten. Oder war das Wüten der Zerstückelung eine bewusst gelegte falsche Fährte? Ausgeschlossen war wohl ein Raubmord, denn in Nippes' Haus fehlte nichts. Laut Aktenlage. Sogar der ordnungsgemäß abgeschlossene Schrank mit den legal erworbenen Jagdwaffen blieb unangetastet. Die Munition lag vollzählig daneben. Baltes blätterte und las. Didier und die Subotka hatten akribisch gearbeitet.

Nippes war, bevor er seine politische Karriere in Angriff nahm, tatsächlich leidenschaftlicher Landwirt, in fünfter Generation, mindestens. Seine pralle Hemdsärmeligkeit war ungelogen. Dann rollte die Devise »wachse oder weiche« auch über die Eifelhügel, und

Nippes, ausgestattet mit einer guten Nase für Geschäfte, hatte es klüger gefunden, rechtzeitig zu weichen und den Fuhrpark mit schweren Landmaschinen und einiges Land zu verkaufen. Er hatte seine leer stehende Scheune in vier Ferienwohnungen umgebaut. Urlaub auf dem Land lag im Trend. Der Stall blieb Stall, nicht mehr für Schweine, sondern für einen Streichelzoo aus Ziegen, einer kleinen Herde Heidschnucken, jeder Menge Kaninchen und vier flauschigen Eseln. Wandern mit Eseln. Nippes machte Witze darüber. »Wer mit Eseln wandert, ist selbst einer.« Esel können eine Ewigkeit wie festgenagelt auf der Stelle stehen bleiben und nichts bringt sie fort. Dann wieder traben sie los und der wandernde Mensch stolpert neben ihnen her.

Es war Lisamaries Aufgabe, das mit den Gästen und der niedlichen Menagerie. Er hatte dafür keine Zeit, die Politik brauchte ihn. Für sie hatte Nippes über dem Stall eine eigene Wohnung eingebaut. Mit ihrem Vater unter einem Dach leben, in ihrem einstigen Kinderzimmer, das hatte sie nicht gewollt. Auf gar keinen Fall.

Baltes las in der Akte: Lisamarie Bentheim, zweiunddreißig Jahre alt, einzige Tochter von Timotheus und Katharina Nippes, sehr gutes Abitur am internationalen Eifelgymnasium, dann Architekturstudium in Köln nicht durchgehalten, danach Animateurin für eine große Hotelkette in Antalya und Olhão, Kreuzbandriss, arbeitslos, drei Jahre Ehe mit einem John Bentheim in den USA, keine Kinder, zurück in die Eifel, Mutter gepflegt bis zu deren Tod. Kein Alibi.

Ihre Aussage sprang ihm in die Augen: »Ich habe mir zwanzig Jahre lang vorgestellt, wie es ist, wenn er tot ist. Aber jetzt merke ich … das ändert gar nichts. Nicht das Geringste ändert das.« Sie hatte laut Subotkas Kommentar bei diesen Worten nicht kühl gewirkt, eher den Tränen nah.

*

Baltes und Vera schlenderten durch den Dauner Kurpark, Hand in Hand. Irgendwie war es dem Kurpark gelungen, der Aufmerksamkeit der Touristen zu entgehen, die im Corona-Sommer die Eifel fluteten und an den Maaren Schilfgürtel und Seerosen niederwalzten oder sich mit ihren Wohnmobilen in den gewundenen Kleinstadtstraßen und Dorfgassen verkanteten. Im Park war die Welt so heil wie vorher. Die Fische bahnten sich in majestätischer Gelassenheit ihre Bahnen durch das dunkelgrüne Wasser des Weihers, die Enten bettelten beharrlich schnatternd um Brotkrumen, nicht ahnend, dass die für sie selbst ungesund waren. Der einst sattgrüne Rasen war zwar von der Dürre schütter und braun geworden, doch noch immer plätscherte die Lieser zwischen Park und Wald entlang. Sie ließen sich auf einer Bank ganz nah am Kneippbecken nieder und sahen zu, wie sich wenige Meter entfernt ein Rennradler in neongelbem Outfit anschickte, den Kosmosradweg Richtung Meerfeld zu erobern. Er würde unterfordert sein, es war fast durchgängig eine gemütliche

Strecke ohne imposante Steigungen. Das grelle Trikot geriet schnell aus dem Blick, nur noch das Knirschen der Reifen auf dem mit feinkörniger Lava befestigten Weg war einige Momente länger zu hören.

»Wir sollten auch mal wieder Rad fahren«, meinte er. »Das macht den Kopf frei.«

»Ist deiner nicht frei?« Vera tätschelte sein Knie. »Lass dir doch Zeit. Ich meine es ernst. Wenn du zu früh in die Mühle zurückgehst, ist das Risiko für einen Rückfall groß. Ich brauche dich, verstehst du das?«

Er legte seine Hand auf ihre, drückte sie sanft. »Keine Angst. Ich bin wieder neugierig. Ich habe wieder Lust auf die Arbeit. Und außerdem: Etwas an dem Fall sagt mir, dass da jemand am Werk war, dem es ähnlich ging wie mir. Nur viel brutaler, natürlich.« Er schaute einem großen dunklen Tier zu, vielleicht ein Karpfen, dessen Maul an der Wasseroberfläche nach Luft schnappte. Plötzlich tauchte es ab, hinterließ kleine, sich kreisförmig ausbreitende Wellen. »Kannst du dir vorstellen, dass eine Tochter ihren Vater auf eine solche Weise tötet? Ihn zerhackt und in den Müll wirft?« Er hoffte auf Antwort, auf Sachlichkeit. Er konnte sich darauf verlassen, als Sozialarbeiterin war sie unbestechlich nüchtern und gut.

Sie nahm ihre Hand zurück und schwieg eine Weile. »Mir ist schon viel Wut begegnet. Sicher gibt es immer wieder den Wunsch, so etwas zu tun. Man stellt es sich vor. Aber es wirklich zu machen … nein. Ich glaube nicht, dass irgendeine meiner Betreuten so was in die Tat umsetzen würde. Nicht mal, wenn sie geschlagen wurden. Gerade dann nicht. Die Frauen verharren auf der Opferseite. Das kennen sie, sie finden da nur schwer heraus, ihre Wut richtet sich eher gegen sich selbst … wenn sie überhaupt zulassen, das zu spüren. Oder sie gehen weg, ganz weit weg.«

*

Lisamarie Bentheim war weit weggegangen und zurückgekehrt. Baltes fuhr auf das Nippes'sche Anwesen. Er wollte sich selbst ein Bild machen. Von allem, was seine Kollegen damals notiert hatten. Die Pracht überraschte ihn nicht. Reiche Bauern hatte es in diesem Landstrich schon immer gegeben. Anwesen – das traf es, es glich fast schon einem Herrenhaus. Baltes stand vor einem in hellem Altrosa verputzten stattlichen Dreiseithof mit schwarz glänzenden Dachschindeln, mit weiß gestrichenen Fensterstürzen, gediegenen hölzernen Rahmen und einer wuchtigen, zweigeteilten Haustür aus Eiche. Überall waren Blumenkübel verteilt, aus denen sich rote, violette und weiße Geranien rankten. Sogar eine Palme war in den kopfsteingepflasterten Innenhof gestellt worden und fühlte sich offenbar wohl im Eifelklima. Abseits, in einer weiß markierten Parkbucht, standen drei Autos, ein SUV und zwei Kombis mit Hundegittern, alle mit Kennzeichen von weit her … Heile Wanderurlaubswelt. Baltes atmete tief durch. Ja, das Glück lag so nah, ein paar Kilometer vor der Bürotür. Irgendwo hinter den Mauern blökte ein Schaf, andere stimmten mit ein.

Er klingelte. Doch im Haus tat sich nichts. Er versuchte, durch eines der Fenster im Erdgeschoss zu schauen. Das Wohnzimmer, in das er blickte, war menschenleer … Ein gemauerter weißer Kaminofen, ein voluminöses braunes Ledersofa mit bunten Kissen, ein Regal voller Bücher. Er hatte Nippes nicht zugetraut, ein Literaturgenießer zu sein, aber dann bemerkte er einen aufgeschlagenen Modekatalog auf dem Couchtisch und ahnte, dass Lisamarie Bentheim nach dem Tod ihres Vaters längst den Zufluchtsort über dem Stall verlassen und den feudalen Wohntrakt für sich erobert hatte.

Unschlüssig blieb Bentheim stehen. Sollte er zurückfahren? Immerhin waren es vierzig Kilometer von seinem Homeoffice in Daun hierher. Diesmal meckerte ein Ziegenchor, klar erkennbar aus dem Stallgebäude. Er ging hinüber. Eine schlichte Stalltür wurde geöffnet.

Auf dem Foto in den Akten sah sie stämmig aus, die Familienähnlichkeit mit ihrem Vater war frappierend und auch der Blutschwamm war da in ihrem Gesicht, wenngleich deutlich kleiner und fast in den Haaren versteckt. Die blonde Frau, die auf der Schwelle zum Stall stehen blieb, wirkte jedoch fast zerbrechlich und durchscheinend wie jemand, der eine lange Krankheit überstanden hatte. Sie steckte in einer Cargohose und einer Arbeitsjacke, die ihr an Schultern und an den Hüften unförmig runterhingen, die klobigen Gummistiefel waren viel zu weit für ihre Waden. Vielleicht hatte ihr neues Leben ohne den Vater nebenan dazu geführt, eine seelenschützende Fettschicht loszuwerden. »Kann ich Ihnen helfen?«, fragte sie.

Baltes zückte seinen Dienstausweis.

»Haben Sie neue Erkenntnisse?«, fragte sie, bevor er irgendetwas sagen konnte. Ihre auffallend hellen Augen waren voller Lebendigkeit, in ihnen lag keine Spur von Angst oder Beunruhigung.

Nach Aktenlage war sie eine Verdächtige, noch immer. Doch nach ihrem gelassenen Auftreten zu urteilen war sie das nicht. Baltes registrierte den Widerspruch. Aber er musste nichts bedeuten. Der Kommissar wusste, dass sogar Täter, die eindeutig überführt werden konnten, sich selbst eine ganz andere Geschichte erzählten und fest an diese glaubten. Sie erinnerten sich an eine vollkommene Unschuld, die es nicht gab. »Der Fall wird noch mal überprüft, routinemäßig. Ich würde mich gern mit Ihnen über Ihren Vater unterhalten.«

Sie winkte ihn her. »In Ordnung. Kommen Sie rein, ich habe hier noch zu tun. Oder haben Sie Angst vor Tieren?«

Er schüttelte den Kopf und ging an ihr vorbei ins Halbdunkel der Streichelzoo-Behausung. Sie schloss die Stalltür, griff nach einer Forke und warf den Ziegen, die hinter einem hölzernen Gatter auf Stroh standen oder wiederkäuend herumlagen, frisches Heu zu. Es duftete intensiv, süß nach dem getrockneten Gras und zugleich würzig wie Maggi nach Tier. Baltes sah, wie sauber und gepflegt alles war. Lisamarie Bentheim musste ihre Arbeit lieben.

»Sie waren hier, als Ihr Vater getötet wurde? Allein?« Er lehnte sich ans Gatter.

Sie nickte. »Nehme ich jedenfalls an. Ich weiß ja nicht, wann genau er umgebracht wurde. Oder ist das eindeutig klar?« Sie sah in sein unbewegliches Gesicht. »Jedenfalls war er tagelang fort, damals, es gab ja einen ziemlichen Trubel wegen ein paar Entscheidungen, die er durchgeboxt hat. Ich habe mir nichts dabei gedacht, er war oft unterwegs und wir haben uns nicht gesehen. Oder er ging auf Jagd … Er hatte Kumpel in Sachsen und Thüringen, mit wildreicheren Revieren als hier. Er hat sich bei mir nie abgemeldet. Er war niemand, der sich bei seiner Tochter abgemeldet hat. Umgekehrt schon, umgekehrt hätte ich das tun müssen. Sonst wäre er wütend geworden.«

»Und wie sah seine Wut aus?«

Sie schaufelte weiter. »In den letzten Jahren nicht mehr so schlimm. Nicht mehr so laut. Seit Mama tot ist. Hat ihn wohl milder gestimmt. Zuzuschauen, wie jemand an Krebs stirbt, das hat nicht mal ihn kaltgelassen. Seitdem hat er nicht mehr gebrüllt, nur noch irgendwas in sich hineingebrummt und mich stehen lassen, mich mit Missachtung gestraft. Früher, als ich klein war, da war es ein richtiges Wechselbad. Mal war ich sein Liebling, mal hat er mich auch geschlagen. Ich habe dann ein einziges Mal zurückgeschlagen, da habe ich schon studiert. Seitdem hat er mich in Ruhe gelassen, mehr oder weniger.« Sie unterbrach ihr rhythmisches Arbeiten. »Sind Sie gekommen, um herauszufinden, ob ich immer noch dasselbe sage, was in den Akten steht? Widersprüche finden vielleicht?« Sie lächelte.

Baltes wollte einen beschwichtigenden Schritt auf sie zutun. Doch etwas hielt ihn fest. Als wäre er am Gatter festgetackert. Es wurde ihm eng in seiner Lederjacke. Und noch enger. Er stand da, mit dem Rücken am Holz, und spürte ein Zerren. Ratlos blickte er in das Gesicht der Frau. Ihr Lächeln war einem breiten Grinsen gewichen.

»Sie mag Sie. Zumindest Ihre Jacke.«

Er versuchte, sich umzudrehen, schaffte es halb. Und sah in rechteckige, waagrechte Pupillen. Ein Stück seiner Jacke verschwand zwischen den Holzstäben und dann im Maul der Ziege, die ihn durchaus freundlich, aber zugleich wild entschlossen musterte. Das Tier ging einen Schritt zurück. Das Leder war zum Zerreißen gespannt. Ziegenleder, dachte er reuevoll, butterweiches Ziegenleder. »Was muss ich tun, damit sie mich loslässt?«

»Nichts. Geduld haben.«

Hatte er nicht. Er hob den Arm, hoffte, die Ziege so zur Aufgabe zu bringen und zu verscheuchen, langte an eines ihrer gebogenen Hörner. »Das ist ja warm«, sagte er erstaunt, »richtig handwarm.« Er hielt das Horn fest, die Ziege hielt die Jacke fest. Ein zähes Ringen begann, Mann gegen Mann. Nein, er sah das Euter, das wie die Sahnespritztüten eines Konditors vom pelzigen Leib abstand. Mann gegen Ziegenmama. Es war entwürdigend.

Endlich ließ sich die Bentheim herab, dem Tier mit dem Stiel der Forke zu drohen. Es machte abrupt kehrt. Baltes starrte auf Bissspuren und Tropfen von schleimigem Sabber, die nun seine Jacke zierten. Zum Glück war nichts eingerissen.

»Kommen Sie, ich mache Ihnen einen Kaffee. Und wenn Sie dann noch was fragen wollen … meinetwegen.« Sie ging voran, über den Hof, zog im Flur des Wohntrakts die Gummistiefel aus, bedeutete ihm, auf dem Sofa zu warten.

Er blätterte im Modekatalog. Ökoklamotten, fair produziert, bunter gemustert als das, was die üblichen Labels in ihren Shops hatten. Für Menschen, die Gutes tun wollten. Auf dem Kaminsims standen zwei gerahmte Fotos, eines zeigte eine noch korpulente Lisamarie eingehakt bei einer grauhaarigen Frau. Beide lächelten mit inszenierter Heiterkeit, wie man es beim Posieren für ein Foto tut, rechts von ihnen Palmen, im Hintergrund das Blau eines Sees und in der Ferne eine dunkel gezackte Gebirgskette. Das andere war älter, die Farben schon leicht gelbstichig, ein etwa vierjähriges pausbäckiges Mädchen im Dirndlkleid auf einem Stück Rasen, es hielt eine Puppe im Arm oder ein Baby, Baltes konnte es nicht erkennen. Es war kein Schnappschuss beim Spielen, die Kleine stand stramm und hatte die Augenbrauen zusammengezogen, blinzelte widerwillig ins Gegenlicht.

»Milch? Zucker?«, klang es aus der Küche.

»Beides, bitte.«

Baltes ließ das Gespräch mit Lisamarie Bentheim Revue passieren. Er hatte es mitgeschnitten. Ihre Stimme war manchmal etwas rau, manchmal ganz zart, in ihr schwang der Singsang des Eifeler Dialektes mit, der alle Härten abschleift. Je öfter er ihr zuhörte, desto mehr fühlte sich Baltes angezogen und verwirrt von dieser Frau … Verletzlich und robust zugleich, so erschien sie ihm. Noch einmal startete er die Aufnahme.

Nein, ich habe nichts dagegen, wenn Sie auf Band aufnehmen, was ich sage. Ich will es Ihnen nicht unnötig schwer machen. Ja, Sie haben richtig geraten, Herr Kommissar. Ich habe kein Foto von meinem Vater. Ich habe nur noch diese beiden da, alle anderen sind im Müll und ab in die Verbrennungsanlage. Nicht mal das übliche Ritual, die Bilder selbst zu verbrennen, wollte ich mir antun. Das eine zeigt mich mit meiner Mutter, ein halbes Jahr bevor sie starb. Wir waren in Ascona, nur sie und ich. Irgendein anderer Tourist hat uns fotografiert. Mein Vater war nicht dabei. Und das andere Foto, das hat er gemacht. Von mir und meinem Bruder. Sie wissen nichts von meinem Bruder? Tut er was zur Sache?

Na ja, wenn Sie meinen, also die ganze Geschichte. Sie haben Zeit? Gut, meinetwegen. Kevin hieß er, ein alberner Name. Aber Mama wollte moderne Namen. Kevin und Lisamarie … Ich bitte Sie. Wenigstens heiße ich nicht Vanessa oder Jacqueline oder Chantal, hätte auch sein können. Jedenfalls gab es damals noch den Hof, ich meine, den richtigen Bauernhof. Wir hatten Milchvieh mit Grünland auf den weniger fruchtbaren und Ackerbau auf den fruchtbaren Böden und Schweine. Ein Helfer kam jedes Jahr aus Polen, damals waren die Leute dort noch arm und wollten bei uns richtig Geld verdienen. Und mein Vater … der hatte eine billige Arbeitskraft und das gute Gewissen obendrein. Er fing ja damals schon an, sich politisch zu interessieren. Konservativ, klar, konservativ auf seine eigene Weise. Der Pole? Czeslaw hieß er, ich erinnere mich noch an ihn, er hat viel gelacht und ich bin ihm immer mit dem Buggy um die Beine gefahren. Er wurde nie wütend, fand das lustig. Bei meinem Vater hätte ich mich das nie getraut.

Und Mama war schon seit Ewigkeiten krank, seelisch krank. Ich habe das als Kind natürlich gar nicht begriffen, warum sie tagelang im Bett liegen blieb, immer völlig geistesabwesend war … und dann wieder so reizbar war, so unberechenbar. Heute weiß ich, was die Benzos ihr angetan haben. Ich habe das im Internet nachgelesen, Benzodiazepine blockieren auf Dauer die Hirnareale, die für Sozialverhalten zuständig sind. War natürlich völlig illegal, so etwas jahrelang zu verschreiben, aber mein Vater kannte den Arzt. Der hat dann trotzdem Rohypnol-Rezepte ausgestellt oder Probepackungen rausgerückt. Wenn Sie mich fragen, das war richtige Dealerei, Junkies besorgen sich das Zeug als Heroinersatz. Ich weiß nicht, womit mein Vater den Arzt in der Hand hatte. Ich nehme an, dass es da etwas gab. Welcher Arzt wäre sonst so verrückt, illegal Betäubungsmittel zu verschreiben?

Ach, Sie kennen auch Ärzte, die so etwas machen? Dann tun Sie doch was dagegen! Was sagen Sie, das geht schlecht, von wegen ärztlicher Schweigepflicht? Glauben Sie wirklich, das ist eine Zwickmühle für die Ärzte? Sozusagen ein Betriebsunfall, weil man so schnell süchtig nach dem Zeug wird und schon nach vierzehn Tagen den Absprung vielleicht nicht schafft? Das ist keine medizinische Notwendigkeit, weiter Tabletten zu verschreiben, obwohl man weiß, dass man damit

Abhängigkeit züchtet! Das ist Bequemlichkeit, weil es ja lästig ist, wenn da alle naslang jemand in der Praxis steht und Nachschub will. Aber die Sache mit Mama … da war noch mehr. Ich glaube fest daran, dass der Arzt etwas zu verbergen hatte. Und mein Vater wusste, was es war. Warum? Reines Bauchgefühl. Weibliche Intuition. Mein Vater wusste viel, von allen möglichen Leuten.

Der Arzt ist schon lange tot. Den können Sie als Mörder ausschließen, falls Sie glauben, der hätte ein Motiv. Hatte er vermutlich, aber er hat sich selbst den goldenen Schuss gesetzt, wusste ja, wie es geht, war selbst süchtig. Selbstsüchtig … glaube ich eher nicht. Ich erinnere mich an ihn, war eher so ein Landarzt wie aus dem Bilderbuch. Aber er hat immer gezittert. Dem ist irgendwas im Leben ganz furchtbar schiefgelaufen, wenn Sie mich fragen.

Was ich Ihnen eigentlich erzählen wollte … Ich schweife ab, ich weiß. Aber Sie haben ja nach den Fotos gefragt, das haben Ihre Kollegen damals nicht getan. Damals sah es auch anders aus hier, können Sie sich ja vorstellen. Ich habe alles rausgeworfen, was mich an meinen Vater erinnert. Also Kevin. Ich war fast fünf, ich sollte auf ihn aufpassen, wenn er im Kinderwagen schlief. Das war natürlich total langweilig, ich hätte lieber mit den Nachbarsmädchen gespielt. Aber nichts da, ich musste babysitten. Ich hab den Wagen mit Kevin drin dann einfach stehen lassen, vor der Scheune. Der hat ja sowieso geschlafen und nichts gemerkt. Ich weiß noch, ich bin zur großen Linde da vorn … Sehen Sie, die steht immer noch. Toller Baum! Es roch so schön und da waren Tausende Bienen. Ich hatte nie Angst vor Bienen. Wieso auch, Biene Maja war doch sooo lieb, ich hatte das Buch. Mich hat nie eine gestochen, Wespen auch nicht. Noch nie. Man muss einfach ruhig bleiben, ganz ruhig, dann tun sie auch nichts. Ich finde es albern, wenn man draußen auf der Terrasse sitzt und Kuchen isst und dann hektisch rumwedelt, bloß weil da so ein Insekt kommt und auch was abhaben will. Man muss nur aufpassen, dass sie nicht … Ach Entschuldigung. Ich sollte drüber weg sein und das nicht verdrängen, ich weiß. Außerdem habe ich das schon zigmal erzählt, in zig Therapien. Aber das ändert ja nichts. Es ist erstaunlich, wie wenig sich ändert, wenn plötzlich jemand tot ist. Für mich hat sich nichts geändert, nichts nach dem Tod meines Vaters, nichts nach dem Tod meiner Mutter, und bei Kevin … doch, da schon, ich war ja noch klein. Aber das Erzählen, das hat nichts geändert. Jedenfalls habe ich den Kinderwagen stehen lassen und bin weg, zum Baum. Wollte nur mal kurz riechen und schauen. Ich habe noch gehört, wie das Scheunentor aufging, es rumpelt ziemlich, wenn man es beiseiteschiebt, es klingt wie ein entfernter Donner. Und das Tuckern des Treckers habe ich gehört, das Quietschen der Bremse, Metall auf Metall irgendwie. Das Schreien von Czeslaw habe ich auch gehört. Er hat gebrüllt wie ein Stier. Ich habe mich hinter der Linde versteckt. Ich dachte sofort, dass was Schreckliches passiert sein musste … mit Kevin. Weil …

weil … Babygeschrei gab es nämlich nicht. Er hätte doch wach sein müssen bei dem Lärm, er war immer total quengelig, wenn er plötzlich geweckt wurde. Nur Czeslaw habe ich gehört und dann meine Mutter … Wo mein Vater war, weiß ich nicht. Vermutlich unterwegs, für seine Rechtsstaatlichen. Oder vielleicht doch auch auf dem Feld, es war ja Frühsommer. Doch, vielleicht auf dem Feld.

Mich getröstet? Wo denken Sie hin! Czeslaw, der hat mich in den Arm genommen und selbst geweint. Auf der Beerdigung habe ich ihn zum letzten Mal gesehen. Der weiße Sarg war so winzig … ich erinnere mich nicht an viel, nur an rote Rosen in der Kirche und dass die ganz voll war von Leuten. An meine Eltern erinnere ich mich nicht, ich weiß nicht mehr, wie es denen danach ging. Oder ob meine Großeltern da waren … Die Eltern meiner Mutter lebten damals ja noch im Nachbardorf. Ich weiß nicht, ob meine Onkel und Tanten und Cousins da waren, es ist wie ausradiert. Irgendwie hatten wir wohl nie so ein nahes Verhältnis … seltsam für die Eifel, nicht wahr? Hier glucken doch immer alle zusammen und beschweren sich dann, dass man nichts tun kann, ohne dass irgendwer seinen Senf dazugibt. Bei mir war das anders. Die Leute gehen weg, weil es denen zu eng wird. Ich bin weggegangen, weil mich nichts gehalten hat … Erst als Mama krank wurde, da bin ich zurück hierher. Hätte ich wohl besser nicht getan. Aber wer weiß, was sonst mit mir passiert wäre. Irgendwas ist ja immer.

Jedenfalls setzt meine Erinnerung erst wieder ein, da ging ich schon zur Schule. Mein Vater hat mich mit dem Arsch nicht mehr angeguckt. Ein Mädchen, das war für ihn bloß niedlich und sowieso keine Stammhalterin, und dann hatte ich seinen Sohn auf dem Gewissen. In der Klasse haben sie mich gemobbt. Ich sei die Brut von einem Möchtegernnazi. Oder von einem, der die Nase zu hoch trägt und fies zu den Leuten ist. Konnte ich mir aussuchen, was schlimmer war. Ich habe dann ein einziges Mal einen Jungen vermöbelt, der hatte mich vor versammelter Mannschaft »Mördermarie« genannt ... Das mit meinem Bruder, das wussten ja alle oder vielmehr, jeder hat geglaubt, da irgendeine Wahrheit zu kennen. So was wird man nicht los, nie. Die Leute reden. Und das Schlimme war, dass ich sicher war, mein eigener Vater hat mich damals exakt so wie dieser Junge gesehen, als Mörderin. Ich bin komplett ausgerastet. Darum kam dann jemand vom Jugendamt. Mein Vater kannte den Chef, das war ruckzuck geregelt. Die Eltern des Jungen mussten sich bei meinem Vater entschuldigen. Wie? Bei mir entschuldigen? Nein, von meinem Vater habe ich eine gepfeffert gekriegt ... Den Genuss, dass die Eltern angekrochen kamen, hatte er ganz allein. Und auf dem Schulhof wurde es natürlich auch nicht besser für mich, als Tochter vom Nippes. Es gab auch andere, die fanden ihn aufrichtig toll, die saßen bei uns im Wohnzimmer, da, wo Sie jetzt sitzen. Es war ja die Zeit kurz nach der Wende, alle haben »Helmut! Helmut!« gejohlt. Mein Vater meinte, der Helmut wäre ein Weichei, aber besser als nix, und jetzt bekäme er auch in der Eifel Rückenwind für seine Sachen. Er ist oft rübergefahren, in die DDR. Da hat er viele Kontakte geknüpft.

Mama und ich waren dann meistens allein hier. Wir hätten den Hof sowieso nicht geschafft, selbst wenn er öfter hier gewesen wäre. Es war eine Erleichterung, das meiste Land und die Maschinen zu verkaufen und umzusatteln auf Ferien auf dem Bauernhof. Nur noch gut gelaunte Leute, die freiwillig da sind … Ist echt ein Unterschied. Macht nix, wenn haufenweise Kids kommen, die noch nie ein Viech live gesehen haben und ausflippen … O wie süß, o wie niedlich! Die Tiere können das ab. Die wedeln ein bisschen mit den Ohren oder keilen hinten aus, wenn es zu viel wird, aber selbst das fällt für die Städter in die Rubrik ›geiles Abenteuer‹. Am besten sind die Gäste mit Hund. Die sind so dankbar, dass sie mit ihrem Bello mal frei rumlaufen können ohne Gefahr, alle paar Meter von einem Auto umgefahren zu werden. Und dass sie nicht immer die Hundekacke in Tüten packen müssen, sondern dass Mutter Natur das schon regelt, im Wald. Die sind so dankbar, die hinterlassen die Ferienzimmer sauberer als bei Ankunft, sage ich Ihnen.

Nur für den Pollmeier, für den war es dann nicht so mega. Der? Der kam aus Westfalen, irgendwo aus dem Münsterland, und hat uns alles abgekauft, was wir nicht brauchten, wollte groß durchstarten mit Ökolandbau, hatte schon einen runtergewirtschafteten Aussiedlerhof in der Nähe übernommen und wollte unser Land dazu. Hatte Agrarwirtschaft studiert, ein richtiger Idealist. Der hat sein blaues Wunder erlebt, allein schon wegen der Bodenqualität ... Ist hier ja ganz anders als da, wo er herkam. Mein Vater hat sich ins Fäustchen gelacht, als der Deal perfekt war.

Wann der Pollmeier gekauft hat? Lassen Sie mich überlegen ... Ich war gerade aus Amerika zurück. Es muss also mindestens fünf Jahre vor dem Mord gewesen sein. Mama hat sogar geglaubt, dass der Pollmeier was für mich wäre, nach meiner Scheidung. Aber dann war ja schnell klar, dass er eine Freundin hat, die mit in die Eifel zieht. Und dass sie gemeinsame Kinder haben. Ja, Mama war halt immer ein bisschen harmoniesüchtig, sie meinte es wohl nur gut mit mir ... und mit sich selbst. Ich glaube, sie wollte, dass ich in der Nähe bin, nur ein paar Kilometer entfernt von ihr. Sie hatte wohl Angst, dass ich es nicht lange mit meinem Vater aushalte und dann wieder weggehe. Dass ich sie mit ihm allein lasse. Aber das hätte ich nie getan. Der Krebs hat sie verändert ... Plötzlich war sie ... plötzlich war sie eine wirkliche Mutter, die sich für mich interessierte, die fragte, wie es mir geht. Vielleicht wollte sie nur von sich selbst ablenken, keine Ahnung, aber ist das wichtig? Für mich war nur wichtig, dass ich nach all den Jahren doch mit ihr reden konnte und dass sie nicht mehr so vollkommen geistesabwesend war.

Sie hatte anfangs noch die Hoffnung, wieder gesund zu werden. Hat wohl jeder. Sie hat sich durch die Chemo gekämpft, alles ertragen. Ich weiß gar nicht, woher sie so viel Willen nahm zu überleben … nachdem sie doch all die Jahre … Ich bilde mir ein, dass es auch ein bisschen damit zusammenhing, dass ich zurückgekehrt war. Und dass sie merkte, ich kann jetzt verstehen, warum sie mich als Kind so im Stich gelassen hat. Dass ich ihr deswegen nicht mehr böse bin. Nein, mein Vater hat sich abgekapselt, hat es dem Pflegedienst und mir überlassen. Er konnte noch nie was mit Frauenleiden anfangen … Und Brustkrebs, nein, das war für ihn igitt, irgendwie. Aber das war gar nicht schlimm, wir waren ja froh, dass er mit was anderem beschäftigt war und uns in Ruhe ließ, Mama und mich.

Wie es war, als sie gestorben ist? Das … bitte verzeihen Sie … das ist noch immer etwas, das ich mir nicht verzeihe. Ich war nicht da. Nein, sie ist nicht im Krankenhaus gestorben. Als die zweite Chemo keinen Erfolg hatte und sie immer mehr Schmerzen bekam und auf einmal Metastasen in den Lymphknoten hatte, und auch am Hals, sodass sie nicht mehr sprechen konnte … Ich habe nicht gemerkt, dass sie noch Packungen von dem Zeug gehortet hatte, ihre Benzos. Sie hat es geschafft, sie hat es tatsächlich geschafft, die noch zu nehmen. Alle auf einmal. Sie hat nicht mal davon gekotzt … sie war dann einfach weg. Ich hoffe, sie hat nichts gemerkt. … Danke, ich habe selbst ein Taschentuch … Ich habe sie erst am nächsten Morgen gefunden. Und mein Vater, dieser … dieser … er sagte mir, man könne mir einfach nichts anvertrauen, damals mein Bruder, jetzt Mama …

und darum solle ich enterbt werden, nur Pflichtteil, mehr nicht. Das war alles, an das er gedacht hat. Und als ob ich schuld daran wäre. Stellen Sie sich das vor! Ich! Dabei hat er sich nie um etwas gekümmert! Er hat einfach nur zugeschaut, wie Mama verreckt ist. Einfach nur zugeschaut! Er hat sehenden Auges hingenommen, dass sie jämmerlich krepiert. Er hat sie nicht ein einziges Mal in den Arm genommen. Oder mit mir geredet. Oder wenigstens mit den Ärzten. Nichts sehen, nichts hören, nichts sagen, das war sein Prinzip … diese drei Affen. Aber Affen sind nicht so, wir sind schlimmer als die … viele von uns jedenfalls.

Nein … nein, das war wohl nur eine leere Drohung. Ich habe den Hof geerbt, das wissen Sie doch … Ein Tatmotiv? Halten Sie mich allen Ernstes für so platt, dass ich jemanden umbringe bloß wegen Geld? Und dann auf eine solche Weise? Meinen eigenen Vater? Ja, natürlich, auch der Hass. Es muss Hass dabei gewesen sein. Geldgier und Hass, die Klassiker. Ach, Herr Baltes, so einfach ist die Welt nicht. Doch? Ihre vielleicht, meine nicht. Wissen Sie, wie viel Kraft es kostet, einen Menschen wirklich zu hassen? Sie sind naiv, Sie sind wirklich naiv.

Oh … natürlich, auch Sie kennen Abgründe. Tut mir leid, ich wollte Sie nicht beleidigen. Und vielleicht sind wirklich die meisten Taten so simpel gestrickt, ich weiß es nicht. Ich kann Sie verstehen, ich habe kein Alibi, jedenfalls ist mir keines bewusst, und ich habe gleich zwei Motive, die normalerweise ausreichen, um jemanden zu töten. Okay, meinetwegen ist das so, man tötet sogar für weniger als das. Für ein paar Euro sogar, sagen Sie? Das haben Sie im Beruf schon erlebt? Du lieber Himmel … Und ist es dann auch normal, einen Toten so zuzurichten, so wegzuwerfen, in den Müll zu werfen? Aber das bin ich nicht, verstehen Sie? Ich bin das nicht!

5

Werner Baltes hörte den Streit der Spatzen nicht, die sich im Holunderbaum nah am Wohnzimmerfenster um die reifen Beeren zankten. Er hörte nicht das Röhren der Motorräder, die kolonnenweise über die Bundesstraße im Tal rasten. Jeder Biker wie ein riesiges Insekt, getrennt von allem und doch eingeordnet in seinen Schwarm, verhüllt und unkenntlich. Lisamarie Bentheims Stimme kroch ihm ins Ohr, über die kleinen weißen Stöpsel, die mit einem dünnen Kabel verbunden an seinem Handy hingen. »Ich bin das nicht.« »Ich bin das nicht.« Immer wieder von Neuem derselbe Satz. Veränderte er sich, je öfter er ihn hörte, gab er etwas preis? Nein. Im Gegenteil, diese vier Silben klangen von Mal zu Mal mehr wie eine Mauer, an der er abprallte. Er blätterte in der Akte. Zwölf Wochen in einer psychiatrischen Klinik, zwischen ihrem Animateursjob an der Algarve und ihrer Ehe … War sie freiwillig dort gewesen? Und was war man, wenn man attestiert bekam, eine Borderlinerin zu sein? Eine Grenzgängerin zwischen Wut und Lähmung, zwischen Wahrheit und Einbildung? Aber sie hatte so sicher geklungen. Die Sicherheit der Empörung über eine Schuldzuweisung, die ungerecht war. Eine Schuld, die man nicht trug, nicht tragen wollte, nicht tragen konnte. Er hatte einfach nur zugeschaut. War es das, was ihn tötete?

Der Kommissar roch den Duft gebratener Zwiebeln, der aus dem gekippten Küchenfenster strömte, während er in der buchenheckengesäumten Laube saß. Vera kochte. Es holte ihn zurück in die Gegenwart. Er hörte das Zischen von heißem Fett, das Klappern von Tellern, das Summen. Vera summte immer, wenn sie konzentriert am Herd stand, vielleicht merkte sie es nicht einmal. Keine bekannte Melodie, einfach irgendwelche Töne wie ein kleines Mädchen im Sandkasten. »Essen wir draußen?«, rief sie durch den offenen Fensterspalt.

»Gern. Es ist warm genug hier.« Er räumte die Akte zur Seite und legte das Handy mit den Kopfhörern oben drauf.

Kartoffelpüree, Rinderleber, Zwiebeln, Apfelscheiben … Ihm lief das Wasser im Mund zusammen und in den Augenwinkeln. Wie gut sie ihn kannte. Vielleicht war es das, was eine Ehe ausmachte, dieses Vertraute, dieses Zärtliche in den ganz alltäglichen Handlungen, dieses füreinander Sorgende. Tat er das auch für sie, umgekehrt? Tat er genug?

»Magst du nicht so viele Zwiebeln?« Sie sah ihn verwirrt an. »Oder wieso guckst du so finster?« Sie stellte ihm einen randvollen Teller auf den Gartentisch, sich selbst einen weniger opulent gefüllten auf den freien

Platz ihm gegenüber. Sie verschwand ins Haus, um Besteck zu holen.

»Nein, nein, alles bestens«, murmelte er ihr hinterher.

Sofort war sie zurück, mit Messern und Gabeln in der Hand. »Kannst du wenigstens mal eine halbe Stunde lang abschalten? Mir zuliebe? Es ist Wochenende.« Sie seufzte, schob sich das Stuhlpolster zurecht und setzte sich. »Lass es dir schmecken. Ist dein Lieblingsgericht, falls du es vergessen hast.«

Baltes belud seine Gabel mit Püree, Fleisch und Soße und balancierte das Ganze zum Mund. »Schaulegge«, bestätigte er kauend, »saulecker.«

»Und du kannst ein gutes Gewissen haben, ist alles bio und regional.«

»Sogar das Fleisch?«

»Das erst recht. Ich finde, man schmeckt's raus.«

»Dass es aus der Eifel kommt?«

»Nicht unbedingt, aber dass es ohne Quälerei gestorben ist, das Rind. Weidehaltung und dann vor Ort geschossen.« Sie klang stolz, als hätte sie das Tier selbst erlegt.

»Geschossen? Ich dachte, das gibt's nur bei Wild.«

»Das war mal. Jetzt dürfen die Bauern, die einen Jagdschein haben, die Rinder auf der Weide schießen, wenn sie sowieso vor sich hindösen, und dann in einer mobilen Schlachtbox noch auf der Wiese ausbluten lassen. Der Rest geschieht dann natürlich in einem richtigen gekühlten und gekachelten Raum, wegen Hygiene und EU-Recht. Aber die Tiere merken nichts von alldem.«

»Glaubst du das? Sozusagen ein sanfter Streicheltod? Na ja, jedenfalls denkt man so, man tut was gegen Massentierhaltung, Gülle und Nitrat, wenn man Fleisch isst.« Er nahm noch eine Gabel voll. »Schollmirechtschein.«

»Ich habe auf YouTube den Film gesehen. Es stimmt, der Biobauer schlachtet wirklich so, vollkommen stressfrei für das Tier«, versicherte sie. »Anfangs wurde das nur irgendwo auf der Schwäbischen Alb erlaubt, da hat sich ein tierliebender Bauer jahrelang quergestellt, bis er die Genehmigung bekam. Aber jetzt gibt es etliche Höfe, die das auch so machen. Auch hier bei uns.«

Baltes kaute langsamer. Abrupt legte er das Besteck beiseite.

»Was ist los? Hast du auf ein Stück Nelke gebissen?«

»Nein«, erwiderte er, »ich muss nur mal kurz …« Er stand auf, griff die Akte Nippes und blätterte sie durch, einmal, zweimal. Bis er ganz sicher war. Der Name des Bauern, den er suchte, kam nirgends vor.

*

Vielleicht war es Zeitverschwendung. Lutz Didier und Natalia Subotka hatten keinen Zweifel daran gelassen, was sie von der Aktion hielten: pure Vergeudung von Ressourcen. Aber nun gut, Baltes sollte sich langsam an den Berufsalltag gewöhnen, und dann war es eben sehr, sehr langsam. Nicht ihr Problem. Seins war es nun, dass er ein dringendes, unmittelbar physisches Bedürfnis verspürte. Und es nicht erfüllen konnte, außer er hätte sich hinter die Stämme der schütteren Fichten geschlagen, die auf der anderen Straßenseite ihrem dürrebedingten Ende entgegennadelten.

Aber dann würde er vielleicht verpassen, wenn der Mann zurückkam. Er sollte bei der Arbeit sein, Schichtdienst. Wie lange dauerte eine Schicht bei MyPigeon? Baltes hatte keine Ahnung, vermutete jedoch, dass der Kurierdienst nicht extrem viel netter zu seinen Fahrern war als andere. Und dass eine Schicht erst dann zu Ende war, wenn alle Pakete ausgeliefert waren oder doch halbwegs in der Nähe ihrer ordnungsgemäßen Empfänger in Hausfluren, Carports oder Vorgärten herumlagen.

Es war fast dunkel, als er das Brummen eines alten Diesels hörte, der auf dem Bürgersteig vor einem Mehrparteienhaus zum Erliegen kam. Solch große Häuser gab es nicht viele in Daun. In den Sechzigern wohl hatte man einige am Stadtrand gebaut, in guter Absicht für Leute mit geringen Einkommen. Längst waren sie regelmäßig Anlaufpunkt für Baltes' Kollegen vom Streifendienst. Er sah, wie im Inneren des Lieferwagens das Licht anging. Der Schirm der dunkelblauen Baseballkappe verdeckte das Gesicht des Fahrers, nur ein kantiges, unrasiertes Kinn war zu sehen. Irgendetwas tippte er in sein Handy ein, dann griff er einen schlaffen Rucksack auf dem Beifahrersitz und stieg aus. Dünn war er, Jeans und Kapuzenjacke hingen an ihm herunter, die schmutzigen hellen Sneakers wirkten überdimensioniert wie die Füße von Donald Duck.

Gib ihm etwas Zeit, dachte Baltes, lass ihn erst reingehen. Erschreck ihn nicht. Aber dann erinnerte ihn seine Blase daran, dass die Gelegenheit für rücksichtsvolles Taktgefühl nicht gerade jetzt gekommen war. Mit gezücktem Dienstausweis ging er eilig auf den Mann zu.

»Hauptkommissar Baltes mein Name, Kripo Trier, kann ich kurz mit Ihnen sprechen und aufs Klo?« Unter dem Mützenschirm machte er ein tief liegendes Augenpaar aus, dessen Blick sich erstaunt weitete.

»Ja, natürlich … Äh, aber was wollen Sie … Wollen Sie zu mir?« Die Stimme klang warm und tief, nur erstaunt und nicht abwehrend.

»Wenn Sie Markus Pollmeier sind, dann will ich zu Ihnen. Das sind Sie doch?« Wenn der mich nicht bald ins Bad lässt, mache ich mir in die Hose, dachte Baltes und trat von einem Fuß auf den anderen. Pollmeier ging vor ihm her, fischte im Halbdunkel eines kühl gefliesten Treppenhauses ein Schlüsselbund aus der Jackentasche und schloss in aller Seelenruhe seine Wohnungstür im Parterre auf. Keine Sekunde zu früh. Baltes verschwand sogleich hinter einer Tür, auf der das silbrige Relief eines strullenden Kerlchens den Zweck des Raumes verriet.

Pollmeier stand unschlüssig an eine hellgraue, rein funktionale Küchenzeile gelehnt, als der Kommissar sich wieder gerichtet hatte, und trank Mineralwasser aus einer Plastikflasche. »Ist irgendwas mit meinen Nachbarn? Mit denen ist ja eigentlich immer was, aber wissen Sie, ich bin den ganzen Tag unterwegs und kriege nichts mit.« Er sah erschöpft aus, blieb wohl nur aus Höflichkeit stehen oder wollte nicht, dass der Kommissar irgendetwas im Wohnzimmer sah. Vielleicht Dosenbier, überquellende Aschenbecher, irgendetwas in der Art. Aber er gab sich einen Ruck, quetschte sich an Baltes vorbei in den Flur und dann in ein langes, schmales Zimmer mit dunkelblauem Teppichboden, einer schlichten Schrankwand aus Buchenfurnier, wie es sie zu Zigtausenden Anfang der 2000er-Jahre gegeben hatte, einem Schlafsofa mit einem akkurat zusammengefalteten Plumeau drauf und einem kleinen Schreibtisch am Fenster, auf dem ein Computer mit großem Bildschirm stand. Keine Unordnung, kein kalter Rauch, keine Verwahrlosung. Eher eine Art von Tchibo eingerichtete Mönchszelle, in die der Kommissar ihm folgte. Ich muss aufpassen, dass ich mich nicht von Vorurteilen leiten lasse, dachte der.

»Nehmen Sie Platz, Herr Baltes. Wie gesagt, hier in der Gegend ist öfter was los, aber ich kenne eigentlich niemanden und bin auch nie da«, sagte Pollmeier und setzte sich selbst auf einen hellgrünen Gymnastikball, den er unter dem Schreibtisch hervorrollte. Er hielt sich aufrecht, wippte leicht.

Baltes hockte sich auf die äußerste Kante des Sofas. Es war ihm peinlich, quasi im Bett des Mannes zu sein, den er vernehmen wollte. »Ich möchte Ihnen ein paar Fragen stellen zu einem alten Fall, den ich bearbeite, es ist fünf Jahre her. Sie erinnern sich … Timotheus Nippes?«

Pollmeier erstarrte, hörte mit dem Wippen auf. »Mit dem habe ich seit damals nichts mehr zu tun. Und damals heißt: vor fast zehn Jahren. Ich weiß, dass er ermordet wurde und man ihn im Müll fand. Das kam ja auch im Radio. Aber ich kann Ihnen nichts dazu sagen.«

»Vielleicht doch. Sie wurden noch nicht vernommen von meinen Kollegen, Sie sagen es ja selbst, Ihr letzter Kontakt zum Opfer lag weit vor dem Mord. Aber manchmal muss man weit zurückgehen. Ich versuche, den Fall ganz neu zu sehen und neue Spuren zu finden.«

»Bei mir? Wie sind Sie überhaupt auf mich gekommen?« Er klang jetzt aggressiv, nervlich angespannt. Vielleicht die Müdigkeit nach zwölf Stunden Pakete ausfahren. Vielleicht Angst.

»Ich will von Ihnen mehr über Nippes erfahren. Ich habe die Akten gelesen, aber damals nicht selbst ermittelt«, versuchte Baltes, Ruhe in das Gespräch zu bringen. Es nutzte nichts, wenn sich der andere verschloss wie eine Auster. »Sie gehören zu den vielen, mit denen Nippes Kontakt hatte … und diese Kontakte gehe ich jetzt durch, einen nach dem anderen. Reine Routine. Wann haben Sie Nippes zuletzt gesehen?«

Pollmeier sackte etwas in sich zusammen, entspannte sich wieder. »Du liebes bisschen, das weiß ich doch jetzt nicht mehr. Ich habe ihn überhaupt nur ein paarmal gesehen. Es war kein enger Kontakt. Nur ein geschäftlicher. Er war sicher nicht der Typ Mensch, mit dem ich gern umgehe. Da beschränkt sich der Kontakt zwangsläufig auf das Nötigste.«

»Sie haben Land gekauft von ihm.«

»Land? Wenn man diese Wüste so nennen will, ja, dann Land. Und auch seinen gesamten Maschinenpark habe ich gekauft, bis auf einen Traktor, den er behalten wollte. Alles in allem zwei Millionen, zweihundertfünfzigtausend eigene Mittel, der Rest auf Kredit.« Pollmeier sah nach unten, rieb sich die Augen. »Die Maschinen konnte ich wieder verkaufen. Mit Verlust. Das Land gehört noch immer mir. Will keiner haben. Eigentlich ist es gut. Ich meine, es ist gut, dass es so viel Verlust ist … noch fast eine Million. Ich brauche mir nicht wirklich überlegen, wie ich das jemals abstottere. Ich werde es sowieso nie können.«

»Aber Sie versuchen es trotzdem.«

Er nickte. »Ja. Weil ich sonst wahnsinnig werde. Wenn man nur dasitzt und nichts tut, weil man nichts mehr tun kann, und dafür ein paar Almosen kriegt … Geht nicht, geht gar nicht. Es ist eher so eine Art Beschäftigungstherapie. Außerdem will ich für Luca so etwas wie ein Vorbild sein. Irgendwann einmal wird er verstehen, dass ich nicht so eine Null bin, wie Nicki glaubt.«

Ach du Scheiße, dachte Baltes, da hing noch eine Familie dran. Hätte er sich ja gleich denken können. Er räusperte sich, schaute zur Seite auf einen Stapel bunter Zeitschriften, der säuberlich neben dem Schreibtisch aufgetürmt war: »Geo«, »Schrot&Korn«, »Vulkaneifel hautnah«.

»Nicki ist meine Freundin … war sie. Als wir in die Eifel kamen und den Ökohof zusammen machen wollten. Luca ist unser Sohn, der ist jetzt zwölf. Die sind dann beide zurück. Als klar war, dass unser Traum geplatzt ist.«

»Zurück?«

»Nach Warendorf, wo wir herkommen. Sie hat da einen Rechtsanwalt kennengelernt … Glück gehabt. Er hat Luca adoptiert. Unterhalt muss ich also nicht zahlen. Sie wollen nichts von mir. Lassen mich in Ruhe. Ab und zu kann ich Luca anrufen. Alles easy, besser geht's nicht, Herr Kommissar.« Er begann von Neuem mit der Wipperei und sah Baltes an. Ein Blick zwischen Selbstbehauptung und Weinen.

»Warum haben Sie nicht in Ihrem Beruf weitergearbeitet? Ein studierter Landwirt … Das wird doch gebraucht«, meinte Baltes.

»Wollte ich auch erst«, antwortete Pollmeier leise. »Aber einen anderen eigenen Hof … Keine Chance. Ich habe mich umgeschaut nach ökologischen Alternativen, irgendwo mit einsteigen, es gibt ja Hofgemeinschaften, die gut arbeiten. Ging aber nicht, mit dem Schuldenberg. Ich hätte dann für jemand anderen arbeiten müssen, konventionell, Glyphosat sprühen, Gülle ohne Ende ausbringen, Tiere wie Wegwerfware behandeln … Das ist nicht mein Ding. Tja, und seitdem diene ich dem Konsumwahn, Prekariat, Günter Wallraff lässt grüßen.«

»Ist es wirklich so hart?«

Pollmeier nickte stumm. »Man gewöhnt sich dran. Aber ich muss nicht viel nachdenken, das ist das Gute am Job. Echt hart ist es für mich nur, wenn ich in der

Nähe von meinem Hof rumkomme. Die Tochter vom Nippes, die hat es jetzt gut getroffen, die macht es richtig.«

»Müssen Sie oft dort ausliefern?«

»Kommt natürlich drauf an, wer was bestellt. Aber klar, es ist viel mehr als früher. Jetzt shoppen alle nur noch im Internet. Ich habe keine Zeit, mir die Landschaft anzugucken, ehrlich nicht … Nur mein Land, das sieht eigentlich sogar richtig schön aus. Es war ein richtiges Traumland, ideal, mit vielen Bächen, das Grundwasser steht hoch. Selbst Dürrezeiten hätte ich da gut überbrücken können. Viele Rehe leben dort, die sehe ich in der Dämmerung. Gut, dass die nicht wissen, was da in den Bächen ist, aus denen sie trinken.«

»Wer lebt jetzt auf Ihrem Hof? Die Wohngebäude haben Sie doch auch verkauft, oder?«

»Eine Weile habe ich ihn vermietet. Irgendwelche Aussteiger … Nein, nicht solche, wie ich einer war. Sein wollte. Leute aus dem Ruhrpott, mit Kampfhunden. Ich habe dann so komische Tattoos bei denen gesehen und auf die Nummernschilder geachtet. Alles mit Runen und 18 und so, Sie wissen ja, der Code für Adolf Hitler. Ich habe sie dann rausgeschmissen. Ich versuche immer noch, den Hof zu verkaufen. Aber da steckt man ja wieder eine halbe Million rein, mindestens, bis alles halbwegs so ist, dass man normal drin wohnen kann. Und wer will schon einen runtergekommenen Hof, irgendwo im Nirgendwo, ohne damit irgendwas anfangen zu können? So blöd war nur ich.« Er senkte den Kopf, betrachtete seine Hände … schmale, aber kräftige Hände.

»Warum sind Sie nicht da wohnen geblieben, wenigstens? Sie könnten sich die Miete sparen.« Baltes war sicher, jeder kaputte Bauernhof war besser als diese trostlose und nichtssagende Wohnung.

Pollmeier lächelte. »Könnte ich. Und jeden Tag anschauen, dass alles, was ich mir erträumt habe, nur eine leere Kulisse war. Nein danke.«

»Aber das kann jedem passieren. Und niemand ist schuld. Man kann sich beim Träumen irren.«

»Pah. Wenn es ein Irrtum gewesen wäre, in Ordnung. Aber es war sträfliche Idiotie. Ich hätte vorher genau hinschauen müssen, was ich da kaufe. Ich habe doch das Fachwissen. Wissen Sie, was achtziger Böden sind?«

Baltes schüttelte den Kopf.

»Das haben wir an der Ems, fruchtbarer geht es kaum. Eine ehemalige Flussauenlandschaft mit genau der richtigen Mischung aus Löß, Lehm und Sandanteilen. Aber da kriegt man halt nichts, wenn man in die Landwirtschaft neu einsteigen will. Außer man ist Multimillionär, aber selbst dann nicht, da verkauft niemand. Als ich in der ›Top-Agrar‹ die Anzeige vom Nippes las, dass er in der Eifel was verkaufen will, da dachte ich, so fühlt sich ein Sechser im Lotto an. Vulkanische Böden sind fruchtbar, dachte ich, und die im Gutland auch. Ich dachte, ich kann da gar nichts falsch machen. Ich habe den Vertrag so schnell geschlossen, wie es irgend ging, aus Angst, mir kommt einer zuvor.«

»Aber Nippes hat Sie übers Ohr gehauen? Hat zu viel verlangt?«

Pollmeier atmete schnaubend aus. »Ach was. Nicht zu viel, sondern überhaupt etwas. Ich bin sicher, er wusste, was mit seinen Böden los ist. Obwohl … beweisen konnte ich das nie. Kann vermutlich keiner. Angeblich wusste niemand was, bis ich Bodenproben gemacht habe. Und klar, früher hat sich kein Mensch darum geschert. Seit ein paar Jahren ist das anders. Da war ich aber leider schon der Eigentümer.«

»Zu viel Nitrat?«

»Ja, auch, aber das war nicht mal das Problem. Das hätte ich hingekriegt mit ökologischem Anbau und extensiver Viehhaltung, das wollte ich doch sowieso alles besser machen.«

»Sondern?«

»Krebserregendes Gift aus einer alten undichten Deponie, das im Laufe der Jahrzehnte in die Richtung meines Hofes gesickert ist. Der Müllchef ist doch so mit Nippes …« Pollmeier legte Mittel- und Zeigefinger übereinander. »Der wird dem Alten mit Sicherheit gesteckt haben, was da im Untergrund lauert.«

»Ihnen ist schon klar, dass Sie mir damit ein mögliches Tatmotiv nennen?«

Pollmeier stand auf, der Gymnastikball rollte zurück unter den Schreibtisch. »Schauen Sie mich doch an, Herr Kommissar, ich bin bitter und alles. Aber vor allem bin ich hundemüde, jeden einzelnen Tag. Ich habe es ja nicht einmal geschafft, mich selbst umzubringen.«

Wie dünn der ist, dachte Baltes wieder. Eine halbe Portion. War er das vor fünf Jahren schon?

*

Schloss Malberg thronte im sonnigen Dunst leicht verschwommen auf seinem Felssporn über der Kyll.

»Wenn ich es nicht besser wüsste, würde ich denken, ich bin in der Toskana«, sagte Vera Baltes versonnen. Das Holz der Bank, auf der sie und ihr Mann saßen und in die Landschaft schauten, war von der Sonne ganz warm.

»Nicht ganz, ich denke eher an Venedig«, brummte er.

Sie rückte von ihm ein paar Zentimeter ab. »Bloß nicht! Das ist schon fast so überlaufen wie früher. Und bald kommen wieder die Kreuzfahrer mit ihren stinkenden Schlachtschiffen … Nein, da bin ich lieber in der Eifel.«

»Kannst du ja auch. Aber es war ein venezianischer Architekt, der das Schloss so gebaut hat. Vielleicht hat er sich vorgestellt, die Kyll wäre der Canal Grande.«

»Ob es innen auch so aussieht wie in einem Palazzo?«, sinnierte sie.

»Nur in zwei, drei Räumen. Im Rest sieht es aus wie in einer Jugendherberge aus den Sechzigern, in die versehentlich eine Abrissbirne geflogen kam.«

»Was du nicht sagst. Woher weißt du so was?« Sie lehnte ihren Kopf zurück an seine Schulter.

»Ich bin die Polizei, ich weiß so was.«

Sie kniff ins kleine Speckröllchen, das im Sitzen seine linke Hüfte umwölbte. Sie kannte seine verborgenen Schwachstellen.

»Aua. Im Ernst, im Saal mit den Wandbespannungen fand die Verabschiedung des alten Polizeipräsidenten statt. Es ist ansonsten so eine Art work in progress. Erst muss Geld übrig sein, dann kann die Sanierung weitergehen.« Er schlug die Beine übereinander, blinzelte mit halb geschlossenen Augen ins Gegenlicht, das die Silhouette des Schlosses überstrahlte.

»Mit anderen Worten: nie.«

»So sieht's aus. Komm, wir fahren weiter. Du willst ja noch in Bitburg Schnäppchen jagen.«

Sie standen beide auf und gingen die paar Schritte zum Auto, das in der prallen Sonne geparkt war. Sie hatten die Türen weit offen stehen lassen, dennoch staute sich die Hitze im Wageninneren. Vera lenkte das Auto auf die Landstraße, die Klimaanlage legte einen Hochstart ein und umwehte den Beifahrersitz mit arktischem Hauch. Hektisch fingerte Baltes an den Knöpfen am Armaturenbrett herum in der Hoffnung, den eisigen Wind zu stoppen, der ihm direkt ins Gesicht pustete. Ohne Erfolg. Er verschob den Regler der Lüftung. Nun wehten Veras Haare. Sie blinzelte und seufzte. Mit spitzem Finger tippte sie auf einen anderen Knopf am Armaturenbrett. Aus dem Grönlandorkan wurde ein laues Lüftchen.

»Besser so?«, fragte sie.

Er nickte. »Was willst du eigentlich kaufen? Brauchen wir was?« Seine Stimme hatte einen leicht trotzigen Unterton.

»Ach, nur mal schauen, dieses und jenes. Ein bisschen Deko vielleicht …«

Eine Stunde später wuchtete Baltes schwer atmend den Einkaufswagen des Tutti-Superpreis-Marktes hinter das eigene Auto. Er arretierte das überladene Gefährt mit der Feststellbremse und machte sich daran, die Rückbank umzuklappen, um die frisch geputzte Limousine in ein plebejisches Transportfahrzeug zu verwandeln. Der Parkplatz war rappelvoll. Nicht nur in die Jahre gekommene Familienkutschen und Kleinwagen standen da, sondern auch teure Karossen. Haben solche Leute das nötig, hier zu kaufen, fragte sich Baltes. Vielleicht gehörte wenigstens der Porsche Cayenne, an dem er sich vorbeiquetschen musste, zum Möbelhaus gleich nebenan. Das immerhin war bekannt für sein nobles Designersortiment. Zusammenprall der Kulturen, dachte er, Arm und Reich kämpfen um dieselben Parkbuchten. Und er war sicher, kein Mensch würde seinen Porsche dafür hergeben, eine zentnerschwere Ladung Zierkies zu transportieren. Weißen Zierkies mit Marmoroptik, den er, Baltes, nicht nur verstauen, sondern auch wieder aus dem Auto herauszerren musste, um ihn mithilfe einer klapprigen Sackkarre in den Garten zu schleppen und rund um die Terrasse zu verteilen. Vera fand das schön. Sie war noch an der Kasse und zahlte, mit der Kreditkarte des ehelichen Kontos. Er wollte gar nicht wissen, wie viel da nun abgebucht wurde. Für den Zierkies und diverse andere Kleinigkeiten wie einen hüfthohen Porzellantiger, der ebenfalls die Terrasse verschönern würde als witziges Zeichen für den Artenschutz, wie Vera betont hatte. Für fünfzig knallrote Kerzen, deren Ausmaße ihn irgendwie an liturgisches Beiwerk in Maria Laach erinnerten. Für Flüssigwaschmittel in Gebinden, die der Familie Baltes die nächsten zwei Jahre porentiefe Wäschereinheit garantieren würden. Für sechs Spannbettlaken und zehn Paar Socken. Für drei Vierzig-Liter-Plastikbehälter samt Deckel mit Mohnblumenmuster, die man für alles Mögliche brauchen konnte … zum Beispiel zum Verstauen von Einkäufen. Für einen Toaster und einen Stabmixer, falls die alten Geräte, die seit Jahren in der Küche Dienst schoben, mal kaputt gehen würden. Für einen flauschigen Unisex-Mikrofaserbademantel in Mintgrün, den sie beide tragen könnten. Für einen Satz Filzlatschen in allen gängigen Größen, falls Gäste kämen und ihre Schuhe ausziehen wollten. Passend dazu für eine Schuhkommode mit Selbstbauanleitung, an der er garantiert scheitern würde … Er kannte das schon. Und für drei Netze voller Anfeuerholz, aus denen kleine Splitter ragten, von denen sich einer in seinen Handballen bohrte, gerade als er sich beim Beladen des Kofferraum hinabbeugte.

»Aua!« Abrupt richtete er sich auf und knallte gegen die Klappe. »Scheiße!«

»Ich dachte, die Polizei ist hart im Nehmen«, erschallte es gut gelaunt neben ihm.

Baltes sah zur Seite. Da stand Julian Lamm und grinste, er hielt ein paar Formulare lässig in der Hand. Mit leisem Klick öffnete sich die Porschetür. »Es war Zeit für ein neues Wohnzimmer«, erklärte er und wedelte mit den Papieren. »Und Sie so? Alles in Ordnung bei Ihnen?«

Der Kommissar rieb sich den Hinterkopf, was den Holzsplitter noch tiefer in die Haut trieb. »Sicher, alles bestens«, sagte er mit schmerzverzerrtem Gesicht. »Zufälle gibt's … Ich habe neulich noch über Sie gesprochen.«

»Ich hoffe, Sie haben nur Gutes gehört.«

»Wie man's nimmt. Es gibt da einen ehemaligen Landwirt …«

»Och, wenn das so weitergeht, sind die meisten Landwirte ehemalige«, sagte Lamm ohne erkennbare Sentimentalitäten.

»Ich meine einen, den es besonders ungerecht getroffen hat. In der Nähe von Nippes' Hof.«

»Ja, da klingelt was bei mir. Er erzählte mir mal etwas Ähnliches.« Lamm nickte bedächtig. »Schade um den Mann … um den Käufer, meine ich. Wenn er mich gefragt hätte, hätte ich ihm sofort gesagt, dass er nicht kaufen soll. Wer kauft schon so naiv? Sind Sie wieder dran an dem Mord?«

Baltes nickte. »In der Tat. Und Sie kannten das Mordopfer offenkundig sehr gut. Hat es Sie nicht abgeschreckt, dass Nippes wertloses Land verkaufte?«

»Nein. Es ging mich nichts an. Leben ist Risiko, wissen Sie. Nippes hat riskiert, als Betrüger dazustehen, wenn das mit den Giften im Boden aufgeflogen wäre, und der Käufer hat riskiert, ohne Prüfung ein Schnäppchen ergattern zu wollen. Wer ist da ohne Schuld?« Er lächelte. »Ein bisschen christlich bin ich durchaus und die Geschichte, Steine nur dann zu werfen, wenn man eine weiße Weste hat, finde ich ziemlich überzeugend.« Er hielt dem Kommissar die Beifahrertür auf. »Wir können gern gleich hier weiterreden. Oder soll ich ins Präsidium?«

»Äh, meine Frau müsste jeden Moment kommen …«

»Carpe diem. Nutze den Tag. Sogar die Minuten.« Lamm umrundete das automobile Schmuckstück und schwang sich hinters Lenkrad.

Baltes gehorchte und hatte sofort mit einem Anflug von Neid zu kämpfen. Das Wageninnere war perfekt temperiert. »Wie war Ihr Verhältnis zu Nippes?«

»Er galt als mein politischer Ziehvater, das wissen Sie sicher längst. Und es gibt garantiert Leute, die überzeugt sind, dass politische Ziehsöhne nichts Besseres zu tun haben als Königsmorde. Habe ich recht? Denken Sie so?«

Lamms Offenheit wunderte Baltes. Oder war es die Einsicht, dass Angriff manchmal besser ist als Verteidigung? »Er hatte Feinde?«, fragte er und ärgerte sich sofort. Dämliche Frage. Natürlich hatte er welche. Sonst wäre er kaum portionsweise im Müll gelandet. »Waren Sie auch einer seiner Feinde?«

Lamm lachte ihn an. Oder aus. »Schön, wenn jemand so klar und direkt fragt. Ich mag das. Immer geradeaus.« Er strich über das Lenkrad. »Nein, das hatte ich gar nicht nötig. Er war mir nicht im Weg, wenn Sie das meinen. Im Gegenteil, ich sollte ihn beerben, wenn es nach ihm gegangen wäre. Ist es aber nicht. Ich bin aus der Wählergruppe ausgetreten, schon vor geraumer Zeit. Mein Weg ist ein anderer.«

Baltes war überrascht. Das hatte er nicht gewusst. »Wieso haben Sie sich dann bei den Rechtsstaatlichen engagiert? Um Karriere zu machen und oberster Müllmann zu werden?«, stichelte er.

»Es ist jedenfalls kein Traum, der oberste Müllmann zu sein, glauben Sie mir. Nicht, wenn man mal loszog mit den Gedichten und Stücken von Brecht im Kopf. Ich tue das für meine Familie. Und fürs Geld. Halten Sie mich ruhig für einen gnadenlosen Opportunisten. Wissen Sie was: Ich bin einer, ich stehe dazu. Früher war ich sogar im anderen politischen Lager. Aber bei denen geht es nicht anders zu. Ist gar kein Unterschied. Die Rechtsstaatlichen sind manchmal sogar auf ihre Weise aufrichtiger, familiärer, nicht so ein anonymer Apparat. Klingt komisch, ich weiß, ist aber so.«

Baltes zweifelte. Der erzählt ihm Märchen, dachte er. »Nun gut, warum Sie den Job machen, wenn der Ihnen gegen den Strich geht, mag gleichgültig sein. Aber warum Sie kein Kronprinz sein wollten, wenn Sie schon bei ›FRuSt‹ eingestiegen sind, ist für mich nicht gleichgültig. Ich kaufe Ihnen nicht ab, dass Nippes auf dem Rückzug und amtsmüde war. Ich habe ihn erlebt, er machte auf mich einen ganz anderen Eindruck.« Baltes erinnerte sich an den Abend im Willbrordsbräu, an die Wortgewalt der Versprechungen und den Applaus der Zuhörer. Er konnte sich nicht vorstellen, dass jemand freiwillig auf etwas verzichtete, das wie ein Rauschmittel wirken musste. Und er dachte an Lisamarie Bentheim, die schon als kleines Mädchen erlebt hatte, wie ihr Vater in politischen Träumen verschwand.

»Amtsmüde war er auch nicht, aber gesundheitlich doch ziemlich eingeschränkt mittlerweile ... Das muss man doch bei der Obduktion gemerkt haben.«

»Natürlich. Die Kollegen haben sorgfältig gearbeitet. Aber worauf genau spielen Sie an?« Baltes gab sich Mühe, nicht allzu ahnungslos zu klingen, was misslang. Tatsächlich hatte nichts von einer lebensverkürzenden Krankheit in den Akten gestanden.

»Auf seine Hornhautgeschwüre, schließlich wäre er bald erblindet. Und das wäre nichts für ihn gewesen, er war eine Rampensau. Aber ein Parteiführer ohne Durchblick? Das sollte keiner mitkriegen. Er ist damit nicht hausieren gegangen.«

»Aber Ihnen hat er das erzählt?«

»Hat er. Und ich habe abgelehnt, ihm nachzufolgen. Ich habe nämlich gemerkt, dass ich Wichtigeres im Leben zu tun habe als Politik. Die Rechtsstaatlichen sind sowieso bald Geschichte.« Er hatte ein Stück seiner ironischen Leichtigkeit verloren und schwieg einen Moment. »Ist das Ihre Frau?«

Vera stand zwischen dem eigenen vollgepackten Auto und dem Porsche und sah unschlüssig zwischen beiden hin und her, traute sich nicht, das Gespräch zu unterbrechen.

Lamm winkte ihr zu, sie solle sich in den Fond seines Wagens setzen, doch sie blieb stehen. »Ist sie immer so schüchtern?«

»Nein, aber sie hat Taktgefühl«, antwortete Baltes und zeigte nun auch auf die Rücksitze. »Komm ruhig rein!«

Vera gab sich einen Ruck, öffnete die hintere Beifahrertür und schob Papiere, die Lamm auf die Rückbank gelegt hatte, zur Seite und setzte sich. Ihr Blick fiel auf einen Flyer, sie nahm ihn und betrachtete ihn nachdenklich. »Hallo, Herr Lamm, ich will aber nicht stören«, sagte sie leise.

»Tun Sie nicht. Sonst hätte ich Sie nicht hereingebeten. Wir sind sowieso gleich fertig, nicht wahr, Herr Kommissar?«

»Sie engagieren sich für Kinder im Wachkoma?«, unterbrach Vera, bevor ihr Mann antworten konnte, und wedelte mit dem Flyer. »Interessant. Ich kann das gut nachvollziehen … Mein Mann und ich, wir hatten auch …« Sie schluckte. »Ich habe beruflich oft mit Familien zu tun, die schwerstkranke Kinder haben und Hilfe benötigen.«

In Lamms Gesicht zuckten die Augenlider. »Das ist privat«, sagte er knapp, »bitte legen Sie das einfach weg.«

Vera verstummte erschrocken. Baltes drehte sich zu ihr um und schloss kurz die Augen. Lass das, schien er ihr zu bedeuten.

»Tut mir leid, Frau Baltes, ich wollte nicht unhöflich sein. Aber so ein Müllmann, der ist halt manchmal etwas grobschlächtig«, versuchte Lamm den Misston zu überspielen. »Ich hoffe, Sie sind zufrieden mit ›Emma‹?« Der Rückspiegel zeigte ihr ein geübtes Marketinglächeln.

»Doch, doch, alles gut. Auch das mit dem Bioabfall, falls Sie das meinen.« Sie ließ sich auf die verbale Goodwill-Aktion ein. »Bei uns im Viertel klappt alles. Anfangs war das ja doch ein bisschen unappetitlich … All diese Fotos von überfüllten oder dreckigen Sammelcontainern für Biomüll, wissen Sie, damals im Internet. Wie kann man seine Lebenszeit damit verbringen, auf Fotosafari zu gehen und zigmal am Tag zu posten, wo eine Made sitzt oder wo Kartoffelschalen danebengefallen sind? Als ob es keine anderen Sorgen gäbe. Das einzige Problem, das wir jetzt mit dem Biomüll haben, sind die …«

»Wenn Ihnen noch etwas zu Nippes einfällt, sagen Sie Bescheid«, unterbrach Baltes ihren Redefluss und öffnete die Beifahrertür, um auszusteigen. »Wir wollen Sie jetzt auch nicht länger aufhalten.«

Aber Lamm machte keine Anstalten, sie aus seinem Luxusauto zu verabschieden. »Da bringen Sie mich auf etwas, Frau Baltes. Haben Sie eigentlich die Schröder vernommen?«

Der Kommissar war irritiert. Schröder … Schröder … Welche Schröder? »Ich kann Ihnen keine Auskunft über die Ermittlungen geben, das sehen Sie sicher ein.«

»Die Ingeborg Schröder«, insistierte Lamm.

Ein Allerweltsname. Vermutlich hießen allein in der Eifel Tausende so. »Sie meinen die …« Baltes wollte sich keine Blöße geben.

»Genau, diese ältere Dame, die den Shitstorm gegen Nippes organisiert hat. Und gegen mich natürlich und noch ein paar andere. Sie hat in der Woche vor Nippes' Verschwinden dazu aufgerufen, ihm einen Denkzettel zu verpassen.« Er sah dem Kommissar in die Augen. »Ach so, na ja, Sie können nicht alles hier oben im Aktenschrank haben …« Er tippte sich an die Stirn. »Gehen Sie auf Facebook, die Gruppe gibt es vermutlich immer noch, kein Mensch denkt dran, da irgendwas zu löschen, wenn sich etwas erledigt hat. ›Kommt gar nicht in die Tüte!‹ heißt die Gruppe. So ein Sprachspiel hätte ich denen als Literaturwissenschaftler gar nicht zugetraut.« Lamm grinste und startete den Motor.

Die Audienz im Porsche war beendet. Mit sattem Sound glitt der Wagen vom Parkplatz, Familie Baltes musste sich in ihren automobilen Glutofen zwängen und hoffen, die Klimaanlage in erträgliche Bahnen zu bändigen.

»Vielleicht ist er gar nicht nur so ein typischer Politschnösel«, meinte der Kommissar und ließ sämtliche Seitenscheiben hinuntergleiten, um die aufgestaute Hitze entweichen zu lassen.

»Vielleicht nicht«, stimmte seine Frau ihm zu. »Dieser Flyer … mit den Kindern im Wachkoma …«

»Musstest du in seinen Sachen stöbern?« Seine Stimme war heiser.

»Ich habe nicht gestöbert, ich wollte mich nur nicht draufsetzen. Da lag noch ein Anschreiben. Es ging direkt an die Eltern von solchen Kindern. Ich glaube, er hat selbst eines … Es ist schrecklich, das weißt du.«

»Ich weiß«, entgegnete er und starrte aufs Lenkrad. »Aber bei uns war das anders.« Er spürte in sich einen warmen Nachhall, etwas Schmerzliches, das sanft und rund geworden war und nicht mehr diese Schärfe hatte. Nicht mehr diese Schärfe wie in den ersten Tagen und Wochen und Monaten des Begreifens, dass sein eigenes kleines Mädchen nicht mehr da war.

Vera nickte. »Ja, das war es. Denkst du noch an Mona? Wir reden nie drüber …«

»Nein, tun wir nicht. Es ist lange her. Sie ist da, in dir, in mir, warum drüber reden?« Er räusperte sich und sah ihr in die Augen. »Wir waren uns einig. Wir sind hier, jetzt. Wir müssen das tun, was wir tun können, nichts anderes.«

Sie lächelte ihn mit schiefem Mund zärtlich an. »Hast recht. Gott gebe mir die Gelassenheit, die Dinge hinzunehmen, die ich nicht ändern kann, den Mut, die Dinge zu ändern, die ich ändern kann, und die Weisheit, das eine vom anderen zu unterscheiden. Das sage ich mir nach all den Jahren immer noch, jede Nacht.«

»Ja, Liebste, ich auch, klammheimlich, wenn du schläfst.« Er küsste ihre Stirn. »Und manchmal wirkt der Spruch sogar.«

»Ich wünsche jedem, dass er solche Sprüche hat … Ich meine, wenn er ein krankes Kind hat.«

Er zuckte mit den Schultern. »Du meinst den obersten Müllmann? Möglich. Jedenfalls hilft ihm dann irgendetwas, eine glänzende Fassade zu bewahren.«

»Traust du ihm nicht?«

»Er ist ein Showtalent. Aber er scheint wirklich eine ganz bestimmte Sache nicht zu wissen, die der Täter wissen würde.« Er dachte an die verschwundenen Augen des Timotheus.

Vera streichelte seine Wange. »Und jetzt?«

»Jetzt fahren wir nach Hause. Ich richte dir die Terrasse und anschließend verführst du mich beim Schein der neuen Weihekerzen in Filzpantoffeln und im neuen Uni*sex*-Bademantel.«

Sie strich über sein Knie und er war froh, dass sie seinen Witz vielleicht wirklich komisch fand. Irgendwann würden auch sexy Dessous wieder wirken. Ich muss anfangen, die Antidepressiva auszuschleichen, dachte er, es wird höchste Zeit. Und ich muss aufhören, an unsere Kleine zu denken.

6

Es war ein heißer Stich, der ihm in die Brust fuhr. Sein Puls raste los, von einer Sekunde auf die andere. Er wollte es nicht gesehen haben, aber es half nichts. Es gab vieles, das er am liebsten niemals gesehen hätte, wenn er in den oft so gar nicht sozialen Medien unterwegs war, geschundene Tiere, verhungernde Kinder, all das. Baltes hatte sich angewöhnt, bei solchen Bildern ein Tränen-Emoji darunter zu setzen und möglichst rasch weiterzuscrollen. Was konnte er auch sonst tun? Wäre er der Fotograf, er würde lieber das Geschöpf retten, als es zu fotografieren, dachte er immer. Aber hier, am Computer, kam er sich vor wie ein elender einsamer Voyeur, nur da, um das fremde Unglück zu bestaunen. Im Beruf war es etwas anderes, da hatte er seine Aufgabe und die war es, die Schuldigen des Unglücks zu finden und sie ihrer Strafe zuzuführen. Im Beruf hatte er ein Team, auf das war Verlass und das half.

Oder doch nicht? Lamm hatte den Shitstorm angedeutet. Trotzdem traf es Baltes unvorbereitet. »Leute, wehrt euch! Dieser Müllskandal ist ein abgekarteter

Verrat am Volk!« Ein Mensch namens Ludi Terminator hatte das gepostet, als Kommentar zum nächtlichen Foto eines überfüllten Müllcontainers, vor dem eine Katze oder ein Fuchs kauerte und mit rot leuchtenden Augen in die Kamera starrte. So ein Blödsinn, nur wegen ein bisschen Dreck vom Volksverrat zu schwafeln. Baltes hatte auf Ludi Terminators Profil geklickt. Wer schreibt denn so dummes Zeug? Sind die Aluhutträger schon in der Eifel? Und dann das. Er erkannte eindeutig Didier, Lutz Didier, seinen Kollegen ... Oder ein Irrtum? Doch es gab kaum einen Zweifel. Der Typ, der da mit einem riesigen Fisch in den Armen grinsend posierte, war Lutz Didier, wenn auch ein bisschen jünger. Jeder wusste, dass Didier alle zwei Jahre für drei Wochen nach Kanada flog, um in der Wildnis zu angeln. »Mann, du Idiot!«, fluchte Baltes leise.

Nicht einmal die Mühe hatte sich Ludi gemacht, seinen Account nur für Freunde sichtbar zu machen. Die ganze Trivialität des gut geregelten Privatlebens eines Beamten ohne Existenzsorgen offenbarte sich. Etliche Fotos von gefangenen Fischen, die meisten stammten aber wohl eher aus der Kyll und nicht aus dem Yukon River. Nahaufnahmen von Essen, das realiter vielleicht lecker gewesen sein mochte, derart fettglänzend jedoch beim Betrachter Ekel hervorrief. Currywurst, die in rotbrauner Soße ertrank, und irgendwas mit gelbem Käse Überbackenes, das über den Tellerrand kroch, solche Sachen. Dennoch hatte er damit einige Likes erzielt. Baltes schüttelte den Kopf, er würde so was nie verstehen. Er sah mit hochroten Wangen und in Umarmung mit Gleichgesinnten ins Bild gereckte, schaumverklebte Biergläser. Blumenbeete im Garten, garniert mit der frohen Botschaft, dass man den Rasen gemäht habe. Immer wieder der Familienterrier Gilbert, mit oder ohne Frisbeescheibe im Maul. Manchmal Gattin Edith im Liegestuhl, eine stämmige, offenbar stets Siebenachtelhosen tragende Dauerlächlerin mit Hochsteckfrisur. Dann wieder Fotos der fast erwachsenen Kinder zu Besuch, bei Kaffee und Kuchen, doch seltsamerweise ohne Namen. »Die Kinder sind wieder da.« Mehr nicht. Kein politisches Statement, nichts Aufrührerisches, nur mal die Beschwerde, dass die Leute in den Chefetagen der Autokonzerne gierige Betrüger seien. Baltes fand, das war doch längst einhellige und gerichtlich bestätigte Bürgermeinung.

*

»Ich hatte damals einen Verdacht«, sagte Lutz Didier und zwinkerte nervös. Oder ungeduldig. Er schien nicht gern daran erinnert zu werden, vor Jahren etwas in der Facebook-Gruppe »Kommt gar nicht in die Tüte!« gepostet zu haben. Demonstrativ lehnte er sich weit in seinem Schreibtischstuhl zurück und verschränkte die Arme hinter dem Kopf, während Baltes neben ihm stand und sich unwohl fühlte. Baltes fremdelte noch immer mit den in kühlem Grau gehaltenen Räumen der Polizeiinspektion, verglich sie mit den hellgelb gestrichenen und mit großformatigen Blumenfotos bedeckten Wänden der Rehaklinik, in der er gewesen war. Die Nüchternheit der Einrichtung signalisierte ihm, dass hier Leistung in Form von aufgeklärten Fällen zählte. Und er war nicht sicher, ob er die bringen würde. Noch zwei Monate, dann wäre er wieder im Büro nebenan, mit stets offener Tür und kontrollierbar, Vollzeit, mindestens.

»Was für einen Verdacht?«

»Na, es lag doch auf der Hand, dass die Mitglieder dieser Facebook-Gruppe diejenigen hassten, die sie für die Müllcontainer verantwortlich machten. Lamm hat es nur durchgezogen, Nippes aber war sozusagen der Entscheider. Ich dachte, der Täter kommt aus dieser Gruppe. Jedenfalls fand ich es ziemlich wahrscheinlich. Finde ich übrigens noch.« Er sah Baltes an mit der unverhohlenen Forderung, dass er sich besser darum kümmern sollte als um wirre Parolen, die er doch nur für den geheiligten Zweck in die mediale Welt posaunt hatte.

»Und darum war es notwendig, aufzustacheln und dummes Zeug von wegen Volksverrat zu posten?« Baltes war empört. »Du bist Beamter, das kann disziplinarrechtliche Folgen haben.«

»Sicher nicht«, brummte Didier, »das kümmert keine Sau, das war und ist Meinungsfreiheit. Und es war mein Job, lieber Werner. Ich wollte die Leute aus der Reserve locken.«

»Aus was für einer Reserve denn, du Terminatorludi? Da ist von Reserviertheit wenig zu lesen. ›Wenn du keine Munition mehr hast, wirf die Waffe hinterher‹ und so Zeug, gepostet von irgendwelchen Kerlen namens Odin, die über und über mit Runen tätowiert sind. Oder irgendwas Kyrillisches mit einem Video von Wildschweinhorden, die mitten in der Stadt in einer Müllhalde graben. Nach dem Motto ›Das kommt jetzt auch bei uns‹. Quelle ist Russia Today, wenn man nachforscht. Die ganze Gruppe ist voll von solchen Sachen! Und das alles nur wegen banaler Mülltüten. Warum hast du bei diesen Leuten nicht nachgeforscht? Das sind doch alles idealtypische Tatmotive. Aber ich habe nichts dazu in den Unterlagen gefunden.« Baltes wurde lauter. »Wer zum Volksaufstand ruft, nur weil er seinen Abfall nicht geregelt kriegt, der hat doch ein Problem zwischen den Ohren, und zwar ein richtig dickes. Wenn diese Leute schon Gewalt androhen, warum wurde diese Spur nicht weiterverfolgt?« Er merkte nichts mehr von der sedierenden Wirkung seiner Medikamente. Er ging in Didiers Büro vor dem Aktenschrank auf und ab und hoffte, sein ungewohnter Ausbruch würde nicht auch noch die Subotka herbeilocken.

»Wir konnten doch nicht Tausende Leute vernehmen, bloß weil die mal irgendeinen Scheiß gepostet haben«, entgegnete Didier ruhig. »Dann säße die halbe Menschheit in irgendeinem Polizeipräsidium oder in Untersuchungshaft. Sowieso spricht die ganze Art und Weise eher für ein höchst privates Rachemotiv. Nippes war für den Mörder kein Stellvertreter für irgendwas, das der nicht mochte. Nippes war persönlich gemeint, da bin ich sicher. Es gab auch nirgendwo ein Bekennerschreiben, was normal wäre bei politischen Motiven. Außerdem stammt das wildeste Wutgeschrei nicht von besorgten Bürgern wie mir«, grinste er, »sondern von Bots. Von Robotern. Da postet niemand mehr selbst, das ist eine Art automatische Selbstbefriedigung für Algorithmen.«

»Bots? Wer macht sich die Mühe, künstliche Intelligenz auf eine versprengte Facebook-Gruppe in der Eifel zu verschwenden?«

»Liest du keine Zeitung?«

»Doch, die Ironie kannst du dir sparen, Lutz. Ich lese sogar richtig recherchierte Sachen. Von Menschen für Menschen.«

Didier seufzte und setzte sich wieder aufrecht. »Die Verschwörungsideologen, Polit-Esoteriker, Rechtsextreme … wie immer du sie nennen magst, sie beißen sich in jedes Thema fest, das irgendwie emotional anspricht. Die vereinnahmen alles, was Otto Normalverbraucher und Lieschen Müller auf die Palme bringt. Müll zum Beispiel. Jeder hat damit zu tun, ob er will oder nicht und ob er politisch interessiert ist oder nicht. Damit fängt man Leute. Es sind moderne Rattenfänger. Die fangen ja sogar mit Videos von niedlichen Katzenbabys Leute. Man klickt das an und schwupp, haben die Reichweite, mit der sie sich zur Bedeutsamkeit aufblähen, und sie haben Adressen für Werbung. Der ursprüngliche Aufreger interessiert die doch gar nicht, es geht einzig und allein um Einfluss und ums Geldmachen. Das ist mit der Mülltütengruppe wohl genauso gelaufen. Und die Gründerin des Ganzen, die Administratorin, die hat das vermutlich überhaupt nicht gepeilt.«

»Lamm hat sie erwähnt, eine Ingeborg Schröder. Heißt das aus deiner Sicht, sie scheidet als Zeugin oder als Mörderin aus?«, fragte Baltes. »Sollte ich mich noch mal dahinterklemmen?«

Didier lächelte erneut, diesmal eher mitfühlend. »Die ist speziell. Sehr speziell. Ich habe sie als Täterin ausgeschlossen, weil sie rund um das Verschwinden von Nippes bei ihrem Sohn in Ostfriesland war. Sagt sie und sagt der, wir konnten nichts Gegenteiliges beweisen. Aber du hast recht, alles muss neu hinterfragt werden. Ich gebe dir einen Tipp: Wenn du zur Schröder gehst, nimm die Subotka mit. Die Schröder steht auf Frauenpower.«

»Nein! Auf gar keinen Fall!«

»Natalia, du hattest Nachtdienst, ich will doch nur …«

»Werner, es bleibt dabei: Ich fahre! Ich habe keine Lust auf deine suizidalen Fahrmanöver.«

»Es war nicht suizidal, es war einfach nur ein bisschen ungeduldig. Und es ist lange her, ich bin so gut wie gesund.«

»So gut wie gesund ist noch nicht gesund.«

»Hast du schon mal daran gedacht, dass es wegen Übermüdung viel mehr Unfälle gibt als wegen ungeduldiger Ehemänner, die Familieneinkäufe retten wollen?«, fragte Baltes und sah doch sofort am Gesichtsausdruck seiner Kollegin, dass es aussichtslos war. Er warf ihr den Autoschlüssel zu. »Na gut. Aber wenn wir mit der Schröder fertig sind, dann lädst du mich zu Fontanella ein. Ich nehme einen Cappuccino und fünf Bällchen Pistazie.«

»Und ich Schokobecher mit extra Sahne.« Sie schaute auf ihre Armbanduhr, ein stylisches Chronometer, an dem die Swarovski-Kristalle funkelten. »Ich schätze mal, mit anderthalb Stunden kommen wir dicke hin.«

Kamen sie nicht. Und später saßen sie auch nicht im Eiscafé. Sondern in einer fast leeren Szenekneipe und tranken mit gierigen Schlucken doppeltstarkes belgisches Trappistenbier, lange ohne ein Wort, wie es zu den brauenden Mönchen passen würde. »Puh«, gab sich Werner Baltes einen verbalen Ruck, »Sachen gibt's …«

Die Subotka leckte sich den Schaum von der Oberlippe. »Wie kriegen wir das alles im Protokoll untergebracht? Und sie muss es ja unterschreiben. Ich bezweifle, dass sie dabei bleibt, wenn sie Schwarz auf Weiß liest, was sie ausgesagt hat. Sie wird alles leugnen.«

Baltes blickte in sein Glas und wiegte den Kopf. »Ich glaube, sie sieht sich gar nicht als jemand, der andere anschwärzt, um selbst gut dazustehen.« Dreiundvierzig neue Namen standen nun auf seiner Liste. »Ich frage mich nur, warum ihr vorher nie in den Sinn kam, dass ihre Gruppe nicht nur aus netten Menschen von nebenan bestand. Und warum sie bis jetzt weggeschaut hat, anstatt Drohungen gegen Nippes gleich zu melden.«

Das Navi lotste die beiden Kommissare auf der Suche nach Ingeborg Schröder in eines der gesichtslosen

Neubaugebiete, die viele Dörfer umzingeln. Hier suchte man vergebens nach der kompakten Eleganz der berühmten Trierer Einhäuser, unter deren Dächern einst Stall, Scheune und Wohntrakt in trauter Eintracht vereint waren und welche noch immer die meisten Eifeler Ortskerne prägten. Hier am Rand von Niederborn und fast allen anderen Gemeinden hatten sich jahrzehntelang Architekten ausgetobt, die wie im Fieberwahn Formen halluzinierten – griechische Säulen, alpin gedrechselte Balkongeländer, friesische Klinker gepaart mit Jugendstil-Walmdächern oder Südstaaten-Veranden wie in den Sümpfen von Louisiana. Auch die Fraktion jener Fertighäuser, deren kartonartige Norm gestalterisch Pate gestanden hatte für sämtliche Immobilienversicherungs-Broschüren der Republik, war stark vertreten. Es war immer dasselbe, eine Familienwohnung im Erdgeschoss und ein ausgebautes Dachgeschoss mit Gauben, daneben zwei Garagen mit weißen Sektionaltoren.

An einem dieser auffällig unauffälligen Gebäude prangte die Hausnummer siebenundzwanzig A. Wo die Siebenundzwanzig gewesen sein musste, lag nun ein eingedelltes Stück Distelparadies. Offenbar hatte es dort früher eine Scheune gegeben, die dem künftigen Wohnkomfort von Pendlern weichen musste, welche ihr Glück im nahen Luxemburg suchten. Auch Ingeborg Schröder war laut Akte, bevor sie erst in Rente und dann in den Widerstand gegen »Emmas« Biomüllcontainer ging, dort Bankkauffrau gewesen.

Baltes und Subotka durchquerten einen penibel gepflegten Vorgarten mit Rasen und von weißem Kies umgebenen, abgezirkelten Rosenstämmchen. Zwei Klingelschilder, zwei Namen, »Schröder« und »Meier«. »Fehlt nur noch Müller. Vielleicht leben hier in Wirklichkeit irgendwelche verdeckten Ermittler«, sagte der Kommissar und drückte die Klingel. Drinnen erschallte ein melodisches Dingdong.

»Ja bitte?«, klang es blechern aus der Gegensprechanlage.

»Kripo Trier. Frau Ingeborg Schröder?«

Eine Sekunde Zögern. »Ja. Worum geht es?«

»Wir haben ein paar Routinefragen an Sie zu einem älteren Fall. Können Sie uns bitte öffnen?«

Mit einem Klicken wurde die Haustür entsperrt, sie traten ins Treppenhaus. Die Wände waren kahl, hellbeiger Edelputz. Im ersten Stock tat sich was. Über den schlichten grauweißen Marmorstufen erschienen weibliche Waden in Siebenachtelleggings und nackte Füße, die in orthopädischen Clogs steckten. Die beiden Kommissare streckten ihre Dienstausweise in die Höhe.

»Kommen Sie rein.« Ingeborg Schröder wartete, bis Baltes und Subotka auf ihrer Höhe waren. »Man muss vorsichtig sein heutzutage«, sagte sie.

»Muss man«, bestätigte Baltes und vergaß selbst den üblichen Guten-Tag-Wunsch. So hatte er sich die Frau nicht vorgestellt. Die endet gar nicht, dachte er, das müssen fast zwei Meter sein. Wie lebt so jemand unter einer

Dachschräge? Und warum überhaupt, in Luxemburg müsste sie gut genug verdient haben für eine üppige Rente und eine großzügigere Bleibe.

Ingeborg Schröder führte sie in ein Wohnzimmer mit breiten, den Giebel ausfüllenden Panoramafenstern, welche die Aussicht freigaben auf die Panoramafenster des Nachbarhauses. Dazwischen überlebte eine Ordonnanz schütterer Kirschlorbeersträucher vor grün lackierter Doppelstabmatte aus Metall, die den Grenzübertritt zum Grundstück nebenan verwehrte. Die Einrichtung war spartanisch, so gemütlich wie der Showroom eines kurz vor der Insolvenz stehenden Möbelhändlers. Nur ein paar aufgeblätterte Zeitschriften auf einem gläsernen Couchtisch signalisierten wohnlichen Alltag, Baltes erkannte »TV-Movie« und das Gratis-Kundenmagazin einer Drogeriemarktkette. Die kastenförmige Sitzgarnitur war grau meliert, ein mintgrüner Hochflorteppich vor einem überdimensionalen Plasmafernseher an der Wand überbrückte, präzise mittig zentriert, die Leere des Laminatbodens. Auf dem Fenstersims standen ein Flakon mit Raumduftstäbchen der Note Jasmin und drei cremefarbene Blumentöpfe mit weißrosa Orchideen. Ob die wohl echt sind, fragte sich Baltes. Ihm war unbehaglich. Er hatte mit der plüschigen Einrichtung einer Rentnerin gerechnet, die es sich nett machen wollte, nicht mit einer solch abweisenden Strenge. Ein Crosstrainer, der zwischen Sofa und Fenster stand, verlieh dem Raum eine noch ungemütlichere Dimension.

»Setzen Sie sich doch«, lud die Bewohnerin des unterkühlten Ambientes mit einer Geste ein. Sie hatte ein weites graues T-Shirt ohne Ärmel an und verströmte etwas Schweißgeruch. Offenbar hatte sie gerade trainiert. »Zu einem älteren Fall, sagten Sie? Habe ich etwas damit zu tun?«

»Durchaus. Es geht um Timotheus Nippes«, sagte Baltes und faltete sich neben der Subotka auf dem Sofa in eine einigermaßen aufrechte und doch bequeme Sitzposition. Dieser neumodische Kram, schimpfte er innerlich, nie kann man sich einfach mal anlehnen, immer sind die Sitzflächen so tief, als ob sich ein Rennpferd darauf niederlassen sollte.

Der Gesichtsausdruck von Ingeborg Schröder blieb nichtssagend. »Ah … ich erinnere mich. Das ist schon einige Jahre her. Ich wurde bereits befragt und konnte nichts zur Aufklärung beitragen.« Sie setzte sich den Kommissaren gegenüber auf einen zum Sofa passenden Sessel. Für sie waren die Maße des Möbels gerade richtig. Mit beiden Händen umfasste sie ihre Knie. »Ich kannte den Nippes gar nicht persönlich. Warum kommen Sie dann nochmals zu mir?«

»Mittlerweile werden viele Dinge anders eingeschätzt als damals. Auch wenn Sie den Toten nicht persönlich kannten, so hatten Sie doch eine intensive Verbindung. Er wurde in Müllcontainern gefunden, gegen die Sie im Internet mobil machten«, antwortete Natalia Subotka provozierend. »Für Hass gegen Politiker braucht es längst kein eigenes Erleben mehr, das schaukelt sich im Netz ganz anonym hoch. Die Erfahrung haben wir leider gemacht.«

Ingeborg Schröder streckte abwehrend ihre Arme aus, die Handflächen gegen die beiden Polizisten gewandt. »Stopp! Stopp! Stopp! So geht das nicht, nicht mit mir«, rief sie mit dramatisch hochgerissenen Augenbrauen und schüttelte den Kopf. »Ich habe nicht mobil gemacht, sondern ich habe mich in den Dienst von unzähligen Menschen gestellt, die allesamt diese Müllcontainer nicht wollten. Und ich muss sagen, ich habe das vollkommen selbstlos getan. Und ich habe immer betont, dass man höflich mit den Gegnern umgehen muss. Sie können mir nicht die Verantwortung für den Tod von Nippes in die Schuhe schieben.«

Unwillkürlich sackte Baltes' Blick zum orthopädischen Schuhwerk seines Gegenübers. Platz genug für Schuldgefühle wäre da, dachte er.

»Das will auch niemand«, hörte er Subotkas überraschend milde und geduldige Stimme.

»Ach, hören Sie doch auf!« Die Schröder ließ die Freundlichkeit nicht gelten. »Natürlich wollen Sie das. Sie wären sonst nicht hier. Und glauben Sie mir, ich kenne mich aus, ich weiß, wie der Hase läuft.«

Warum ist die Frau auf Anhieb so kratzbürstig, fragte sich Baltes. Vielleicht ist sie immer so. Vielleicht muss man so sein, wenn man eine Art Bürgerwehr im Internet gründet und das ernst meint. Es ist ein Unterschied, ob man seinen Ärger in ein paar Posts rauslässt oder ob man sich zum Wortführer macht. »Nun geht es hier jedoch nicht um Hasen, sondern um polizeiliche Ermittlungsarbeit, welche auch die eine oder andere Routine umfasst«, versuchte er zu beruhigen. »Sagen Sie uns bitte einfach, wo Sie zur Tatzeit waren.« Ein bisschen nervös machen und auf den Busch klopfen hat noch nie geschadet, dachte er.

Sein Versuch misslang. »Sehen Sie, da fängt es schon an«, fauchte Ingeborg Schröder von ihrem Sessel aus. »Ich wüsste doch nur, was die Tatzeit ist, wenn ich die Täterin wäre. Kapieren Sie das?«

Dumm ist sie nicht, dachte der Kommissar. Aber wir auch nicht. »Das ist richtig, Sie wüssten, was die Tatzeit ist, wenn Sie die Täterin wären. Aber vielleicht stand es ja auch in der Zeitung und Sie haben es gelesen. Ist das abwegig? Was sagen Sie dazu?«

»Nein! Den Medien kann man doch sowieso nicht mehr vertrauen, ich informiere mich lieber selbst.«

»Aber Interviews haben Sie den hiesigen Zeitungen gegeben, nicht wahr, als Sprecherin von ›Kommt gar nicht in die Tüte‹?«

»Natürlich. Es gibt Leute, die lesen das. Ich habe denen gesagt, was sie schreiben sollen, und sie haben es getan. Wenn sie es bei mir tun, tun sie es auch bei anderen. Hab ich recht?«

»Hm. Lassen wir das, es geht hier nicht um Presseschelte. Sie informieren sich also üblicherweise über Facebook, zum Beispiel? Und Sie haben da eine Gruppe gegründet. Oder sogar mehrere?«

Sie nickte energisch. »Sicher, nur über Social Media

lässt sich etwas bewegen. Ich nutze Facebook, Twitter, Instagram, Telegram … alles. Nur TikTok, das ist nichts. Zu albern, zu viele Tanzvideos, das ist nicht meine Zielklientel.« Sie stand auf. »Ich muss jetzt weitermachen.« Sie zog die Gesundheitslatschen aus und bestieg den Crosstrainer, starrte geradeaus auf die Zimmerwand und würdigte die beiden Kommissare keines Blickes. Ihre Schritte hatten nichts Leichtes, ihr Atem ging schwer. Das Fleisch an den Armen wackelte im Takt der Bewegung.

Baltes ertappte sich bei einer Spur von Mitleid. Es musste trostlos sein, hier zu wohnen und sich auf einer Maschine gegen das Alter zu stemmen. »Sie haben bei der Erstbefragung kurz nach Auffinden des Toten ausgesagt, Sie seien in den Tagen rund um den Mord bei Ihrem Sohn und dem Enkel in Ostfriesland gewesen. Der Sohn hat das bestätigt …«

»Sehen Sie! Sag ich doch«, keuchte Ingeborg Schröder.

»Das beweist in diesem Fall leider nicht sehr viel. Denn nur mal so laut gedacht …«, fuhr Baltes fort, »gesetzt den Fall, Sie wären die Täterin oder hätten Täterwissen, so hätten Sie auch gewusst, dass sehr bald Teile des Toten in mehreren Biomüllcontainern auftauchen würden. Mit anderen Worten, Sie hätten rechtzeitig vor dem Auffinden nach Ostfriesland fahren können.«

Ingeborg Schröder antwortete nicht und wurde langsamer in ihren strampelnden Bewegungen. Dann hatte sie sich gefangen, verdrehte demonstrativ die Augen gen Zimmerdecke. »Sie haben doch gar keine Ahnung!

Haben Sie schon mal in eine dieser Stinkkisten geguckt?« Sie drehte den Kopf und sah erwartungsvoll von Baltes zur Subotka. »Na? Nein? Habe ich mir gedacht! Wenn ich den Kerl umgebracht hätte … Ich wäre doch nicht so dumm, die Teile in vollgestopfte Container zu stecken, sodass sie obenauf zu liegen kommen und man sie entdecken kann. Ich hätte mir welche ausgesucht, die halb leer sind. Dann hätten die Leute Müll dazugekippt, immer mehr bis zur nächsten Leerung. Und dann hätte niemand je herausgefunden, um wen es sich da handelte. Ein Müllcontainer voller Essensreste, in der prallen Augustsonne … Die Maden und die Hitze hätten nichts übrig gelassen von Herrn Nippes. Sowieso sind wir überzeugt, dass das meiste nicht kompostiert, sondern zusammen mit dem Restmüll verbrannt wird. Total unökologisch. Deshalb haben wir uns ja so dagegen engagiert und ein anderes Müllsystem verlangt. Wir sind und waren die Guten, das sollten Sie endlich anerkennen.« Mit neuer Energie trat sie in die Pedale.

»Ich sehe, Sie haben sich schon viele Gedanken gemacht«, sagte die Subotka. »Sie sprechen von unzähligen Leuten, die mit Ihnen gekämpft haben. Haben Sie geprüft, wer sich Ihnen angeschlossen hat? Oder wollten Sie einfach so viele wie möglich?«

Die Schröder schüttelte den Kopf. »Alle prüfen? Wo denken Sie hin? Und wozu? Keiner will die Müllcontainer. Keiner. Auch wenn viele nichts sagen. Man darf ja nichts mehr sagen heutzutage.« Sie hörte mit dem Strampeln auf und atmete tief durch. »Ich lege für meine eigenen Leute meine Hand ins Feuer, da war niemand dabei, der einer Fliege was zuleide tun könnte. Von denen können Sie keinen verdächtigen.«

Baltes nestelte eine Handvoll Computerausdrucke mit Screenshots aus seiner Jackentasche. »Das müssen Sie schon uns überlassen, wen wir verdächtigen. Außerdem sind Zweifel erlaubt, dass Sie Ihre … Ihre eigenen Leute alle im Griff hatten. Und ganz so … tierfreundlich ging es in Ihrer Fangemeinde wohl nicht zu.«

»Sie meinen das mit dem Schweinekopf? Nur ein Jungbauer, der seinem Ärger Luft gemacht hat. Wenn man nicht auf die Bürger hört und selbstherrlich entscheidet, dass die Leute ihren Müll quer durch die Dörfer zu irgendwelchen Sammelstellen schleppen müssen, dann darf man sich nicht wundern, wenn da der eine oder andere zu etwas drastischerem Protest greift.« Die Schröder wischte sich den Schweiß von der Stirn. »Da ist man als Politiker selbst schuld. Mehr ist dazu nicht zu sagen.« Sie hielt kurz inne. »Was keineswegs bedeuten soll, dass ich oder einer meiner Leute Gewalt gutheißen würde. Das stelle ich hiermit klar. Damit Sie mir kein Wort im Mund herumdrehen können.«

Baltes legte die Papiere auf den Couchtisch und breitete sie aus. In Großaufnahme zu sehen waren dunkle Containerecken, die von weißlichen Maden wimmelten. Aber auch einzelne Posts waren gut lesbar. Mit einer Handbewegung bat er die Heimsportlerin, sich das genauer anzuschauen. Widerwillig stieg sie vom Crosstrainer und ging zum Tisch.

Felixitus Krull, sicher ein Pseudonym: »Nippes mus mann mit eigenen Waffen schlagen. Der gehört in den Müll.« Ein Adolf Mü, dessen vollständiger Name ebenfalls ein Geheimnis blieb: »Alles Gängster, ich wüßte schon, was ich mit denen machen täte, wenn ich einen von diese Müllmaffia erwische, vor allem den Anführer von denen.« Und immer wieder Hymnen von einer Hermine Pink: »Inge wir gehen mit dir bis zum letzten Tropfen, du bisst unsre Hoffnung was würden wir nur ohne dihc tun?« Dazwischen Beschwerden darüber, dass ein Container trotz Leerung versifft sei oder dass jemand ekligen Müll vor dem Plastikungetüm fallen ließ, weil offenbar die papierene Transporttüte gerissen war. Ein Andyborg XXL forderte, Nippes müsse aus unserer schönen Eifel verschwinden, andernfalls … Garniert mit den Emojis für Erbrechen und Kothaufen.

Ingeborg Schröder blickte auf die Screenshots und zuckte mit den Schultern. »Ja und? Was soll das heißen? Die Leute waren halt wütend, es sind einfach nur Meinungsäußerungen.«

»Es sind insgesamt mehr als hundertfünfzig Seiten, allein aus drei Monaten vor Nippes' Ermordung«, erwiderte Baltes, »auf jeder eine mehr oder weniger massive Drohung gegen das spätere Opfer. Glauben Sie ernsthaft, dass dahinter nichts als heiße Luft steckte? Und glauben Sie ernsthaft, dass da niemand im Eifer des Gefechts etwas zu weit gehen könnte?« Er blickte in ihre Augen und sah Unbehagen, aber auch eine tief eingegrabene Wut, die längst zu ihrem Seelenzustand zu gehören schien. Sie mauert, dachte er, was wir hier machen, hat keinen Zweck, wir werden so nichts aus ihr herauskriegen.

Von Natalia Subotka perlte die Verstocktheit der Frau ab, sie lehnte sich betont lässig auf dem Sofa zurück und verschränkte die Arme hinter dem Kopf. »Frau Schröder, noch mal: Es geht hier nicht um ein paar wüste Beschimpfungen durch ein paar Leute, die ihren Frust nicht im Griff haben. Es geht hier um einen besonders grausamen Mord. Und um Delikte, die möglicherweise mit Mord zu tun haben ... wie Anstiftung, Beihilfe, Vertuschung, Behinderung von Ermittlungen. Suchen Sie sich etwas aus.«

Ingeborg Schröders Gesicht war wie versteinert. Gleich wirft sie uns raus, dachte Baltes, und das darf sie sogar. Ich muss es anders anpacken. »Sie waren also im fraglichen Zeitraum in Ostfriesland.« Er klang geduldig wie ein Heilpraktiker beim Erstgespräch mit einem hypochondrischen Patienten.

»Was soll das? Habe ich doch schon gesagt. Haben Sie eben sogar selbst gesagt. Mein Sohn hat das bestätigt.«

»Er hat darüber hinaus gesagt, dass Sie zu jener Zeit des Öfteren Migräneanfälle hatten, die Sie nur mit starken Medikamenten in den Griff bekamen ... Ich kann das nachvollziehen, glauben Sie mir, mit der Gesundheit ist nicht zu spaßen.«

»Tue ich nicht, das sehen Sie ja. Und was hat das mit dem Mord zu tun?«

»Sie haben sehr starke Schmerzmittel eingenommen, in hoher Dosierung. Plus abends eine Flasche Rotwein, ein schon seit vielen Jahren eingeübtes Ritual, sagte er, nichts Besonderes. Aber so, dass Sie kaum zu irgendetwas fähig gewesen seien, geschweige denn zu einem Mord.« Baltes griff nach den Ausdrucken und legte sie sorgfältig zusammen. »Für Ihren Sohn sind Sie eine bedauernswerte alte Frau mit vielen Problemen.«

»Das geht Sie gar nichts an. Ich muss mir das hier nicht anhören.«

»Nicht hier, da haben Sie recht«, griff die Subotka ein. »Möchten Sie eine Vorladung ins Präsidium?«

Baltes berührte ihren Arm, bremste seine Kollegin aus. »Frau Schröder, Sie wissen es selbst, bei missbräuchlichem Konsum solcher Medikamente steigt die Gefahr paradoxer Reaktionen. Es können sowohl euphorische wie depressive Zustände eintreten. Zustände, in denen man sich nicht mehr unter Kontrolle hat, an die man sich nicht mehr erinnert«, fuhr Baltes fort. Seine Stimme war leise, sachlich, keine Spur eines Vorwurfes.

»Wollen Sie mich als Junkie hinstellen?«

»Ihr Alibi, Frau Schröder, lässt einige Fragen offen«, assistierte seine Kollegin. Wenn Baltes den Sanftmütigen gab, musste sie die Taffe sein. »Aber vor allem stellt sich uns die Frage, ob Sie nicht vielleicht Mitwisserin waren von geplanten Gewalttaten. Sie hatten die Administratorenrechte der Facebook-Gruppe …«

»Na und? Die habe ich noch heute. Die Gruppe

ist nicht tot, wir machen weiter, auch wenn es im Moment …«

»Und als Administratorin muss Ihnen aufgefallen sein, dass zu Straftaten aufgerufen wurde. Etliche Posts sind nicht nur die übliche wutbürgerliche Schimpftirade und Beleidigung, sondern justiziabel. Beziehungsweise stammen von Profilen aus einem extremen Milieu. Aluhüte, Runen, Hexen und so weiter. Aber das scheint Sie nicht beunruhigt zu haben. Sie haben nichts gelöscht, im Gegenteil, manches davon haben Sie sogar selbst geliked. Sie kommen aus Ihrer Mitverantwortung nicht heraus.« Die Subotka sagte es ganz ruhig, aber es wirkte.

Ingeborg Schröder setzte sich in den Sessel und nestelte an ihren nackten Fersen. Ihr säuerlicher Duft schwebte bis zum Sofa, sodass Baltes durch den Mund atmete. »Ich habe mit all dem nichts zu tun. Ich kann mich nicht um alles kümmern. Wenn da der eine oder andere dabei war, der vielleicht …« Sie wurde leiser. »Wissen Sie, wie das ist, wenn man ein Kind allein großziehen muss? Wenn man im Beruf immer up to date sein muss? Banken sind Moloche, gerade in Luxemburg. Da kann man nicht auch noch im Privaten …«

Natalia Subotka runzelte die Stirn. »Aber Ihr Kind ist doch schon lange groß, oder etwa nicht? Und auch Ihr Berufsleben war längst vorbei. Was wollen Sie uns damit eigentlich sagen? Wollen Sie sagen, dass Sie einfach nicht hingeschaut haben, ob durch Sie für Nippes vielleicht eine echte Gefahr entstand? Oder war Ihnen das gleichgültig?«

»Was denken Sie von mir?« Sie klang halb empört, halb weinerlich. »Ich habe hohe Ansprüche, auch an mich selbst. Vor allem an mich selbst. Aber ich bin keine Denunziantin.«

»Ob Sie vielleicht eine Komplizin sind, wird sich zeigen«, meinte Baltes trocken. »Wir können beantragen, Ihren Rechner zu beschlagnahmen, und dem Antrag wird mit Sicherheit stattgegeben.«

Die Schröder sprang auf, ging zum Panoramafenster und schaute hinaus. Nichts bewegte sich dort. »Na gut«, sagte sie und wandte ihr Gesicht den Kommissaren zu, »ich gebe Ihnen Namen. Aber dann will ich Zeugenschutz.«

Baltes hatte Mühe, sich einen Lacher zu verkneifen. Das kommt davon, wenn man zu viel Vorabendkrimis guckt, dachte er. Und dann fiel ihm ein, dass der Gedanke an ein Zeugenschutzprogramm durchaus Charme hatte. Denn die Zeugen bekamen eine neue Identität in einer völlig fremden Umgebung, weitab ihres früheren Dunstkreises. Eine Eifel ohne eine Ingeborg Schröder, die Menschen buchstäblich wegen Müll aufstachelte? Er lächelte. »Liebe Frau Schröder, es tut mir außerordentlich leid. Aber über ein Zeugenschutzprogramm haben wir hier und jetzt nicht zu befinden. Ich freue mich jedoch, dass Sie anscheinend doch etwas Relevantes zum Mord bemerkt haben und uns das nun schildern möchten. Es ist gut, dass Sie gar nicht erst in den Verdacht geraten wollen, einen Täter zu schützen.« Er schaltete sein Diensthandy auf Sprachaufnahme.

»Damit das klar und aktenkundig ist: Ich. Tue. Das. Gegen. Meinen. Willen«, sagte Ingeborg Schröder und räusperte sich. »Aber Sie lassen mir keine Wahl. Wie gesagt, alles unter Vorbehalt und eigentlich weiß ich gar nichts. Ich bin unschuldig. Ob die Personen, die ich Ihnen nennen werde, das auch sind, geht mich nichts an, das müssen Sie selbst herausfinden. Fangen wir mit dem Journalisten an, Elmar Rödig. Er postete als El Rancho. Er hat mir persönliche Nachrichten geschickt, dass er über Nippes nie die Wahrheit schreiben könne, aber dafür sorgen werde, dass eines Tages ans Licht käme, welche Verbrechen auf sein Konto gehen. Das wäre schließlich sein Beruf.«

Die beiden Kommissare blickten sich an. Der Rödig? Ganz oben in der Hierarchie des Mosella-Couriers, einer führenden Tageszeitung weit über die Region hinaus, als Meinungsmacher und Leitartikler oft zitiert von anderen Medien. Die Schröder spielt sich auf, dachte Baltes. Rödig schrieb über Ministerkarrieren, Gesetzesentwürfe und Skandale, die das ganze Land erschütterten. Warum sollte der sich in die Gefolgschaft einer Frau Schröder einreihen?

Die starrte weiter hinaus auf Kirschlorbeer und Gartenzaun. »Dem Rödig traue ich nicht über den Weg. Erst hat er sich für meine Initiative interessiert und mich nach meiner Meinung gefragt. Aber dann kam plötzlich nichts mehr. Sogar ›Tollwutbürger‹ wurden meine Leute in einer Glosse in seiner Zeitung genannt … Und glauben Sie mir, so was geht nie ohne Absegnung von oben durch. Rödig ist ein falscher Fuffziger. Dann wäre da unter anderem noch diese Frau, La Strega laut Profil. Sie muss Inhaberin eines großen Modegeschäftes sein, das kam zwischen den Zeilen heraus. Man hat ihr einen Müllcontainer fast unmittelbar neben den Laden gestellt, und im Sommer saß die Ware, die sie vor die Tür gestellt hatte, voller Fliegen. Ich tippe auf Isabel Wingert. In der Nähe ihres Geschäftes jedenfalls stand ein Müllcontainer. Auch eine Eisdiele und eine Kita sind gleich um die Ecke. Sie postete, dass Nippes ein Teufel ist, der kleine Kinder opfert.«

Baltes sah Subotka an, die sah ihn an, beide zuckten mit den Schultern. Das Verschwörungsmärchen war nicht neu: irgendwelche sinisteren Machthaber, die in tiefen Gewölben Babys gefangen hielten, um ihnen Blut abzuzapfen und daraus Adrenochrom herzustellen für die eigene ewige Jugend. »Sie glauben also, dass Frau Wingert – sie ist doch diese Charity Lady, die Schecks für Hospize übergibt, nicht wahr? –, dass diese Frau eine Aluhutträgerin ist und im Rausche des Querdenkens einen Rechtsstaatlichen tötet und zerstückelt?«

»Wollen Sie nun, dass ich Ihnen Namen nenne, oder nicht?«

7

Der Tisch war liebevoll gedeckt, sogar an Kerzen hatte Vera Baltes gedacht, obwohl es draußen noch hell war und das rötliche Licht des Sonnenuntergangs das Wohnzimmer flutete. Jetzt, gegen Abend, hatten die seit Wochen ersehnten Schauer aufgehört und machten im Westen schon wieder Platz für goldige Wolkenlosigkeit. Im Osten würde ein Regenbogen am Himmel stehen, doch von seinem Platz am Esstisch aus konnte Werner Baltes ihn nicht sehen. Im Hintergrund lief seine Lieblingsmusik, diesmal nicht Keith Jarrett, sondern Jan Garbareks sphärisches Saxofon. Er stocherte in seinem Essen. Frische Pasta mit selbst gemachter Bolognesesoße, das Rindfleisch eigenhändig durch den Wolf gedreht, garantiert öko und aus Weideschuss ohne Transportstress, Vera achtete auf so etwas. Trotzdem, es wollte nicht rein, irgendetwas in ihm zwischen Gaumen und Magen lag quer. Nur der Rotwein passte.

»Du gefällst mir nicht«, sagte sie.

»Klasse, das ist genau das, was ein Ehemann hören möchte«, murrte er.

Sie verdrehte die Augen und seufzte. »Du weißt genau, was ich meine. Natürlich bist du mein allerbester Ehemann. Aber einer, der mir schon wieder Sorgen macht.«

Lustlos drehte er die Spaghetti auf seine Gabel, drehte und drehte, bis sie wieder in die Soße zurückfielen. »Ein Ehemann ist dazu da, die Ehefrau zu beschützen … Vera, im Ernst, es hilft mir nicht, wenn du mich drauf stupst wie einen Welpen in sein Pipi, dass ich …«

»Dass ich fürchte, dass du dich schon wieder übernimmst? Liebster, ich meine das weder mahnend noch vorwurfsvoll noch genervt. Du bist ein Mensch, der sich immer voll reinkniet in das, was er für richtig hält. Und dafür liebe ich dich. Aber ich halte es nicht noch mal durch, wenn das zur Folge hat, dass du reizbar bist wie ein Tiger mit Zahnschmerzen, nicht mehr mit mir redest, nichts mehr isst und nur noch Alkohol in dich reinschüttest, nicht mehr schläfst.«

Er sah verletzt zu ihr hinüber. »Bin ich so schlimm? Es sind erst drei Nächte, in denen ich wieder Probleme mit dem Schlaf habe, und bis dahin hast du unser Glas Wein zum Feierabend genossen, oder etwa nicht?«

»Ein Glas, ja. Aber nicht eine ganze Flasche.« Sie langte über den Tisch und berührte seine Hand. »Ich habe einfach mehr Sorge um uns als früher, bitte versuch das zu verstehen.«

Sanft streichelte er über ihre Finger und nickte. Eine Flasche Wein für ihn allein war viel zu viel, sie hatte recht. Wenigstens warf er nicht zusätzlich noch Medikamente ein. Er dachte an die Schröder. Vielleicht war auch sie erschöpft, vielleicht war sie im Grunde ihres Herzens nicht die harte Rächerin der Müllentrechteten, die sie spielte.

»Verstehe ich ja. Und das alles hört auch bald wieder auf, versprochen. Es ist nur so, dass etwas an diesem Fall … Da ist etwas, das ich nicht zu fassen kriege und das mir regelrecht Übelkeit verursacht. Nicht nur, weil der Tote in so einer ekligen Weise aufgefunden wurde. Irgendwie scheint niemand mehr Mitgefühl zu haben, das ist es, was mir so aufstößt. Alle sind einsam, alle gescheitert und jemand wurde ermordet, aber niemand sagt über jemand anderen etwas Gutes. Nicht über das Opfer und nicht einmal über sich selbst.« Er schluckte hart. »Ich werde das Gefühl nicht los, dass ich diesmal nicht zufrieden sein kann, wenn ich den Fall gelöst habe. Weil dadurch nichts erlöst wird.«

Vera Baltes stand auf, ging um den Tisch zu ihrem Mann und nahm seinen Kopf in ihre Hände. Er drückte sein Gesicht gegen ihre Brust. »Vielleicht ist es am Ende ganz anders. Und vielleicht geht es gar nicht um Macht oder Maden im Müll, für die man zum Mörder wird.«

»Ach«, brummte er in ihren Busen, »wahrscheinlich macht mir einfach nur die Aussicht zu schaffen, nun eine halbe Hundertschaft zu überprüfen, die von ihrer eigenen Heldin als besonders hässliche Zeitgenossen verpfiffen wurde. Da weiß ich gar nicht, wer mir unsympathischer sein soll.«

Sie streichelte über seinen Kopf, als wäre er ein kleines Kind. »Niemand soll dir unsympathisch sein, Hauptkommissar Baltes, denn du bist objektiv und neutral und …«

»Pfff, du verwechselst mich entweder mit dem Weihnachtsmann oder mit einer Flasche Sagrotan.« Er befreite sich mit einem Ruck aus der Umklammerung. »Ich hab's satt. Morgen machen wir blau und fahren weg.«

»Morgen ist Samstag.«

»Umso besser, dann ist es sogar legal.« Er klopfte ihr auf den Hintern.

*

Die Ampel sprang auf Grün, aber Baltes wäre mitten auf der Kreuzung gestrandet, hätte er Gas gegeben. Erst beim zweiten Anlauf schaffte er es rüber auf die kleine, gewundene Landstraße, die nach kaum zwei Kilometern ans Ufer des Laacher Sees führen würde. Vor ihm glitzerten Heckscheiben in der Sonne, die Bremslichter glühten.

»Das gibt's doch nicht«, schimpfte er, »haben die alle kein Zuhause?«

»Schau dir die Armen an«, sagte seine Gattin sanft. »Die kommen sogar schon aus Leipzig, Frankfurt und München her. Was ist eigentlich ›MON‹? Montabaur?«

»Monschau! Was wollen die hier? Wieso bleibt ihr mit euren komischen Nostalgiekennzeichen nicht am

Rursee?« Er rollte zehn Meter, kam wieder zum Stehen, rollte fünf Meter, stand. »Wahrscheinlich ist da auch alles überfüllt.« Er schlug aufs Lenkrad. »Verdammt, kann man denn nicht ein Mal seine Ruhe haben?! Das gibt's doch nicht.«

»Werner, ruhig Blut. Wenn wir in Maria Laach sind, gibt's erst mal ein Stück Torte im Seehotel … und dann gehen wir in die Klostergärtnerei und holen uns Rosenstauden für den Garten und dann …«

»Nix und dann! Wir kehren um! In der Gärtnerei wirst du dich um jede Tüte mit Äpfeln prügeln müssen, im Seehotel wird es keinen freien Sitzplatz mehr geben und in der Kirche treten dir die Massen meditativ in die Hacken.« Rechts tat sich ein kleines Sträßchen auf und Baltes riss den Wagen herum, ohne zu blinken. Er wendete, wollte links zurück auf den Autobahnzubringer, wartete, blickte nach links, blickte nach rechts. Setzte den Blinker. Wartete. Doch es tat sich keine Lücke zwischen den Stoßstangen auf, die sonnenbebrillten Insassen starrten stur geradeaus. Ein Kind auf dem Rücksitz eines SUV streckte Baltes die Zunge raus.

»Jetzt reicht's!« Er setzte in eine Einfahrt zurück und preschte weiter das Sträßchen entlang … Wiese, eine Baumreihe, ein Steinbruch tat sich zur Rechten auf. Er seufzte. »Mist, hier geht es nicht weiter, das sieht ja aus wie auf dem Mond. Sag, was sollen wir tun?«

»Zur Ruhe kommen, mein Schatz, zur Ruhe kommen. Das können wir auch hier. Fahr einfach weiter, bis du irgendwo parken kannst. Dann gehen wir ein Stück.«

Hinter dem Wagen staubte es, der Weg wurde zur welligen Buckelpiste und endete plötzlich in einem von vertrocknetem Gras bestandenen Wendehammer. Gestrüpp fast wie mediterrane Macchia stand ringsum. Sie stiegen aus, das Schlagen der Wagentüren unterbrach eine unwirkliche Stille. Kein Tier gab einen Laut von sich, kein Wind brachte Laub zum Rascheln. Unter ihren Schuhen knirschte trockenes, zerstoßenes Gestein. Und dann sahen sie es: Senkrecht vor ihnen ragte eine gigantische Felswand auf, durchzogen von waagrechten Linien, die wie ein Baumkuchen aufeinandergeschichtet waren. Fast weißlich gleißten manche in der Sonne, andere blieben matt und grau in allen Schattierungen. Es wirkte, als hätte ein Riese eine fensterlose Hochhauswand mit einem wuchtigen Werkzeug geschliffen und in ungezügelter Wut mal feine und mal grobe Kratzer hineingeritzt. Oben auf der Kante, bestimmt mehr als fünfzig Meter über dem Grund, klammerten sich Eichen, Birken und Sträucher an eine kaum sichtbare Humusschicht und widerstanden nur mühsam der Gefahr, in den Abgrund zu stürzen.

Baltes blieb mit offenem Mund stehen. »Wahnsinn!«

Vera war vorausgegangen und hatte eine Stele aus Basalt entdeckt. »Wingertsbergwand«, las sie vor, »hier steht's. Sind die Reste vom Laacher-See-Vulkanausbruch. Sechzig Meter dicke Ascheschichten. Das muss für die Ureifeler sehr ungemütlich gewesen sein vor zwölftausend Jahren.«

Wingertsbergwand? Baltes schoss der Gedanke an

Arbeit in den Kopf. Die Wingert muss ich auch noch abklopfen. Er merkte, wie sich sein Puls beschleunigte. Ich habe heute frei, dachte er, und es liegt an mir selbst, mir das zu gönnen. Erschöpfung beginnt im Kopf und ich will nicht erschöpft sein.

»Irgendwie seltsam ist es immer noch hier«, sagte er. Er lehnte sich an ein hölzernes Geländer, das die rau gekörnte Felswand vom Weg trennte. »Lass uns ein Weilchen einfach abschalten. Vielleicht verirrt sich sonst niemand her und wir hören einfach unserem Atem zu.«

Sie ging auf ihn zu. »Das ist eine gute Idee.« Sie hakte sich bei ihm ein, gemächlich schritten sie die Steilwand ab, als wäre sie eine Ehrenformation. »Weißt du, Werner, neulich … als ich bei diesem Mann im Auto den Flyer über die todkranken Kinder fand … Ich denke immer noch an Mona, fast jeden Tag. Wir haben uns versprochen, keinen Altar um sie herum zu bauen und zu akzeptieren, dass sie nicht mehr da ist. Aber …«

Er tätschelte ihren Arm. Eng wurde es in seiner Kehle. »Schon gut, Vera. Wir waren so jung, wir dachten, wenn wir dann ein Kind haben, ein zweites, das sollte nicht in ihrem Schatten stehen …«

Es war nie ein zweites Kind gekommen. Mona war einzig geblieben, einzigartig, mit ihrem wilden Gestrampel auf dem Buggy, runde flinke Beine hatte sie gehabt und dunkle Locken und ein Lachen im Gesicht, immer, bis plötzlich dieses Fieber da war und diese Schmerzen und ein Arzt, der Leukämie diagnostizierte, viel zu spät. Baltes holte tief Luft.

»Wir konnten doch nicht wissen … Und vielleicht ist es gut, dass wir uns geschworen haben, nicht immer wieder neu zu bluten. Und dass sie gehen durfte, ohne dass ihre Eltern erstarren und versinken. Wir waren doch für sie da, solange sie da war.« Er erinnerte sich an die Intensivstation. An die Angst. An das Erkennen, dass Mona nie wieder aufwachen würde. An die Wochen, die sich angefühlt hatten wie eine stillstehende Ewigkeit. An den kleinen weißen Sarg. An die Brandspuren im Herzen, die noch blieben, als die Ewigkeit längst aufhörte stillzustehen und wieder Zeit wurde. An das Versprechen, das sie ihrer toten Tochter gegeben hatten. Wir lassen dich los. Wir danken dir, dass es dich gibt. Es wird dich immer geben. Aber du wirst uns nicht Last und Trauer sein. Du wirst uns Freude bleiben.

Und irgendwie hatte es funktioniert. Ja, »funktioniert«, das war das richtige Wort, fand Baltes. Es hatte sogar gut funktioniert. Vera hatte als Sozialarbeiterin anderen Kindern helfen können. Auch wichtig. Er hatte als Kommissar Kinder gerettet. Nahm er jedenfalls an. Vor Vätern, die gewalttätig geworden wären, wenn er nicht für ihre Verhaftung gesorgt hätte. Vor Müttern, die hilflos geblieben wären, wenn nach einem Diebstahl oder einer Schlägerei im Suff oder unter Drogen oder beidem niemand vom Jugendamt eingeschritten hätte. Wie gut wäre es für Lisamarie Bentheim gewesen, die Tochter von Nippes, wenn jemand sie gerettet hätte, vor ihm, damals, als es noch früh genug gewesen war. Oder vielleicht mussten die Kinder vom Markus Pollmeier gerettet werden, vor seiner Bitterkeit, vor seinem Hass auf alles und jeden. Vielleicht war das der Grund für sein Alleinsein und nicht irgendein Gift im Boden. Gift in der Seele. Der Sohn von der Schröder … Musste er gerettet werden vor seiner Mutter? Die Schröder selbst, die verzweifelt versuchte, irgendwie bedeutsam für irgendwen zu sein, und sei es als schrille Kämpferin für Mülltonnen … War auch sie nur ein kleines Mädchen gewesen, das niemals gerettet worden war?

»Ich habe nur noch mit großen Kindern zu tun«, sagte Baltes, »sie sind noch unglücklicher und noch kindischer als Vierjährige. Und du hast recht, das kostet so unendlich viel Kraft. Jedenfalls ist unsere Mona nie unglücklich geworden. Dazu hatte sie einfach keine Zeit.« Er drehte sich abrupt um, sodass der Schotter unter seinen Sohlen staubte. »Und ich will jetzt auch nicht, dass wir im Unglück wühlen. Lass uns doch zum Kloster fahren und uns mit Horden um Parkplätze kloppen.«

Sie folgte ihm. »Rosen kaufen? Torte essen? Und eine Kerze für Mona anzünden?«

Er nickte. »Ich finde zwar, das ist Hokuspokus, aber vielleicht freuen sich Vierjährige darüber.« Das war ihm Grund genug.

Frechheit siegte. Baltes wusste es doch. Er überholte die Schlange der auf Einlass zum Parkplatz am Seeufer wartenden Autos, bis er fast mit einem entgegenkommenden Wohnmobil kollidiert wäre, dessen Fahrer hektisch die Lichthupe betätigte. Aber dann doch abbremste und dem Kommissar nebst starr geradeaus blickender Gattin die Weiterfahrt gestattete. Baltes bog in die schmale Einfahrt zum ummauerten Gelände von Maria Laach ein. »Nur für Hotelgäste«, stand da unmissverständlich, aber bald würden sie ja gewissermaßen Hotelgäste sein. Zumindest auf eine Tasse Kaffee. Wenn Platz wäre.

»Ach, Werner«, seufzte Vera und entspannte sich, während ihr Mann, mittlerweile auf Schritttempo gebändigt, an parkenden Limousinen vorbeirollte und schließlich fündig wurde.

»Wusste ich's doch, die Ecke hier ist immer frei. Die kennt nämlich keiner«, sagte er befriedigt und manövrierte das Auto in eine schmale Lücke zwischen Gewächshausglas und Natursteinmauer.

»Die Ecke hier ist eigentlich verboten. Und ich komme nicht raus«, murmelte sie, während sie die Beifahrertür gegen die Mauer stieß.

»Doch, kommst du. So dick bist du doch gar nicht.«

»Werner!«

»Liebste, das war ein Kompliment. Andere in deinem Alter haben zwanzig Kilo mehr auf den Pobacken.« Aber auch er selbst hatte Mühe, sich aus dem Wagen herauszuwinden. Mit schief gezogenen Jacken standen sie einander gegenüber. »So, jetzt rein ins Vergnügen!«

Rund um die Abtei herrschte respektloser Andrang, eine Atmosphäre wie auf dem Rummelplatz, nicht wie an einem Ort der spirituellen Einkehr. Zwar gab es nicht das frühere babylonische Sprachengewirr aus Englisch, Lëtzebuergesch, Flämisch, Französisch und Wortfetzen, die Baltes gedanklich in asiatische und osteuropäische Gegenden sortierte. Aber auch deutsche Dialekte waren vielfältig, wie er feststellte. Wo an den Wochenenden vor der Pandemie allenfalls das Rheinische und breites Westfälisch erklang, das ihn irgendwie immer an einen Froschteich erinnerte, so wurde nun auf Bajuwarisch, Schwäbisch, Sächsisch oder Friesisch parliert. Majusebetter, dachte er, hatten die alle kein Zuhause? Mit Unbehagen hatte er die frohlockenden Prognosen der Touristiker zur Kenntnis genommen, die in den Fernsehnachrichten von einer strahlenden Zukunft der Eifel sprachen: mehr als achtzig Millionen ohne Malle, stattdessen auf der Suche nach kleinen Fluchten im Heimatland. Viele von ihnen würden die Schönheit der Eifel entdecken, so waren sie überzeugt, und künftig immer wiederkommen. Muss das sein, dachte Baltes, warum können die nicht einfach auf dem Balkon bleiben? Selbst schuld, wenn man unbedingt in einer Art Schuhkarton lebt, bloß weil dieses Leben im Schickimicki-Kiez mit Coffee to go an allen Ecken stattfindet, und sich dann eingesperrt fühlt.

Die schubkarrenähnlichen Einkaufswagen der Klostergärtnerei waren allesamt vergeben, kein einziger stand ungenutzt herum. Im Freigelände schoben Heerscharen diese zwischen den eingefassten Rabatten vor sich her, zogen hier ein Pflänzchen im Anzuchttopf hervor oder dort gleich eine ganze Staude samt Ballen und wuchteten sie hinein. Offenbar lag die deutsche Menschheit, so sie den Weg nach Maria Laach gemeistert hatte, im

Fieber der gärtnerischen Leidenschaft. Fast alle hatten ihre Mund-Nase-Masken unterm Kinn oder am Handgelenk baumeln, denn für das Anstehen im Kassenbereich war das Tragen des lästigen Utensils noch immer Pflicht. Seit Tagen hieß es, man müsse mit der Rückkehr des Virus rechnen, schlimmer als zuvor.

»Wo hast du dein Dings?« Vera nestelte in ihrer Jackentasche und zog eine selbst genähte Maske hervor. Blümchenmuster in Pink und Dunkelrot. Sie hatte sie von einem ihrer Schützlinge geschenkt bekommen und nicht gewagt, sie zurückzuweisen.

»Dings?«

»Schnutenpulli, Schnüssjäckchen, Fratzenschlüpfer … Such dir aus, wie du es nennen willst.«

Baltes schüttelte den Kopf. »Nicht dabei. Macht aber nichts, ich bin die Polizei. Oder allergisch. Oder beides.« Er zog sich das T-Shirt über die Nase. Es rutschte aus dem Hosenbund, sodass sein behaarter Bauchnabel im Freien prangte. Er stopfte das Shirt zurück. »Es muss auch so gehen.«

»Du willst dich doch wohl nicht unter die Aluhüte mischen, Schatz? Es wäre mir peinlich, mit einem Covidioten verheiratet zu sein.« Sie fischte ihr Portemonnaie aus der anderen Jackentasche. »Ich gebe mich jetzt dem gepflegten Kaufrausch hin, du kannst dir ja draußen die Beine vertreten. Oder geh schon mal zur Kirche vor, ich komme nach.« Sie ließ ihn stehen und wandte sich in Richtung der Gärtnereiabteilung für Liköre, Kräutertees, Kerzen und Keramik.

Baltes sah sie zwischen rüstigen Rentnern verschwinden. Ich bin doch kein Covidiot, dachte er empört, ich wäre der Letzte, der keine Maske trägt, weil er glaubt, dass Bill Gates ihn damit vergiften will. Ich habe mein Schnauzenläppchen schlicht vergessen, das ist alles. Aber ein bisschen war er auch froh, sich nun nicht im Gedränge zwischen den Tüten mit Salbeibonbons, dem Büchertisch mit Literatur für Unkrautliebhaber, den Packungen mit hausgemachten Nudeln und dem Regal mit fröhlichen Blumengestecken für die herbstliche Tischdekoration behaupten zu müssen. Er wollte sich dem eigentlichen Zweck eines Klosters zuwenden … der Andacht.

Er eilte zum Ausgang der Gärtnerei. Im Zickzack peilte er die romanische Abteikirche an, Pärchen und Familien mit Kinderwagen und ganzen Pulks angegrauter, fröhlich krähender Ausflügler ausweichend. Auf den Stufen zum Buch- und Kunstladen saß eine Traube junger Rucksackwanderer, eine andere Gruppe strömte aus dem Selbstbedienungsrestaurant und lobte lautstark Fritten mit Mayo, fast so gut wie in Belgien. Je näher er dem Gotteshaus kam, desto mehr lichtete sich die Menschenmasse. Offenbar war die weltliche Seite des Klosterlebens sogar unter dem Eindruck einer Pandemie anziehender als der ursprüngliche religiöse Sinn. Mona, dachte Baltes, sie wäre jetzt vielleicht eine dieser lachenden jungen Leute, sie würde es bestimmt auch komisch finden, wenn ihr Vater irgendwelche Teelichter für fünfzig Cent anzündete und glaubte, es hätte eine bis in den ewigen Himmel reichende Bedeutung. Fast beneidete er diesen Julian Lamm, der vielleicht ein schwerkrankes Kind hatte – ein Kind aus Fleisch und Blut, um das er sich Sorgen machen konnte, für das er etwas tun konnte.

Erneut staute es sich im Kreuzgang. Nicht weil hier die Mengen Einlass ins Heiligste begehrt hätten, sondern weil ein Mensch mitten im Weg zum Inneren der Kirche stand, ein Pappschild vor der Brust. Der Mann war irgendwie alterslos, er hätte vierzig oder sechzig Jahre sein können, Baltes konnte ihn schlecht einschätzen. Ein rundes Allerweltsgesicht mit lichtem, aschfarbenem Haarschopf, eine unauffällige Brille, Jeans und graue Steppjacke … Jemand, den man schon vergessen hatte, während man ihn noch ansah. Aber das Schild rüttelte auf, das er mit seiner rechten Hand hochhielt: »Ihr habt meine Seele getötet. Die Kirche schweigt und lügt!« Ein Sonnenstrahl fiel auf seinen Ehering, als würde etwas Göttliches höchstpersönlich die Botschaft unterstreichen.

Vor ihm stand ein hagerer Typ, ganz in Schwarz gekleidet. Baltes sah nur seinen Rücken, gerade wie ein Besenstiel. Die Schulterblätter stachen hervor, und auf seiner kahlen Kopfhaut gab es rötliche Flecken, die Gestalt wirkte wie eine Vogelscheuche. Doch die Stimme, die aus ihr herausdrang, war warm und volltönend.

»Ich verstehe Sie doch«, sagte er, »ich verstehe Sie so gut. Es ist die schlimmste Verleugnung Jesu, die ich mir vorstellen kann, die Ihnen und den anderen Opfern widerfahren ist. Sie haben vertraut, es blieb Ihnen ja gar nichts anderes übrig. Glauben Sie mir, wir tun Buße!« Es klang flehentlich.

Der andere schüttelte den Kopf. »Ich glaube Ihnen nicht. Bis heute wird vertuscht. Sieht so die Buße von euch Kirchenleuten aus, die sich an uns vergangen haben?« Die Wut in seiner Stimme stand im Gegensatz zu seinem so harmlosen Äußeren.

»Was wollen Sie noch? Ich habe wirklich alles getan, um die Täter zur Rechenschaft zu ziehen.« Der dürre Mann breitete seine Arme aus, als wollte er sein Gegenüber umfangen. »Mehr kann niemand tun. Nur etwas rückgängig machen, das kann ich nicht. Es tut mir alles so unendlich leid!«

»Waren Sie auch einer von denen?« Der Mann mit dem Plakat fragte es scharf. Als würde er, wenn er ein Ja hörte, dem Bittenden an die Gurgel gehen. »Waren es Jungs oder Mädchen? Oder beides?«

»Nein. Nein, um Himmels willen, nein! Aber ich wusste davon. Ich bin zum Bischof gegangen, ich bin zu allen gegangen … Es hat nichts genutzt. Wissen Sie, wie man sich da fühlt?«

Der Demonstrant verzog sein Gesicht, die Mundwinkel zuckten. Er schwieg und starrte geradeaus, aber er schien nicht gewillt, sich in den Mann hineinzufühlen, der offenbar versuchte, für seinen Stand Abbitte zu leisten. Baltes war hin- und hergerissen von diesem Schauspiel, dessen Zeuge er zufällig wurde. Er verstand beides, die Härte des Opfers, die Erbärmlichkeit des Mitwissers.

Vielleicht, so dachte er, hätte es den Priestern, die ihre kleinen Schützlinge missbraucht hatten, sogar geholfen, wenn Leute wie er … wenn sie als staatliche Macht eingeschritten wären und bestraft hätten, so wie sie jeden anderen dieser Täter drankriegen wollten. Die pädophilen Priester mussten jetzt auch damit leben, genau wie die, denen sie etwas angetan hatten. Ob das am Ende eine echte Erleichterung war, irgendwie davongekommen zu sein? Baltes glaubte es nicht. Überhaupt dieses Wort, Pädophilie, es stimmte doch gar nicht. Freundschaft zum Kind bedeutete es übersetzt, jeder Theologe musste Altgriechisch lernen und wusste das. Wusste auch, dass diese Freundschaft gelogen war.

Hinter ihm erklang eine ärgerliche Stimme. »Es reicht jetzt, können Sie vielleicht mal weitergehen? Es wollen Leute da rein in den Bau!« Er drehte sich um und blickte in graublaue Augen, die über einer Einmalmaske erbost blitzten. Die blond gesträhnte Frau hielt ein Handy hoch und fotografierte offenbar ununterbrochen, auch ihn und die Auseinandersetzung der beiden Männer vor ihm. Neben ihr stand ein Mann, ohne Maske, lächelte schief und zuckte wie entschuldigend mit den Schultern. Ich kann nichts dafür, schien er Baltes signalisieren zu wollen.

Der trat einen Schritt zur Seite und ließ die beiden durch. »Eine gute Andacht wünsche ich Ihnen«, sagte er. »Sie scheinen sie zu brauchen.«

Nun schaute auch der Mann grimmig. Für den Disput um Missbrauch jedenfalls interessierte sich keiner von beiden. Der Kommissar blickte hinter ihnen her. Was suchen solche Leute in einer Kirche? Als er sich wieder umwandte, stand der Plakatträger stumm und allein da. Keine Spur mehr von dem Geistlichen. Vielleicht hatte er eingesehen, dass seine Bitte um Vergebung ins Leere gelaufen war. Vielleicht war sie halbherzig gewesen. Baltes konnte im rundlichen Gesicht des Demonstranten nicht erkennen, ob das Flehen doch etwas bewegt hatte, Milde oder im Gegenteil Abscheu. Vielleicht hatte man wirklich seine Seele getötet, dachte Baltes und war traurig. Er würde keine Kerze für Mona anzünden. Jedenfalls nicht hier und nicht jetzt. Er verließ den Kreuzgang, stieg die breite Treppe zum Hauptweg empor, der das Touristengewimmel rund um die Gärtnerei mit dem Refugium der Mönche verband, stand da und wartete. Irgendwann musste sie rauskommen, seine Vera. Er wurde müde, aber keine der Holzbänke am Wegrand war frei. Also lehnte er sich gegen eine Mauer.

Beinahe wäre er im Stehen eingedöst, als sie ihm auf die Schulter tippte. »Du musst mir mal helfen.«

Er zwinkerte ins Sonnenlicht. »Wobei denn?«

»Ins Auto tragen helfen. Wir haben jetzt eine Goldparmäne.«

»Wer oder was mag das sein?«

»Ein Apfelbaum. Den musst du heute noch einpflanzen.«

»Aha. Geht morgen die Welt unter?«

»Weiß man's?«

8

Als Baltes am Montag ins Büro kam, hatte er noch immer Muskelkater. In den Armen, im Rücken, seltsamerweise auch in den Beinen. Er war morgens kaum aus dem Bett gekommen vor Schmerzen. »Luther, du hast Unsinn geredet«, dachte er laut. »Man pflanzt keinen Apfelbaum, wenn morgen die Welt untergeht. Die Welt geht unter, wenn man gestern einen Apfelbaum gepflanzt hat. Oder vorgestern, das kommt aufs Gleiche hinaus.«

»Du gehst so komisch«, begrüßte ihn Natalia Subotka.

»Ach ja? Habe ich gar nicht bemerkt.« Er stakste an ihr vorbei zur Kaffeemaschine. »Ich hatte ein superschönes Wochenende, danke der Nachfrage.« Er goss sich eine Tasse ein und stellte missmutig fest, dass die Flüssigkeit eine durchsichtig helle Färbung hatte. Lutz Didier musste der Koch gewesen sein, er bezeichnete das Ergebnis seiner von allen Kollegen geschmähten Bemühungen stets als gesund.

»Und die Woche startet noch besser, lieber Kollege«, flötete sie ihm hinterher. »Hast du schon Zeitung gelesen? Einer der Leute auf der Schröderliste winkt schon mal von sich aus ganz fleißig mit dem Zaunpfahl und fleht darum, dass wir ihn unter die Lupe nehmen.«

Baltes nahm einen Schluck und verzog das Gesicht. Heiß, aber geschmacksneutral. »Wie schön. Hat jemand eine Selbstanzeige annonciert? ›Ich war der Schlächter von Nippes‹? So in etwa?«

»Fast. Hier, lies mal.« Sie schob ihm die Montagsausgabe des Mosella-Couriers hin.

Er nahm das Blatt und ging zu seinem Schreibtisch. Neben dem Aufmacher der Titelseite – dort ging es um ein mögliches erneutes Aufflammen der Pandemie – hatte die Redaktion einen Zweispalter von Autor Elmar Rödig platziert. Aus der rhetorisch fragenden Überschrift wurde nicht klar, ob das nun ein persönlicher Kommentar oder ein objektiver Bericht sein sollte.

Will unsere Polizei wirklich aufklären?

Was denn sonst, du Vollpfosten, dachte Baltes und brauchte für die Auffrischung seines Blutdrucks sofort kein Koffein mehr. Er las weiter.

Fünf Jahre ist es her, dass Timotheus Nippes brutal ermordet wurde. Doch noch immer ist kein Täter gefunden. Ein Versagen der Polizei? Ermitteln die Behörden ernsthaft oder sind sie nicht mehr an der Aufklärung interessiert? Waren sie es je? Es liegt der Verdacht nah, dass der Tod dieses umstrittenen, doch einzigartigen Politikers ungesühnt bleibt, ja mehr noch, ungesühnt bleiben soll.

Wir erinnern uns: Nippes war kein Schönredner, Nippes war ein Mann der unbequemen klaren Worte. So einer hat nicht nur Freunde, so einer hat auch Feinde. Was ist die Steigerung von Feind? Parteifreund! Eine gerade in diesen Zeiten allzu wahre Erkenntnis, die anscheinend jedoch bei den Polizeibehörden noch nicht angekommen ist. Wer hatte ein Motiv, Timotheus Nippes zum Schweigen zu bringen? Auf eine besonders grausame Art zum Schweigen zu bringen, denn er wurde nicht nur getötet, seine Leiche wurde zerteilt und achtlos in den Müll geworfen. Ironie der Geschichte: Dies wäre nicht möglich gewesen ohne jenes Bringsystem für Biomüll mit öffentlichen Containern, für das sich Nippes selbst eingesetzt hatte.

Jahrelang scheint die Polizei ausschließlich der Spur nachgegangen zu sein, dass dieser schreckliche Ablageort ein Zeichen und ein Motiv war – dass der Täter mithin in den Reihen derjenigen Bürgerinnen und Bürger zu suchen ist, die sich gegen dieses System ausgesprochen haben. Eine Spur, die offensichtlich im Sande verlief. Wie jetzt bekannt wurde, ist nur noch ein Polizeibeamter im Ruhestand für die Suche abgestellt. Wie steht es um unseren Staat, wenn er nicht seine besten Kräfte einsetzt, um Verbrechen an seinen Vertretern aufzuklären? Auch Landes- und Kommunalpolitiker sind Säulen dieses Staates. Ist das in Vergessenheit geraten?

Baltes war drauf und dran, das Blatt zu zerreißen. Ruhestand? Freundchen, dir werde ich auf den Zahn fühlen! Dann wirst du erleben, dass von Ruhestand keine Rede sein kann, dachte er.

Nach Informationen unserer Zeitung wurde jüngst einer der Initiatoren der Proteste gegen das Bringsystem der Biomüllcontainer vernommen und nach fünf Jahren zum Tathergang befragt. »Das ist eine bodenlose Frechheit«, so Ilse S. (Name von der Redaktion geändert) im Interview, »und eine Vorverurteilung ohne jeden Anlass!« Sie ist noch heute spürbar verängstigt und schildert das Vorgehen des fraglichen Beamten. »Er kam einfach zu mir in die Wohnung, er hatte noch eine bewaffnete Hilfskraft im Schlepptau. Ich wurde massiv genötigt, Namen von unbescholtenen Bürgerinnen und Bürgern herauszugeben, die nichts Schlimmeres getan haben, als sich für eine bessere Müllentsorgung zu engagieren … also Ehrenamtler. Sie und ich zahlen die Polizei aus unseren Steuergeldern, aber wir werden haltlosen Verdächtigungen ausgesetzt.«

In der Tat müssen sich die Behörden, allen voran der Polizeipräsident und der Innenminister als oberster Dienstherr, Fragen gefallen lassen. Wurde ausreichend in alle Richtungen ermittelt, so wie es die übliche Polizeiarbeit erfordert? Wurden auch die politischen Mitwettbewerber überprüft, die möglicherweise einen Vorteil vom Ausscheiden einer gewichtigen, wegweisenden Stimme innerhalb ihrer eigenen Partei hatten? Die Wählergemeinschaft FRuSt war zuletzt zutiefst zerstritten. Einer der politischen Ziehsöhne des Ermordeten, Dr. Julian Lamm, sah sich am Ende sogar genötigt, die politische Ebene zu verlassen und auf seine erhoffte Karriere zu verzichten. Mainz, wenn nicht gar Berlin, sollten die nächsten Stationen sein. Kann eine Eifeler Kleinstadt da eine Alternative sein? Sicher nicht. Oder haben wir es eingedenk des besonders brutalen Vorgehens des Täters gar mit einem Psychopathen zu tun, der sich in unserer Region bis heute frei bewegt und der jederzeit erneut zuschlagen könnte? Was auch immer die Wahrheit ist – dass es auf diese Fragen bis heute keine Antwort gibt, ist ein Totalversagen der Polizei und dürfte bei den anstehenden Wahlen entsprechend quittiert werden. Der Innenminister kommt aus seiner politischen Verantwortung nicht heraus. Und das ist gut so.

Baltes faltete das Blatt zusammen und warf es in den Papierkorb. Dann besann er sich und fischte es wieder heraus, strich es glatt. Er wusste, was er zu tun hatte.

*

»Wie schön, Sie endlich kennenzulernen. Ich habe schon viel von Ihnen gelesen.« Der Kommissar stand vor der geöffneten Haustür, hielt dem übernächtigt wirkenden Journalisten den Dienstausweis hin und lächelte. Woher hätte sein Gegenüber wissen können, dass es nicht aus Freundlichkeit war, sondern aus Schadenfreude? »Ich bin der Beamte im Ruhestand. Wenn Sie so wollen. Kann ich reinkommen?« Ohne die Antwort abzuwarten, drängte er sich an Elmar Rödig vorbei in den Flur. Er blickte sich um. Der schon von außen ansehnliche Jugendstilbau in Triers Innenstadt war auch innen geschmackvoll eingerichtet und behutsam renoviert, sodass die Stuckdecke, der geflieste Boden mit den floralen Mosaiken und die hölzernen, weiß lackierten Kassettentüren voll zur Geltung kamen. An den Wänden hingen Lithografien von M. C. Escher, und Baltes hätte nicht darauf wetten mögen, dass dies nur Kopien waren.

»Ich hatte mit einer jungen Kollegin von Ihnen gerechnet …«, protestierte Rödig matt und strich sich über noch unrasierte Wangen. »Aber egal, jetzt sind Sie da.«

»Ja, ich bin da, eine Dreiviertelstunde zu früh, doch ich nehme an, das macht nichts, Sie sind ja auch schon da.« Wieder lächelte er. Feinsinnig, wie er hoffte. »Kriminalhauptkommissarin Subotka hat den Termin gemacht, aber wie Sie selbst schon ganz richtig geschrieben haben: Eigentlich ist nur ein Beamter für den Cold Case abgestellt, also ich. Nur mit der Pensionierung hapert es noch ein bisschen, da muss ich noch ein paar Jährchen dran arbeiten. Ich weiß zwar nicht, wie Sie auf die Falschinformation kommen, aber ich nehme mal an, in Ihrem Beruf hat man gute Kontakte zur Polizei. Oder glaubt zumindest, sie zu haben.« Er wies zur angelehnten Wohnzimmertür. »Darf ich? Ich meine, ich habe da einige Fragen an Sie und es wäre schön, wenn Sie sich dafür Zeit nehmen.«

»Äh, ja, Entschuldigung, natürlich. Setzen Sie sich.« Rödig stolperte hinter Baltes her, der bereits ins Zimmer geeilt war und sich neben einem zeitungsüberladenen Couchtisch in einen schwarzledernen Corbusier-

Sessel fallen gelassen hatte. »Herr … Herr Kommissar, ich begrüße es sehr, dass Sie meine Anregungen für Ihre Ermittlungen aufnehmen.« Nun saß auch er. »Es tut mir natürlich leid, wenn mein Leitartikel sicher für Ihre Augen etwas … etwas kritisch ausgefallen sein mag. Aber es gehört nun mal zu meiner Branche, Dinge auch kritisch zu hinterfragen. Ich wollte Ihnen nicht zu nahe treten.«

Ich bin kaum dreißig Sekunden da und schon hat er sich zweimal entschuldigt, dachte Baltes, der Typ ersäuft in schlechtem Gewissen. Einen meinungsbildenden Chefjournalisten hatte er sich anders vorgestellt, glatter, selbstbewusster, nicht so zittrig. Vor allem den Autor dieses nassforschen Artikels. Aber vielleicht hatte der einfach nur die Nacht durchgearbeitet oder durchgesoffen und war darum nicht auf der Höhe. »Wir können mit Kritik umgehen, Herr Rödig. Aber ich verstehe nicht recht, was Sie mit ›Anregungen‹ meinen?« Er zückte sein Handy und klickte, ohne um Erlaubnis zu fragen, die Sprachaufzeichnung an.

Der Journalist atmete tief durch und blickte an die Decke. Baltes folgte seinem Blick. Natürlich, edelster Stuck auch hier. Rödig räusperte sich. »Nun, Sie kommen doch, weil ich Sie auf die Wahrscheinlichkeit aufmerksam gemacht habe, dass ein Parteifreund der Täter sein könnte, nicht wahr? Oder einer der Täter, wenn es mehrere waren.« Er fing sich, wurde sicherer, spielte mehr den Part, den Baltes erwartet hatte. »Sie wollen doch sicher von mir Hintergrundwissen über die Verflechtungen von Nippes im FRuSt, oder? Warten Sie, ich zeige Ihnen was.« Er stand auf und ging hinaus in den Flur.

Nein, dachte Baltes, ich bin gekommen, weil dich jemand verpfiffen hat. Aber es konnte nicht schaden, noch tiefer in das System der Rechtsstaatlichen einzutauchen. Irgendwo musste es etwas geben, auf das er noch nicht gestoßen war. Keinen Schritt weiter war er als seine Kollegen vor Jahren. Bislang hatte er keinen einzigen Anhaltspunkt, um einen der Verdächtigen auszuschließen oder sich im Gegenteil auf ihn zu konzentrieren. Oder auf sie. Er musste zugeben, dass sein Auftrag der Eingewöhnung ins Arbeitsleben bislang zwar von Fleiß, aber nicht von Erfolg gekrönt war. Viele lauwarme Spuren, keine einzige heiße. Wieder spürte er, wie sein Puls in Galopp verfiel. So hatte es angefangen mit dem, was als Burn-out diagnostiziert wurde. Mir kann doch eigentlich gar nichts passieren, versuchte er sich zu beruhigen, wenn es schiefgeht, dann kriege ich immer noch eine gute Pension und kann mehr Zeit mit Vera verbringen. Oder im Garten. Wann war ich das letzte Mal auf einer Gartenparty unserer Nachbarn? Ich habe immer abgesagt. Bin im Dienst. Was wäre so schlimm daran, nicht mehr im Dienst zu sein? Vielleicht ist es kein Unsinn, sondern einfach eine gute Idee, was der Rödig da geschrieben hat.

Der kam mit einem Notebook zurück und stellte es vor Baltes auf den Zeitungsstapel. »Hier, lesen Sie. Ich hole mir nur schnell einen Kaffee. Wollen Sie auch einen?« Wollte Baltes nicht und schüttelte wortlos den Kopf. Er sah auf den Bildschirm, ein ganzer Ordner des Mailprogramms war geöffnet, nur mit Post von Nippes an Rödig. Die beiden mussten sich viel näher gestanden haben, als es öffentlich geworden war.

... alles Feiglinge. Keiner hat Mumm, es mit den Regierenden aufzunehmen. Nicht mal diese sogenannte Opposition. Die erst recht nicht. Meine eigenen Leute auch nicht. Lämmchen macht seinem Namen alle Ehre. Aber ist hundertpro gefährlich, ein Leisetreter. Hat was gegen mich, weiß nicht was. Konnte ja nie was mit diesen kurzsichtigen Intellektuellen anfangen. Was will der bei mir? Kannst du was über den rausfinden? Der ist mir nicht geheuer. Der sollte von Bord gehen, wenn es ihm bei mir nicht passt ...

Guck dir mal den JFJ an. Großer Schleimer. Macht auf Eifel, hat aber nichts mit uns zu tun. Der wartet nur drauf, mich zu ersetzen. Versucht hinter meinem Rücken, die Bauern gegen mich aufzubringen. Merkt wohl, dass er auf Granit beißt, aber er versucht es weiter. Müssen uns was einfallen lassen, damit wir nicht unterwandert werden von solchen. Kannst du mal ›ne Story mit mir machen, privat auf dem Hof, mit Trecker und Viehzeug? Muss richtig knallen! Dann bleibt der weg, garantiert.

Der Pfaffe kommt schon zum x-ten Mal und beschwert sich. Will, dass ich was unternehme. Hat wohl zu viel Messwein intus. Ich mache da gar nichts. Solltest du auch nicht tun. Kirche ist nicht unser Revier.

Grahm war bei mir auf Betteltour. Braucht eine Baugenehmigung, hat noch keine, aber das Land schon gekauft. Hat die Hosen voll, dass es auf den letzten Drücker noch schiefläuft. Idiot. Redet wie ein Wasserfall, von wegen Landesregierung macht dies nicht und Landesregierung macht das nicht. Der sollte besser die Klappe halten. Liegt bei euch was gegen den vor? Oder ist der sauber? Dann helfe ich, sonst nicht. Habe keine Lust, wegen dem ins Gerede zu kommen, gerade jetzt. Gib mal schnell Laut, ob der eine weiße Weste hat.

Was soll das heißen, der JFJ kommt gut an?! Willst du nun die Story mit mir oder nicht? Die Leute lesen das. Die lesen nichts von Lehrern aus Köln, die wollen Eifel. Gerade Frauen, glaub's mir. Meine Kleine findet den hinterhältig. Die fallen nicht alle auf den rein, da träumt der nur von. Kommst du nun am Samstag oder nicht? Vorher kann ich nicht, bin in Mainz. Habe einen halben Tag, dann muss das Ding im Kasten sein.

Baltes sah hoch. »Wer ist JFJ? Einer der Parteifreunde, die Sie für verdächtig halten?«

Elmar Rödig setzte sich mit der Tasse in der Hand ihm gegenüber und zuckte mit den Schultern. »Ich will da nichts gesagt haben, das rauszufinden ist Ihr Job, nicht meiner. Der Mann heißt Julius-Friedrich Johansen. Der war mit der ganzen Familie bei den Rechtsstaatlichen, mit Ehefrau Gerti und Tochter Jasmin. Nippes war überzeugt, dass er von Johansen abgesägt werden sollte.«

»Ist aber wohl nicht gelungen«, warf der Kommissar ein. »Wo sind die Johansens jetzt? Der Name ist uns nie begegnet.«

»Die sind zurück nach Westfalen. Die Tochter hat sich überhaupt nicht wohlgefühlt in der Eifel, irgendwelche Schulprobleme, glaube ich.«

»Und Grahm? Was ist mit dem?«

»Ein Spediteur, von oben aus der Nordeifel. Ich glaube nicht, dass der irgendein Motiv gegen Nippes hat. Der wollte, dass landwirtschaftliche Fläche umgewidmet wird, damit er seine Logistik hier bauen kann. Ist ja viel billiger. Was glauben Sie, warum die A 1 nicht weitergebaut wird in NRW? Die in Düsseldorf sind doch nicht so blöd, eine supertolle Rennbahn zu bauen, damit denen die Betriebe stiften gehen und sich ein paar Kilometer weiter südlich bei uns ansiedeln, wo sie nur ein Drittel für Gewerbefläche zahlen müssen. Von Steuern und Lohnniveau mal ganz abgesehen. Grahm hat das natürlich gecheckt und Nägel mit Köpfen gemacht. Nippes hat kurz vor der letzten Wahl den Deal eingefädelt, das Logistiklager steht. Wenn jemand traurig ist, dass es Nippes nicht mehr gibt, dann Grahm. Der wollte noch weiter expandieren, aber es ist niemand mehr da, der die Sache wuppt.«

Baltes nickte, scrollte und klickte sich weiter durch den Mailordner.

Hast du das Lämmchen gecheckt? Hat der noch Kontakt zu JFJ?

Gib endlich Bescheid, was mit Lamm ist. Das mit dem Müll läuft aus dem Ruder. Gestern stand eine Irre vor der Tür und hat gefordert, ich soll das Müllsystem wieder rückgängig machen. Sonst würde sie alle Hebel in Bewegung setzen. Steckt die mit Lamm unter einer Decke? Will der das auf die Tour absichtlich vermasseln, nur damit er am Ende recht hat? Was bildet die Tusse sich ein, die Müllsache ist beschlossene Sache. Ist doch nicht auf meinem Mist gewachsen, habe nur in Mainz gesagt, ich nehme das auf meine Kappe. Kannst du mal ein bisschen was steuern, zwei, drei Artikel in die richtige Richtung müssten ausreichen.

Die Müllkomikerin war schon wieder da. Hab sie diesmal freundlich reingebeten und ihr den Streichelzoo gezeigt, war schwer beeindruckt. Glaube, die kriegen wir eingefangen. Aber tu mir den Gefallen und bleib dran. Hab keine Lust auf Ärger in Mainz. Wenn Lamm nicht dichthält und dieser Irren was sagt, dann stehe ich dumm da. Du dann auch, das weißt du.

Baltes klappte das Notebook zu. »Danke, Herr Rödig. Sie helfen uns damit. Sie wissen, dass wir in der Mordermittlung Zugriff auf alle relevanten Daten benötigen … Ich würde den Rechner also gern mitnehmen.« Er sah den Journalisten erwartungsvoll an.

Und genau seiner Erwartung entsprechend schüttelte der den Kopf. »Das würde ich Ihnen gern gestatten, aber mein Arbeitsgerät fällt natürlich unter den Informantenschutz und die anderen datenschutzrechtlichen Belange. Ich benötige einen richterlichen Beschluss, vorher händige ich Ihnen mein Notebook nicht aus.«

Offenbar war der Überrumpelungsmoment, der

einen Schreiber mit Gewissensbissen zutage gefördert hatte, mittlerweile der Berufsroutine eines Leitartiklers gewichen. Damit hatte der Kommissar gerechnet. Er lehnte sich zurück und bemerkte, dass es eine seelenverwandtschaftlich geteilte Liebe von Ingeborg Schröder und Elmar Rödig geben musste zu Sitzmöbeln, in denen man verschwand. Er rappelte sich wieder hervor und achtete darauf, aufrecht auf der Kante Platz zu finden.

»Durchaus, das verstehe ich. Ich reiche einen richterlichen Beschluss nach. Dann lassen Sie mich vorab so fragen: Was hat das Mordopfer bewogen, Sie derart ins Vertrauen zu ziehen? Normalerweise sind Politik und Presse eher ... na ja, nicht gerade natürliche Feinde, aber man achtet doch auf professionelle Distanz, nicht wahr? Und zweitens: Was hat Sie unter dem Decknamen El Rancho bewogen, sich doch vehement gegen Ihren Duzfreund Nippes zu wenden?«

Rödig schluckte und blieb stumm.

»Drittens: Was wird unsere IT auf Ihrem Rechner finden, um meine Fragen zu beantworten? Ich meine, falls Sie das nicht von sich aus tun?«

Der Journalist war zur Ausgangsbasis des morgendlichen Gesprächs mit Baltes zurückgekehrt ... Blässe, Fahrigkeit und Unsicherheit. »El Rancho? Was soll das sein?«

»Sie sollen das sein, Herr Rödig, Sie höchstpersönlich. Denn in einem irren Sie sich: Ich bin nicht nur gekommen, um mit Ihnen über jene Parteifreunde von Nippes zu reden, auf die Sie uns gern lenken möchten. Ich bin vor allem gekommen, um mit Ihnen über Ihr eigenes Verhältnis zu Nippes zu reden. Wir wissen, dass Sie sich exakt in jener Truppe, die Nippes offenkundig als bedrohlich empfand, als El Rancho artikulierten … und mit exakt jener Dame, die Nippes als ›Irre‹ bezeichnete, dort einen regen Meinungsaustausch hatten. Vielmehr monatelang die gegenseitige Gewissheit hatten, einer Meinung zu sein.«

Rödig schaute zur Seite und seufzte, bekam sich wieder in den Griff. »Kümmern Sie sich um Lamm und Johansen. Was meine Postings angeht … Ich habe mich in die Gruppe eingeschleust, um besser darüber berichten zu können. Müll war schließlich ein hochemotionales Thema, das hat die Leute in der ganzen Region umgetrieben.«

»Meinetwegen. Und meinetwegen haben Sie irgendwann einmal die Kurve gekriegt und sich von Frau Schröder distanziert … oder Frau S., wie Sie die Dame in Ihrem wunderschönen und super objektiven Artikel nennen. Ihr Beruf erklärt allerdings überhaupt nicht, warum Nippes Sie regelrecht eingespannt hat für seine diversen Zwecke. Ihr Beruf ist sozusagen das reine Gegenteil einer Erklärung, warum Sie das mitgemacht haben. Und auch wenn Sie mir Ihre Antworten auf seine Mails jetzt nicht gezeigt haben … Ich bin sicher, Sie haben alles getan, was er von Ihnen verlangt hat. Und dass Sie ihn dafür gehasst haben. Warum haben Sie mitgespielt?«

»Das können Sie nicht beweisen.«

Aha, der Klassiker, dachte Baltes, gut, dass mich so was nicht mehr aufregt, sondern im Gegenteil beruhigt. Ich bin auf der richtigen Fährte, wie schön. »Das werden wir beweisen können, wenn wir den Rechner beschlagnahmen, weil Sie nun als Verdächtiger gelten. Und das wiederum, weil Sie nicht kooperieren, sondern offenkundig gewillt sind, die Ermittlungen ein wenig zu behindern. Also?«

Rödig sprang auf. Hastig durchschritt er das Zimmer, und der Kommissar rechnete damit, dass er fliehen würde. Auch er stand auf. Doch er würde den jüngeren Mann nicht einholen können, das wusste er. Außerdem hatte er den Tonmitschnitt, weglaufen würde nichts nützen. Tat der Journalist auch nicht. Er wühlte in der Schublade einer Konsole neben dem hohen Fenster, das auf einen baumbestandenen Innenhof zu gehen schien, und kramte Zigaretten und Feuerzeug hervor. Er zündete sich eine an. »Tut mir leid, das brauche ich jetzt. Stört es Sie?« Er drehte den Fenstergriff und ließ frische Luft herein. Die Rauchschwaden wurden hinausgesogen. Rödig blieb stehen und kehrte Baltes den Rücken zu, inhalierte tief. »Sie können das nicht verstehen, Sie mit Ihrer Beamtenabsicherung.«

»Was kann ich nicht verstehen?«, fragte Baltes und setzte sich wieder.

»Wie das ist, wenn man Existenzangst hat. Wenn man nur die Zeilen bezahlt bekommt, die gedruckt werden … und alles an Zeit und Arbeit, was darüber hinausgeht, einfach weg ist. Man kommt damit nicht über die Runden, kein Journalist schafft das. Und das war meine Situation, als ich Nippes kennenlernte. Ich war mehr oder weniger pleite.«

»Er hat Sie eingekauft, für ihm genehme Hofberichterstattung?«

Er schüttelte den Kopf und verzog das Gesicht, müde, als habe er seine Geschichte schon Hunderte Male erzählt und sei immer auf ein begriffsstutziges Publikum gestoßen. »So dumm war er nicht. Ich auch nicht. Es war komplizierter. Ich hatte einen Termin, irgendwo da draußen in der Eifel, in einem Dorf. Eine Einweihung von einem dieser Bürgerhäuser, mit Festakt und Mundarttheater und allem. Nippes war auch da. Es gab Bier und Schmalzbrote, ich hatte den ganzen Tag noch nicht richtig gegessen und kaum was getrunken, ich hatte Durst. Also habe ich zum Bier gelangt. Ziemlich schnell und ziemlich viel. Dann bin ich losgefahren, ich wollte ja noch den Artikel schreiben in der Nacht. Nippes war schon weg. Es war Herbst, es war dunkel … und ich habe seinen Wagen einfach nicht gesehen. Er hatte am Straßenrand angehalten, um zu telefonieren. Damals hatte noch kaum ein Auto eine Freisprechanlage, müssen Sie wissen. Ich bin auf ihn draufgefahren, habe mich wahnsinnig erschrocken und dachte, das war's jetzt, Führerschein weg, Job weg, Auto kaputt. Aber Nippes stieg seelenruhig aus, guckte sich nicht mal richtig den Schaden an und klopfte mir auf die Schulter. Keine Panik, Junge, das kriegen wir hin, sagte er. Sie machen vielleicht Witze, sagte ich. Ich mein's ernst, sagte er, ich habe dich gesehen vorhin, habe schon ein paarmal was von dir gelesen, du machst deine Sache gut. Tja, und dann hat er sich bei der Chefredaktion höchstpersönlich dafür eingesetzt, dass ich eine Festanstellung bekomme. Damit fing es an …«

»Und womit hörte es auf?«

Rödig setzte sich wieder und sah Baltes milde an. »Mit gar nichts. Er bestückte mich mit Hintergrundinformationen, an die man normalerweise gar nicht rankommt, nicht mal als Journalist. Und er wollte nichts von mir. War immer kumpelhaft, immer fair, hat mich nie unter Druck gesetzt. Ich fing an, ihn zu mögen. Er war ganz anders als dieses rabiate Politmonster, als das ihn seine Gegner immer diffamierten, allen voran die Progressiven. Im Gegenteil, es gab nicht wenige aus deren Lager, die sich dann bei mir ausweinten, wie verlogen ihre Parteispitze doch sei. So langsam bekam ich in der Redaktion Gewicht und wurde befördert. Das habe ich Nippes zu verdanken.« Er drückte die kaum angerauchte Zigarette auf dem Unterteller aus. »Sehen Sie, ich habe nicht das geringste Motiv, den alten Mann zu töten. Ohne ihn säße ich nicht hier und ich könnte mir diese Wohnung nicht leisten. Vor allem nicht hier in Trier.« Er breitete die Arme aus, als müsse er noch einmal darauf hinweisen, dass sein Ambiente durchaus gehoben war.

»Sie wollen mir weismachen, er hätte all das vollkommen selbstlos und ohne irgendeine Gegenleistung getan?« Baltes war zwar kein Medienprofi, aber Nippes als väterlicher Mentor, der uneigennützig junge Männer auf die Karriereleiter schob? Undenkbar.

»Was heißt hier Gegenleistung? Sie stellen sich das naiv vor, mit Verlaub. Ich habe keine Lobeshymnen auf ihn oder die Rechtsstaatlichen geschrieben. Wollte der gar nicht. Er hat mich, wie Sie gelesen haben, nur ab und zu mal um einen kleinen Gefallen gebeten. Sozusagen etwas Recherchearbeit, wenn er selbst nicht weiterkam, mehr nicht. Und es hat nie die Falschen getroffen, das kann ich Ihnen versichern.«

»Den Privatdetektiv für ihn zu spielen, das ist Ihnen nie gegen die Selbstachtung gegangen? So sehr, dass Sie Lust hatten, ihn mit dem hochgehen zu lassen, was Sie garantiert längst auch über ihn wussten?«

Rödig lehnte sich zurück und grinste. »Ach, hat Ihnen das Fräulein Schröder gesteckt? Ja, kann sein, dass ich ihr so was Ähnliches geschrieben habe. Das gehörte zu ihrem Gruppenspiel, ein bisschen drohen und so. Es wäre aufgefallen, wenn ich da mäßigend eingeschritten wäre. Ich wollte eine Einschätzung, ob die Gruppe gefährlich für Nippes werden könnte. Und wer da mitmacht, ob Lamm und Johansen klammheimlich mitmischen. Er konnte schlecht selbst fragen, das verstehen Sie, oder? Außerdem wäre Zoff hinter der Müllfront einige Artikel wert gewesen, rein beruflich. Als Nippes tot war, verbot es sich dann jedoch, darüber zu berichten.«

»Warum?«

»Wir wollten die Rechtsstaatlichen nicht zu Märtyrern machen. Es wäre Ihr Job gewesen zu klären, ob der Mord politische Motive hatte … und erst dann hätten wir berichtet.« Rödig war beim Pluralis Majestatis angelangt.

Baltes sah ein, dass er zumindest an diesem Tag nicht weiterkommen würde. Was auch immer den Journalisten nervös gemacht haben mochte, er hatte es wieder unter Kontrolle und für alles eine plausibel klingende Erklärung. Zum Privatvergnügen Menschen auszuspionieren und die Erkenntnisse darzureichen, das war vielleicht geschmacklos, aber nicht strafbar. Er stand auf. »Den richterlichen Beschluss für das Notebook bekommen Sie. Übrigens, dass gelöschte Dateien nachvollziehbar bleiben, werden Sie wissen, nehme ich an.«

»Wie sie endgültig gelöscht werden können, allerdings auch«, warf Rödig ein. »Keine Angst, da ist nichts drauf, was mich belasten könnte und was ich unbedingt verschwinden lassen müsste. Nur ein paar peinliche Dinge, aber das Peinlichste wissen Sie ja nun. Mehr habe ich nicht zu bieten.« Er geleitete den Kommissar in den Flur.

Baltes trat hinaus und war bald auf dem Alleenring, wo er sein Auto geparkt hatte. Nicht sein Tag heute … Irgendwo in der tückischen Verkehrsführung von Deutschlands ältester Stadt mochte es einen kleinen Unfall gegeben haben, vielleicht nur eine Stoßstange leicht verbeult. Das Ergebnis war stets dasselbe. Die Beteiligten ließen ihre Fahrzeuge dort stehen, wo sie aufeinandergeprallt waren, und warteten die Unfallaufnahme durch die Polizei ab. Die ihrerseits schaffte es nur in qualvoller Langsamkeit, den sich sofort stauenden Verkehr zu durchpflügen, um zur Stelle zu gelangen. Was den Blechtsunami binnen weniger Minuten über das gesamte Gewirr von Einbahnstraßen, Gassen und auch den Alleenring verteilte. Oft brauchte es Stunden, bis sich das automobile Knäuel wieder auflöste. Na gut, dachte Baltes, gehe ich eben zu Fuß zum Präsidium, frische Luft tut gut. Ihm fiel nach wenigen Schritten auf, dass es sich keineswegs um frische Luft handelte. Aber immerhin, Bewegung war nicht verkehrt. Er überlegte, mit welchen Ergebnissen er nun bei Lutz Didier und Natalia Subotka auftrumpfen könnte. Und kam zur niederschmetternden Erkenntnis, dass es sich nur um noch mehr Stochern im Nebel handelte. Den Lamm herbeizitieren und klären, ob er entgegen seiner Aussage doch aus dem Politzirkus geschasst wurde und somit ein Motiv hatte. Den Johansen aufspüren, die Wingert überprüfen, noch mal die Schröder … Ganz zu schweigen von den Namen, die sie selbst verdächtig fand.

Er fühlte sich wie jemand, der im Strandurlaub mit guter Laune auf dem Schlauchboot lospaddelt und dann raus aufs Meer gesogen wird. Anstatt mehr Klarheit gab es mit jedem Schritt, den er unternahm, und mit jeder Frage mehr Unklarheit. Warum hatten sie ihm diesen Fall gegeben, an dem schon vor Jahren alle Kollegen gescheitert waren? Wollte man ihm zeigen, dass es das Beste für ihn war, in den vorzeitigen Ruhestand zu gehen? Wollte man ihm beweisen, dass jemand mit Burn-out in dem Beruf falsch war?

Ein Gefühl überschwemmte ihn, das er selbst als unpassend empfand ... so etwas wie Groll auf das Opfer. Ein Opfer, das selbst so sehr Täter gewesen war und nicht einmal darunter gelitten hatte, statt Zuneigung höchstens Furcht oder so etwas wie kalkulierte Komplizenschaft in anderen hervorzurufen. Und noch etwas gesellte sich hinzu. Die Scham über diese unprofessionelle dunkle Ecke in seiner Polizistenseele. So etwas hat bei mir nichts zu suchen, dachte er, jedes Opfer hat es verdient, dass wir seinen Tod aufklären, ganz gleich ob es ein Arschloch war oder ein unschuldiges kleines Kind. Aber dennoch, ich brauche Tapetenwechsel.

9

Draußen rüttelte ein erster Herbststurm an den Rollläden. Endlich hatte es geregnet, der Asphalt glänzte und alles roch frisch. Ein Schwarm Stare saß in den Gartenbäumen und schien darüber zu debattieren, ob man diesmal in den Süden fliegen musste oder ob sie es einmal mehr riskieren könnten, den Winter in der Eifel zu verbringen. Das Ehepaar Baltes erwies sich als zuverlässige Futterquelle. Vera war Stammkundin im Zoogeschäft, das auch säckeweise Leckeres für Wildvögel führte. Mittlerweile gingen zwei Achtkilobeutel pro Woche für die Tierliebe drauf.

Der Kommissar stand im Flur, unschlüssig, ob er den Trenchcoat anziehen sollte, der seit einem halben Jahr unbeachtet an der Garderobe hing, und betrachtete nachdenklich die ausgebeulte Ledertasche, die ihm auf Hüfthöhe hing.

»Hast du alles?« Vera sah ihn besorgt an.

»Keine Ahnung. Wenn nicht, werde ich es merken und mir was kaufen. Ich bin ja nicht aus der Welt«, entgegnete Baltes leicht genervt. Er freute sich auf zwei

Tage in der westfälischen Fremde, aber nicht auf die Fahrt dorthin. Seit Jahrzehnten war und blieb die A 1 bis zum Kamener Kreuz eine Marterstrecke für die Geduldsnerven, auch auf der A 2 Richtung Hannover wurde es gewöhnlich nicht viel besser. Seit dem Mauerfall, also gefühlt ein halbes Jahrhundert lang, schien das ganze automobile Europa auf dieser Route unterwegs zu sein.

»Vielleicht doch. Bei denen da oben weiß man ja nie, ob der Lockdown wieder zuschlägt, weil irgendwer zu heftig Hochzeit feiert oder massenweise Schweine schlachtet«, entgegnete seine Frau. »Sei vorsichtig. Ich habe keine Lust auf Quarantäne, nur weil mein Gatte darauf besteht, seinen Beruf perfektionistisch auszuüben und Verdächtige bei sich daheim aufzuscheuchen.«

»Pass auf, was du sagst. Du redest über die Heimat deines Cousins.« Die Entscheidung war gefallen, der Trench kam mit. Baltes warf ihn sich über die Schulter und griff nach seinem Schlüsselbund, der friedlich in seiner Schale auf der Garderobenablage döste. Er entwand sich und fiel, Baltes bückte sich, sodass der Mantel und Weekender ebenfalls zu Boden rutschten. Er richtete sich auf, die Reiseaccessoires um seine Füße verteilt. »Wünsch mir Glück, mehr brauche ich nicht.«

»Das tue ich. Und Martin soll dir alle Viren vom Hals halten.« Sie hob den Mantel auf und drapierte ihn zurück auf seine Schulter. »Möglichst ohne Alkoholvergiftung.« Das letzte Mal, als sie und ihr Mann auf Verwandtenbesuch im Westfälischen waren, hatte er der ortstypischen Spirituose begeistert zugesprochen. Die Grillparty selbst war noch sehr harmonisch über die Bühne der Gartenterrasse von Vetter Martin gegangen, die anschließende Nacht auf dem Schlafsofa jedoch ermangelte jeglicher Daseinsfreude. Werner Baltes hatte Stunden in Umarmung der sanitären Anlagen verbracht.

»Und grüß mir alle.« Fürsorglich stattete sie ihren Gatten auch mit Schlüssel und Tasche aus, gab ihm einen Kuss auf die Wange.

Bis zum Kreuz Bliesheim lief alles glatt. Auf WDR 2 warnte man vor zäh fließendem Verkehr rund um Köln bis hinter das Kreuz Leverkusen, aber Baltes hatte mit nichts anderem gerechnet. Stur blieb er auf der äußersten linken Fahrbahn, um Mittelspurschleichern gar nicht erst in die Quere zu kommen. Angesichts der Monotonie der stets mäßigen Geschwindigkeit hatte er Mühe, die Augen offen zu halten, und schreckte nur auf, wenn sich ein Fahrzeug – vorzugsweise ohne den Blinker zu setzen – zwischen ihn und den Vorausfahrenden drängelte. Das kurvige Auf und Ab des Bergischen Landes nahm er mit stoischer Gelassenheit, auch Dortmund und das unvermeidliche Stop-and-go rund um die Borussenstadt focht ihn nicht an. Sich am Kamener Kreuz nur mit größter Mühe einfädeln können auf den Abbieger Richtung Hannover? Pillepalle, auch das wie jedes Mal. Gedanklich war er bei Julius-Friedrich Johansen. Er wusste so gut wie nichts über ihn, im Internet hatte er kaum Spuren hinterlassen. Daher mochte er Rödigs Theorie nicht folgen: den Nippes vom Thron stürzen wollen, aber keinen Pieps von sich geben? Wie hätte das funktionieren sollen? Und dann das Weite suchen, angeblich nur, weil sich die Tochter in der Schule nicht wohlfühlte? Irgendetwas war faul an der Sache. Vor allem der Zeitpunkt der so plötzlich erblühten Heimatliebe zum Ostwestfälischen. Während Melanie Wollmer zum Biomüllcontainer gepilgert war und dort die sterblichen Überreste des Politmachers gefunden hatte, dürfte JFJ gerade die Umzugskartons für seine Gerti und Jasmin gepackt haben. Beinahe hätte Baltes die Ausfahrt Gütersloh-Süd verpasst. Er bremste scharf ab, querte beherzt die durchgezogene Linie und driftete rechts, bis er noch rechtzeitig vor einer roten Ampel zum Stehen kam, von der aus ihm der Kirchturm von St. Aegidius signalisierte, dass er am Ziel war. Die Familie seines Schwippschwagers wohnte seit Generationen in einem der einstigen Ackerbürgerhäuser aus Fachwerk, die das Kreisrund der Altstadt ausmachten und deren tragende Balken mit bunten Figuren und Sprüchen in goldenen Lettern verziert waren. Besonders ein Haus aus Martins Nachbarschaft hatte es Baltes angetan: »Hoit di vor di katten, die voorn licken un achtern kratten«, stand da, ein Zeugnis plebejischer Lebensweisheit und nicht die üblichen frommen Sentenzen, die auf anderen Fassaden verewigt waren. Offenbar war einem klugen Bauherrn schon im sechzehnten Jahrhundert aufgefallen, dass falsche Freundlichkeiten zum Alltag gehörten. Es bestätigte Baltes' Berufsethos, er fragte sich, was den Erbauer vor mehr als vier Jahrhunderten bewogen haben mochte, so aus der Reihe zu tanzen. Vielleicht hatte er es nicht so mit der Kirche? Die Hexenprozesse hatten zu jener Zeit Hochkonjunktur. Vielleicht, überlegte Baltes beim Einfädeln in eine Parkbucht, verlor der Hausherr einen nahen Menschen an den Mob, der mit vermeintlichem Segen Tausende zu Sündenböcken machte und ins Feuer schickte? Es kann heute wieder geschehen, dachte er.

Martin Lohmeyer bestand darauf: »Nach dem Essen sollst du ruh'n oder tausend Schritte tun.« Und Veras Cousin war einer der sportlichen Sorte. Seine Frau Annegret hatte die beiden Männer vor die Tür gesetzt, nachdem sie erst Rote-Bete-Carpaccio an Meerrettich, dann Kartoffelpüree mit gebratener Leber und Zwiebeln und zum Abschluss einen selbst gekochten Grießpudding kredenzt hatte. »Ich will in Ruhe mein Buch zu Ende lesen, da stört es mich, wenn ihr über Arbeit redet.« Immerhin klare Ansage, dachte der Kommissar und trollte sich mit Lohmeyer hinaus in die kopfsteingepflasterten Gassen, die nach einem abendlichen Schauer leicht rutschig waren. Die frische Luft tat gut. Baltes fühlte, wie sein Kreislauf nach der überbordenden Nahrungszufuhr zögerlich wieder den Dienst aufnahm. Sie bewunderten gediegene Schaufensterauslagen in den Läden, die in der Fachwerkidylle eingerichtet waren, erlesene Weine, stylische Wohndekorationen, ein Schmuckdesigner mit betont schlichter Auslage. Nur das dicke Panzerglas mit eingelassener Alarmanlage ließ ahnen, dass es sich bei den matten hellgrauen Tönen der Ringe und Colliers nicht um Weißblech, sondern um Platin handelte.

»Euch geht's gut hier«, stellte Baltes fest.

»Noch«, antwortete Lohmeyer, »warten wir's ab. Wir haben viele Konzerne hier im Kreis, Bertelsmann, Miele, Claas, Tönnies und so. Aber wenn einer von denen die Krise kriegt, dann geht es gleich rasant bergab. Ich finde, in der Eifel habt ihr Glück. Man denkt immer, das ist Ruhe und Natur pur, und man merkt gar nicht, dass ihr unheimlich viele kleine Firmen habt ... Das macht stabiler.« Er musste es wissen, er arbeitete in der Wirtschaftsförderung und hatte, wenn er seine Cousine besuchte, beim Ahrwein ausgiebig den Alltag in beiden Landschaften verglichen. Und er war jedes Mal zu dem Schluss gekommen, dass er mit seiner Frau, sobald er in Rente ginge, an die Maare ziehen würde. Da schreckte auch nicht ab, was Baltes über die kriminellen Neigungen seiner Landsleute zu berichten wusste, die bereits vom rasenden Reporter der Antike, Tacitus, als hinterlistiges Bergvolk geschmäht wurden.

»Ist bei uns viel schlimmer«, entgegnete Lohmeyer im Brustton der Überzeugung. »Wir haben die Römer plattgemacht ... und nicht, weil wir so nett und harmlos sind.« Manchmal hatte er sogar statistische Beweise für die im Ostwestfälischen lauernde Gefahr parat.

Die beiden Männer waren vor einem Herrenausstatter gestrandet, der edelste Gürtel und Hipstermode im Fenster hatte. Sicher für die hoch dotierten Nerds der

IT-Abteilungen in den gläsernen Palästen rund um Gütersloh, dachte Baltes, aber warum laufen die alle in Farben rum wie zu einer Beerdigung? Und sollte ich mal mit einem Hoodie von Balenciaga ins Präsidium kommen? Die Marke sagte ihm nichts, das Preisschild schon ... dass er sich so was nicht leisten konnte. Er seufzte. »Ich habe den falschen Job, mein Lieber.«

»Falls es dich tröstet, ich auch«, sagte Lohmeyer, »öffentlicher Dienst halt. Aber ich kann froh sein, dass ich nicht alten Leuten den Hintern abwische oder kreischende Kinder hüte, das wird noch mieser bezahlt, als Unternehmern bei Förderanträgen zu helfen.«

Sie gingen ein paar Meter weiter, landeten bei einer Metzgerei, die sich rühmte, schon seit zehn Generationen in Familienbesitz zu sein und ausschließlich Fleisch aus Hofschlachtungen von artgerecht gehaltenen Tieren zu führen. »Das Zeug, das ihr in alle Welt verkauft, esst ihr wohl nicht selbst«, stichelte Baltes.

»Natürlich nicht. Als ich studierte, gab es die Osteuropäer hier ja noch nicht, und die Türken packten kein Schwein an. Also war es normal, in den Semesterferien im Schlachthof am Band zu stehen. Danach war ich jahrelang Vegetarier, fast alle Kommilitonen auch. Die haben Körnerfresser regelrecht gezüchtet. Wer mal gesehen hat, wie das abgeht, isst alles, aber garantiert keine Wurst mehr.«

»Bei uns geht es auch ziemlich rabiat zu. Man hat einen ehemaligen Viehhalter zerstückelt und im Biomüll entsorgt«, erzählte Baltes.

»Ist das der Fall, wegen dem du hier bist?«

Baltes nickte. »Ja, ich will einen wichtigen Zeugen vernehmen. Der wohnt laut Melderegister in St. Vit. Ich kenne nur eine Stadt namens St. Vith in Belgien. Muss morgen mal im Navi schauen, ob das Dorf hier weit entfernt ist.«

»Zwei Kilometer höchstens, das ist längst ein Vorort geworden. Man kann bequem seinen Sonntagsspaziergang durch die Felder dorthin machen. Kenne ich den Mann?«

»Wie solltest du? Er hat jahrelang in der Eifel gelebt.«

Lohmeyer grinste. »Hier hocken zwar mehr Leute aufeinander als bei euch, aber der Filz ist derselbe, jeder kennt jeden und gibt seinen Senf dazu. Ich hatte vor ein paar Jahren mal einen in der Beratung, der kam aus eurer Gegend und wollte eine Kommunikationsagentur aufmachen.«

Wieder schlenderten sie ein Stück. Der Bürgersteig war so breit, dass sie nebeneinander hergehen konnten, ohne anderen Fußgängern ausweichen zu müssen. Baltes bemerkte beim Blick nach unten in das leicht wellige Pflaster eingelassene Mosaike mit uralten Sonnenmotiven, weiße Marmorstrahlen in dunkler Grauwacke. In dieser Stadt war alles urig und satt, wie eine einzige zufriedene Puppenstube kam sie ihm vor.

»Der Typ, den ich meine, kommuniziert vorzugsweise überhaupt nicht. Jedenfalls macht er sich im Internet dünn. Außerdem hat er einen nordischen Namen, er ist keiner eurer Ureinwohner, die Eichenpfähle in den

Morast gerammt haben, um zu siedeln und den Grundstein für die Zerstörung von Feuchtbiotopen zu legen.«

Der Schwippschwager reagierte nicht auf den Vorwurf. »Jensen, Jonasson, Johansson oder so? Meinst du den?«

»Johansen heißt er. Julius-Friedrich Johansen. Darf ich dir eigentlich gar nicht sagen.«

»Hast du einen Termin mit ihm?«

»Nein, es muss eine Überraschung werden. Es ist eine Mordermittlung. Was ist, wieso fragst du?«

Lohmeyer blieb stehen und strahlte den Kommissar an. »Weil das genau der Mann ist, den ich meine. Klar, Johansen hieß er. Und hat richtig Erfolg, obwohl er eigentlich Lehrer ist, überhaupt keiner dieser üblichen Marketingfuzzis … Er lässt es selbst allerdings nicht raushängen, dass es bei ihm brummt. Der bleibt im Hintergrund und lässt seinem Team die Lorbeerkränze. Jayjay heißt der Laden, sitzt in einer ehemaligen Schreinerei, die er in ein todschickes Loft umgebaut hat. Du wirst staunen!« Er nahm Baltes am Ellenbogen und zog ihn vor ein weiteres Fachwerkhaus. Er öffnete die moosgrüne, mit weiß lackierten Reliefbögen verzierte Tür. »Komm, wir trinken was. Wenn ich meine Frau zu früh aus ihren literarischen Ambitionen reiße, bringt sie mich um.«

»Ein Schnaps wäre jetzt nicht verkehrt«, stimmte der Kommissar zu. »Aber nur einer.« Sie gelangten in einen eichengetäfelten Schankraum mit Kupferstichen alter Stadtansichten an den Wänden und einer Theke, deren

Prunkstück Zapfhähne aus weißem Porzellan waren. Es wurden drei Kurze und zwei Bier, aber Baltes fand, es blieb im Rahmen. Und er hoffte, das nächtliche Sodbrennen, das er nach so viel Essen und Trinken zu später Stunde üblicherweise hatte, würde ebenfalls im Rahmen bleiben.

*

Zwiebeltürme … Baltes wunderte sich, dass Kirchen hier an der Ems barocke Zwiebeltürme wie in Bayern hatten. Von St. Vitus aus hätte man St. Aegidius sehen können, wenn nicht längst ein Meer braver Wohnhäuser mit handtuchgroßen Gärten dazwischen erbaut worden wäre. Ein bisschen mehr roter Klinker als in der Eifel, ein paar mehr Fertighäuser aus dem Katalog, aber wenn die Gegend nicht flach gewesen wäre, hätte es genauso gut das Känguruviertel in einem x-beliebigen Eifelstädtchen sein können. Es ist überall dasselbe, dachte er, ob bei der Schröder oder beim Johansen, der Trend geht zur baulichen Uniform. Vielleicht liegt es daran, dass die Menschen immer heimatloser und mobiler werden müssen, mal hierhin ziehen und mal dorthin, da will man sich nicht großartig an Neues gewöhnen, sondern wie eine Schnecke das Gewohnte mit sich schleppen. Oder aber es sind nur noch Fantasielose, die Architektur studieren. Er zuckte mit den Schultern und studierte die Infotafel neben der Kirchentür, vor der er geparkt hatte. St. Vitus war demnach wohl die nördlichste Barockkirche Deutschlands und stand nur dort, wo sie stand, weil eine Dauerfehde zwischen den Nachbarn Rheda und Wiedenbrück nur hier einen gefahrlosen Gottesdienstbesuch ermöglichte. Nicht einmal den Dreißigjährigen Krieg hatten die Städter abgewartet, um sich gegenseitig zu massakrieren, die martialische Fehde der beiden nebeneinander liegenden Fachwerkidyllen war viel älter. Ob die sich damals schon mit religiösem Eifer um Banales wie Müll stritten? Baltes marschierte los. Das zweigeschossige Backsteingebäude, in dem Jayjay laut einem stylischen Schild aus mattiertem Stahl untergebracht war, schmiegte sich nur ein paar Schritte entfernt zwischen eine mächtige, schon fast entblätterte Kastanie und ein Haus, dessen Fassade mit großen Fenstern den einstigen Tante-Emma-Laden verriet.

Die junge Frauenstimme aus der Gegensprechanlage hatte ein Einsehen, als er seine berufliche Funktion nannte und den Dienstausweis vor die Kamera hielt, Baltes durfte eintreten. Lohmeyer hatte recht, er staunte. Die außen gedrungen wirkende Architektur war komplett entkernt und hatte Platz geschaffen für zwei Galerieetagen voller gläserner Schreibtische, zwischen denen Designersitzecken und Kübelpalmen angeordnet waren. Im hallenartigen Erdgeschoss befand sich ein riesiger Tisch mit knallrotem Hochglanzlack, ausgerichtet auf ein Whiteboard an der Längswand, mindestens zwei Dutzend weiße Lederstühle mit Stahlgestell drum herum. In der Ecke eine schwarze Küchenzeile mit verchromten Armaturen. Die Wände waren nicht verputzt, die Backsteine waren roh und gaben dem Raum eine herbe Arbeitsatmosphäre, als würde hier noch immer geschreinert, protestantische Ethik traf hippen Lifestyle. Augenblicklich sehnte sich Baltes in sein biederes gräuliches Büro, den Albtraum aller Innenarchitekten. Dort konnte er es sogar mit Burn-out schaffen, ohne sich vollkommen überflüssig und ausgemustert zu fühlen. Aber hier?

»Sie haben keinen Termin«, sagte ein muskulöser dreitagebärtiger Mann mit marineblauem Lacoste-Shirt, der auf ihn zukam. Er war alterslos, mit den angegrauten Schläfen und der Hornbrille konnte er vierzig sein oder auch sechzig. »Aber wenn mich die Kriminalpolizei meiner Ex-Wahlheimat beehrt, dann muss es wichtig sein.« Er bot Baltes einen Platz an dem Konferenztisch an, setzte sich selbst ihm gegenüber, Meter entfernt.

Baltes rückte auf. Er wollte Johansens Gesicht besser sehen können. »Ich komme wegen dem Mord an Timotheus Nippes.«

»Was wollen Sie dann von mir?« Das Erstaunen in den Augen schien echt zu sein. »Ich war zu dem Zeitpunkt gerade dabei, meine Zelte in der Eifel abzubrechen. Ich habe mich nicht mehr darum gekümmert, was mit den Rechtsstaatlichen oder mit Nippes ist. Das war nicht mehr meine Welt.« Er stand auf, ging zur Küchenzeile. »Wollen Sie auch einen Kaffee?«

Baltes schüttelte den Kopf. Immer nur Kaffee statt heißer Spuren. Es war ermüdend. »Was war dann Ihre neue Welt? Und was hat Sie von Nippes entfernt?«

Die Kaffeemaschine von der Sorte, die dem Kommissar Schweißperlen auf die Stirn zauberte, seit er einmal eine Fernsehdokumentation über den Keimbefall im Inneren des Hightechgeräts gesehen hatte, machte sich mit einem kurzen Fauchen und Kreischen bemerkbar, dann kam Johansen mit einer hohen, schmalen Tasse in der Hand zurück und ließ sich wieder drei Stühle entfernt nieder.

»Ich zeige Ihnen was.« Er nahm eine Fernbedienung in die Hand, geräuschlos erhob sich ein Beamer aus der Mitte der Tischplatte und auf dem Whiteboard erschien ein von blonden Locken umrahmtes Frauengesicht, das die Gratwanderung zwischen aufmunterndem Lächeln und bekümmertem Ernst perfekt schaffte. »Kinder sind unsere Zukunft … aber sie weisen auch auf unsere eigene Vergangenheit. Wir alle waren Kind. Doch nicht alle von uns durften es sein.«

Die Kamera glitt den Arm der Frau hinab, ihre Hand hielt eine Kinderhand, der Schwenk landete auf dem Gesicht eines verstört und traurig blickenden Jungen, etwa fünf Jahre alt. »Das ist Tim«, verriet die Stimme der Frau, »er wurde von den Menschen missbraucht, denen er am meisten vertraute: seinem Lieblingslehrer und seiner Mutter, die nicht wissen wollte, dass dieser Lehrer seiner Seele Schäden für das ganze Leben zufügte. Er zwang ihn zu Berührungen, die nur freiwillig und im Erwachsenenalter erlaubt sind. Tim will nicht mehr essen, nicht mehr reden, nicht mehr spielen. Helfen Sie Kindern wie

Tim, helfen Sie unserer Arbeit mit einer Spende, helfen Sie unserem Projekt ›Kids tell the truth‹. Sie werden gebraucht, Ihr Mitgefühl und Ihr Mut werden gebraucht.« Eine Kontonummer wurde eingeblendet, dann brach das Video ab.

»Das war meine Frau mit einem der Kinder, die wir unterstützen … vielmehr deren Familien natürlich«, erklärte Johansen. »Sie bekommen von uns Zuschüsse für eine Therapie, eine ganz spezielle, die nur eine Handvoll Heilpraktiker macht. Systemisch, nichts nach Kassenleistung. Man braucht viel mehr Zeit, wissen Sie, und die ganze Familie wird einbezogen. Der Film ist noch nicht fertig, das ist nur ein Ausschnitt. Meine Agentur engagiert sich für missbrauchte Kinder … ehrenamtlich, versteht sich, dafür nehmen wir kein Geld.« Er schob dem Kommissar einen Flyer zu.

Das Design, die Farben … Er hatte es schon mal gesehen. »Kennen Sie Julian Lamm?«

»Natürlich, wir waren in derselben Partei. Und auch er hat ein Kind, das Hilfe braucht.«

»Hat er Sie auf diese Themen gebracht?«

»Nein. Außerdem … bei ihm ist es etwas ganz anderes. Niemand kann etwas dafür, wenn ein Kind einen Unfall hat oder schwerstkrank ist. Aber Missbrauch, dafür gibt es keine Erklärung, kein Verzeihen, damit kann man sich nicht abfinden.« Er räusperte sich. »Das ist einfach nur böse. Haben Sie Kinder?«

Einen Moment lang wollte Baltes verneinen. Das hat im Job nichts zu suchen, zu viel Gefühl, dachte er. Und sagte dann doch: »Ja, eine Tochter. Aber ich bin wegen Nippes hier, nicht wegen Kindern. Sie waren sein politischer Konkurrent?«

Johansen lachte laut auf. »Ich weiß, das wurde geredet. Nein, ich habe mich innerlich immer mehr von dem Zeug entfernt. Das war mir längst zu viel Stammtischgepöbel. Nein, es war gut und richtig so, dass ich gegangen bin. Mit mir sind auch noch andere abtrünnig geworden, der Julian war auch kurz davor. Aber da war ich schon weg und Nippes tot.«

»Ihr Wegzug fiel genau in die Zeit des Mordes. Es wirkt ein bisschen wie eine Flucht, Herr Johansen.«

Der schlürfte seinen Kaffee und lächelte müde in die Tasse hinein. »Natürlich wirkte es so. Es war ja auch eine, gewissermaßen. Aber nicht, was Sie denken.«

»Was denke ich denn?«

»Dass ich aus lauter Fanatismus oder Neid oder im Suff einen Mann umgebracht habe, suchen Sie sich was aus. Dass ich dann merkte, huch, ich bin ja verdächtig, also ziehe ich weg … Ist zwar blöd, dorthin zu ziehen, wo man einen garantiert irgendwann sucht, aber Mord ist ja sowieso immer eine ziemlich blöde Sache.«

Baltes Stirn rötete sich. Er fühlte sich ertappt, obwohl seine Gedankengänge so fürchterlich simpel gar nicht gewesen waren. »Wir müssen in alle Richtungen ermitteln«, sagte er trocken. »Selbst die dümmste Spur kann die richtige sein. Also gibt es keinen Zusammenhang zwischen Ihrem Verschwinden aus der Eifel und Nippes?«

Johansen schüttelte den Kopf. »Wir sind aus der Eifel fortgezogen, weil Jasmin es nicht mehr ausgehalten hat. Meine Tochter.« Er deutete auf das stillstehende Video. »Das da mache ich nicht, weil ich mich toll finde, wenn mich meine Ex-Parteifreunde Gutmensch nennen. Das mache ich, weil ich weiß, was es bedeutet, wenn ein Kind nichts mehr sagt und sich im Zimmer verbarrikadiert und die Schule schwänzt. Unsere Jasmin wäre kaputtgegangen, wenn wir keinen Neuanfang gewagt hätten.«

»Haben Sie keine Hilfe gesucht, damals?«

Johansen schaute Baltes spöttisch an. »Was glauben Sie denn? Wir haben fast zwei Jahre lang nicht gewusst, was mit unserer Tochter los ist. Haben gedacht, das ist die Pubertät. Bis ich ausgerastet bin und ihre Zimmertür eingetreten habe. Sie rannte raus, an mir vorbei, und ließ ihr Notebook liegen. Da sah ich es dann. Wir sind zum Schulleiter, zum Jugendamt, zum Pfarrer, schließlich war es der Religionslehrer, der … Und was glauben Sie, was die alle gemacht haben, um uns zu helfen? Ich sage es Ihnen. Nichts haben die gemacht. Gar nichts!«

»Sie sind nicht zur Polizei gegangen?«

»Wir wollten das unserer Tochter ersparen. Außerdem, der Typ hat keine Gewalt angewandt, gar nichts dergleichen. Es war viel perfider. Er hat sie verliebt gemacht, sie hat sich berühren lassen, für sie war es der reine Wahnsinn, einerseits so viel Bestätigung und andererseits so viel Schuldgefühl. Sie wusste ja, dass es verboten war. Und er hat sie glauben lassen, dass es ihre Verantwortung wäre, wenn er ihr nicht widerstehen kann. Das Schlimmste war aber, dass ihre Mitschülerinnen diese unselige Liaison mitgekriegt haben. Das gab dann volles Mobbing, weil sie eifersüchtig waren. Sollten wir sie dann auch noch zur Polizei schleppen? Ich bitte Sie!«

Baltes wurde unruhig. Der Agenturchef schien auch nach Jahren noch überzulaufen vor hilfloser Wut über das, was seiner Tochter widerfahren war, aber anscheinend wollte er keinen Gedanken an den Mord verschwenden. Vielleicht ein Hinweis auf echte Unschuld. Vielleicht aber auch nur gespieltes Theater. »Wusste Nippes davon?«, versuchte der Kommissar das Gespräch auf das zu lenken, was seine Aufgabe war.

»Sicher wusste er davon, ich habe es ihm erzählt. Ich hatte gehofft, er lässt seine Verbindungen spielen und sorgt dafür, dass der Lehrer verschwindet. Schließlich kannte er doch jeden, sogar im Jugendamt, mal ganz zu schweigen von der Kirche. Sogar den Bischof duzte er … Jedenfalls gab er damit an. Aber gebracht hat es nichts. Wahrscheinlich war es pure Angeberei von ihm.« Johansen schubste die Kaffeetasse von sich, beinahe wäre sie umgekippt. »Er ist nur um den eigenen Bauchnabel gekreist, aber das habe ich erst hier kapiert. Mit genügend Abstand sieht man das.«

»Es deutet vieles darauf hin, dass der Mord im Zusammenhang mit der Einführung der Biomüllcontainer stand. Allein schon der Ablageort der Leichenteile …« Jetzt hätte Baltes auch gern einen Kaffee gehabt, einen frischen aus einer French Press wie daheim. Er fühlte sich urplötzlich unendlich erschöpft. Hätte ein Designersofa auch hier im Erdgeschoss gestanden, er hätte sich hinlegen wollen. Die Krankheit kommt zurück, dachte er und erschrak. So sehr, dass sein Puls losraste. Er musste den Fall lösen, er musste unbedingt, und dieses Herumstochern bei Leuten, die allesamt den Toten nicht mochten, gelinde gesagt, und die allesamt ein bisschen wussten oder viel wussten oder gar nichts …

»Herr Johansen, Sie tun so, als ob Sie nie etwas mit dem Toten und mit der Wählergemeinschaft und dem Müll und all dem zu tun gehabt hätten. Das glaube ich Ihnen nicht!« Sein Handy brummte in der Jackentasche. Er widerstand dem Automatismus, es herauszufischen und zu checken, wer da was von ihm wollte. Und es fiel ihm auf, dass er vergessen hatte, das Gespräch aufzunehmen. Alles, was er bisher in diesem edlen Loft gehört hatte, war wertlos. Zu viel, es wurde schon wieder alles zu viel.

Johansen war aufgestanden und lehnte an der Küchenzeile. »Ach was, das mit dem Müll … Das war doch nur ein billiges Manöver. Nippes wusste, was die Leute aufregt, die sich keinen Deut für Politik interessieren. Müll ist so ein Thema, damit hat jeder zu tun, der auch nur den IQ einer Badematte hat. Da muss man nichts erklären. Wenn man sagt, man kriegt die Müllabfuhr billiger, dann denkt jeder: ›Prima, will ich haben!‹ Da es zuvor eine Tonne für die Haushalte gab, ist er auf die Idee mit den Sammelcontainern gekommen. Hätte es vorher die

Sammelcontainer gegeben, hätte er garantiert die einzelnen Haushaltstonnen aus dem Hut gezaubert und den Leuten gesagt, das ist bequemer. Billiger oder bequemer … das ist doch vollkommen wurscht, Hauptsache, irgendein griffiges Versprechen. So funktioniert Populismus, so und nicht anders.« Er drehte sich um und brachte die Kaffeemaschine erneut zum Jaulen. »Ich kann mir aber nicht vorstellen, dass irgendjemand so schräg drauf war, das Ganze ernst zu nehmen und ihn zu töten, weil er Container für Teufelswerk hält. Ich denke, Sie sind auf dem Holzweg, Herr Kommissar.«

»Und Sie?«

»Ich hatte wirklich andere Probleme. Mich hat Müll nie interessiert, mich hat die Partei nicht mehr interessiert, mich hat Nippes nicht mehr interessiert. Gut, ich war enttäuscht von ihm. Er hat meine Erwartungen nicht erfüllt, weder privat noch politisch. Aber wenn man merkt, dass es das Christkind nicht gibt, dann geht man nicht mit der Axt los und zerlegt die Weihnachtsdeko. Man macht sich schlicht und ergreifend an wichtigere Dinge.« Er nippte an der dampfenden Tasse. »Und wenn Sie mich jetzt bitte entschuldigen würden. Auch jetzt gibt es für mich wichtigere Dinge.«

Baltes stand auf. Er wusste nicht, was er ohne konkreten Verdacht noch sagen sollte, um dem Agenturchef irgendetwas von Belang zu entlocken. Vielleicht war der einfach nur klüger als er selbst. Unterscheiden können zwischen dem, was wichtig war und was nicht … wäre gut. Er sehnte sich nach einer Massage von

Vera. Abschalten, nichts denken. Er seufzte. »Danke fürs Erste. Ich hoffe, wenigstens Ihrer Tochter geht es wieder gut.«

Johansen lächelte ihn an. »Danke, ja. Es hat ihr gutgetan, hier neu anzufangen. Außerdem hat sie ja nicht alle verloren, nur diejenigen, die sowieso keine echten Freunde waren. Und sogar ihr ehemaliger Jugendpfarrer aus der Eifel, der kommt ab und zu her und schaut, wie es ihr geht. Es war so wichtig, dass er ihr glaubt, dass diese Affäre nicht von ihr ausging und dass sie das Opfer war. Sie ist bald mit dem Abi fertig und hat einen richtig netten Jungen kennengelernt …« Er war wieder bei seinem Lieblingsthema.

Baltes winkte kurz und trat vor die Tür. Er atmete tief durch. Irgendwie war hier im Flachland die Luft anders, schwerer, süßlicher. Er schloss das Auto auf, setzte sich ans Steuer und schaute auf sein Handy. Natalia Subotka hatte eine Nachricht geschickt. ›Die Bentheim wartet hier‹, schrieb sie, ›sie hat Post vom Toten für dich.‹ ›Bin schon fast auf der Autobahn und in drei Stunden da‹, antwortete er, ›die kann ja so lange shoppen gehen oder was Frauen sonst tun.‹ Subotka gab ihm ein rotes Teufel-Emoji und zwei Stinkefinger zurück.

10

Nichts wie weg hier! Baltes war froh, den Lohmeyers schon beim Frühstück einen Zettel mit Dank und Gruß auf den Tisch gelegt zu haben und ohne Weiteres die Heimfahrt antreten zu können. Im Rückspiegel wurde St. Vitus mit dem Zwiebelturm klein und kleiner, er bog auf die A zwei und fädelte sich mit Vollgas ein. Nicht viel Verkehr um diese Uhrzeit, jedenfalls kein Stau, was ihm bemerkenswert vorkam. Er überholte die Endloskolonne von Trucks, die ins Ruhrgebiet, nach Brüssel oder nach Rotterdam wollten. Und er überholte die Sprinter der Paketboten und die Handwerker-Pick-ups auf der mittleren Spur. Der morgendliche Berufsverkehr hatte sich gelegt, Baltes flog dahin. Und er war froh, dass vor ihm jemand hart auf die Bremse trat, sodass er entschleunigt wurde und dem Blitzer, der auf die Mittelleitplanke montiert war, guten Gewissens ein lässiges Grinsen gönnen konnte. Doch schon bald beschleunigte er wieder auf Tempo hundertachtzig.

Sanft hügelabwärts wand sich das breite Asphaltband ins Tal der Lippe. Die Sicht war kilometerweit,

Autos reihten sich aneinander wie ein Zug disziplinierter Ameisen. Baltes rätselte jedes Mal, wenn er hier vorbeikam, was Menschen dazu bewegen konnte, ausgerechnet zwischen einem Ungetüm von Kraftwerk und der sechsspurigen Autobahn ihren Campingurlaub zu verbringen. Denn die Wohnwagen und Zelte mochten in vorindustriellem Zeitalter wohl an dieser Stelle am Flussufer ihre Berechtigung gehabt haben, aber jetzt? Er grübelte über den vielen Menschen angeborenen Masochismus nach, als ihn ein seltsames Pfeifen aus dem Sinnieren riss, ähnlich einer Luftmatratze, der man den Stöpsel gezogen hat. Eine Leuchtdiode, deren Bedeutung er nicht verstand, strahlte ihm selbstbewusst aus dem Armaturenbrett entgegen. Zugleich merkte er, dass alle Tritte aufs Gaspedal nichts mehr ausrichteten. Er wurde langsamer und langsamer. Panisch schaltete er die Warnblinkanlage ein und sofort wieder aus, denn er ahnte, er würde rechts auf den Standstreifen müssen, also nur rechts blinken. Hinter ihm empörte sich ein BMW mit Lichthupe. Im Kombi rechts von ihm hatte sich eine Seniorin sehr aufrecht sitzend ins Lenkrad verkrallt und schaute stur geradeaus. Sie würdigte ihn und seine flehenden Handzeichen, dass sie ihn einschwenken lassen möge, keines Blickes. Und ganz rechts rollten die riesigen Räder eines Lkws. Dort drinnen würde ihn erst recht niemand bemerken. Baltes war schweißgebadet. Er sah es kommen … die Raser, die ihn von hinten rammen und unter die Vorausfahrenden schieben würden. Endlich kapierte der BMW-Fahrer, dass etwas nicht stimmte, und schaltete seine Warnblinkanlage an, rechts tat sich eine Lücke auf … Mittelspur … nächste Lücke … rechte Spur. Mit dem letzten Aufbäumen seines Motors strandete Baltes auf dem Standstreifen, wie zum Hohn direkt an einer Notrufsäule. Dich brauche ich nicht, dachte er und setzte mit dem Handy zwei Nachrichten ab. Die erste an den Pannenservice, die zweite an Subotka. ›Stinkefinger hat gewirkt‹, schrieb er, ›komme zur Strafe gar nicht mehr.‹ Dann stieg er aus, zog eine neongelbe Warnweste über, pilgerte mit dem Warndreieck hundert Meter zurück, um es abzustellen, kletterte hinter die Leitplanke, ging im Gras zurück zum Auto und kickte unterwegs mehrere Coffee-to-go-Becher zur Seite. Müll, wo man hinschaute, Müll. Baltes stand da und fröstelte leicht.

Nach etwa einer halben Stunde sah er das sonnengelbe Pannenhelferauto. Bald würde es weitergehen, davon war er überzeugt, vermutlich nur die Zündkerze oder etwas anderes Banales. Der Wagen war scheckheftgepflegt, da konnte nichts passieren. Aber nun gut, sollte der Kerl in seinem Monteuranzug drinnen und draußen am Motorblock fummeln, Hauptsache, es ging weiter. Ins Büro würde er es heute nicht mehr schaffen, aber aufs heimische Sofa, und das schien, wenn er ehrlich war, sowieso die sinnvollste Methode, diesen zähen Tag würdig zu Ende zu bringen. Vera würde vielleicht was Leckeres kochen und sie würde ihn massieren, wenn er sie darum bat, und sie würde …

»Nichts zu machen«, sagte der gelbe Engel und wischte sich mit einem Lappen die motorölverschmierten Hände ab. »Das ist garantiert der Turbolader, der den Dienst quittiert hat. Ich rufe die Kollegen, die schleppen Sie ab. Sie sind doch bei uns Mitglied?«

Baltes schluckte und nickte. Turbolader? Er hatte noch nie an den Turbolader gedacht. Was es nicht alles gab … »Ja, sicher, seit dreißig Jahren. Sogar die Plus-Mitgliedschaft.«

Der Mechaniker lächelte, als wäre es ihm eine Freude. »Dann ist doch alles wunderbar, die Kosten sind dann ja gedeckt. Haben Sie eine Werkstatt hier in der Nähe?«

Der Kommissar schüttelte den Kopf und wies auf sein Nummernschild. »Nö. Nicht wirklich.«

»DAU? Sagt mir nichts, was ist das?«

»Daun.«

»Ostdeutschland?«

»Nö. Eifel. Westdeutschland. So ziemlich der westlichste Zipfel, genau genommen.«

»Ach du Scheiße. Das ist aber weit.«

Baltes nickte. »Ja. Aber es könnte noch viel schlimmer sein. Beispielsweise, wenn ich aus dem Schwarzwald käme.«

Der Helfer kratzte sich am Kopf. »Na ja, nutzt ja nichts. Sie warten hier, ruckizucki sind die Kollegen mit dem Abschleppwagen da und dann ab die Post. Die Beiträge haben Sie doch bezahlt, oder?«

Baltes nickte wieder, wusste aber nicht, ob zu Recht oder gelogen.

Der Mechaniker verschwand kurz in seinem Pannenhelferwagen, kam mit Klemmbrett und Kugelschreiber wieder heraus und drückte dem Kommissar ein Formular in die Hand. »Ausfüllen und unterschreiben. Ich muss weiter zum nächsten Patienten. Wie gesagt, die Kollegen kommen gleich.« Und dann war er fort.

Baltes setzte sich an die Leitplanke, deren kaltes Metall seinen Hintern quetschte. Bald würde er pinkeln müssen. Nein, er würde sich nicht die Blöße geben, das hier am Fahrbahnrand zu tun, er fand so was prollig und nur geeignet für Leute, die sich besoffen ans Steuer gesetzt hatten. Außerdem hatte er Angst, ausgerechnet im Moment des Wasserlassens von der Besatzung des Abschleppwagens erwischt zu werden. Nach zwanzig Minuten hatte die Planke ihm ein Gefühl beschert, als wären seine unteren Extremitäten abgestorben. Nach einer weiteren Viertelstunde hielt er es nicht mehr aus, watete einige Schritte die Böschung hinunter durchs Gras, öffnete den Reißverschluss der Hose und ließ seiner Natur freie Bahn. Doch auch bei seiner Rückkehr hatte sich kein Kleinlaster mit Abschleppvorrichtung zu seinem still dastehenden und brav warnblinkenden Gefährt gesellt. Baltes fühlte sich verloren. Er tippte Veras Nummer ein. Sie meldete sich nicht. Er rief noch mal den Pannenservice an. Eine genervte Jungfrauenstimme wie aus der Lidl-Werbung beschied ihm, dass alle Meldungen der Reihe nach erledigt würden, er müsse halt warten. Er zog die Jacke enger um sich, überließ sich dem brüllenden Lärm und den Windstößen des vorbeirasenden Verkehrs.

Er wusste nicht, wie viel Zeit vergangen war, bis ein sich näherndes Scheppern ihn aus dem Dösen riss. Die endlose laute Karawane hatte ihn fast betäubt. Er kletterte über die Leitplanke und ging zum Auto, traf dort auf zwei Männer, die aus dem Abschleppwagen ausgestiegen waren und das Strandgut beäugten, als wollten sie es ausschlachten.

»Ist offen? Schlüssel steckt?«, wandte sich der Ältere von beiden grußlos an Baltes.

Der nickte. Die beiden brauchten keine fünf Minuten, dann saß er eingekeilt zwischen beiden im Abschleppwagen und konnte im Rückspiegel sein festgezurrtes Auto sehen. Irgendwie kam es ihm entmannt vor, wie es da hing, unfähig, seiner angestammten Aufgabe nachzugehen. Fast hundertfünfzigtausend Kilometer hatte es gedient. Und jetzt das. »Wo fahren wir jetzt hin?«

»Erst mal zum nächsten Autohof. Vielleicht kann es dort repariert werden, dann können Sie allein weiter.«

Der Autohof war nur wenige Kilometer entfernt. Baltes schöpfte Hoffnung und wartete, während seine Chauffeure entschwanden. »Sind gleich wieder da.« Ein Gefühl von Déjà-vu stellte sich ein. Am Sonnenstand erkannte er, dass sich der Nachmittag bald neigen würde. Und an den umwölkten Stirnen seiner Retter, dass es keinen Ersatzturbolader gab. Nicht nur das.

»Wir müssen erst einen Reifen wechseln, vorher können wir nicht weiter«, sagte der Ältere. Vielleicht war der Jüngere stumm.

»Sie meinen, Sie müssen den Abschleppwagen abschleppen?« Panik stieg in Baltes auf. Das hier glaube ich nicht, dachte er.

Ohne Antwort tauchten die beiden Retter wieder ab. Hilflos saß der Kommissar im Pick-up, wieder allein. Eine Weile geschah nichts. Dann spürte er ein Heben und Ruckeln. Erneut eine Weile nichts, eine ziemlich lange Weile, wie ihm schien. Hatte man ihn vergessen? Er schaute in den Rückspiegel. Immerhin, sein krankes Auto glotzte unverändert zurück. Zur Not würde er …

»So, jetzt aber Gummi geben!« Rechts und links sah sich Baltes plötzlich wieder flankiert von der Schlepperbande, wie er seine robusten Begleiter zu nennen beschloss. »Wo müssen Sie hin?«

»Nach Daun.«

»Wie schreibt man das?«

»Normal, wie man's spricht.«

Der Ältere gab »down« ins Navi ein. »Finde ich nicht.«

»D–A–U–N.«

»Sagen Sie das doch gleich … Fast dreihundert Kilometer. Und zurück noch mal. Wird Mitternacht heute, Kumpel.« Der Jüngere nickte.

Die folgenden zweieinhalb Stunden wurden für Baltes zu dem, was gelangweilte Bürokarrieristen mit geregelten Arbeitszeiten beim Cliffhanging, beim Stand-up-Paddling zwischen Haien oder beim Rafting in Tadschikistan suchten und fanden. Adrenalin pur. Während seine Mitreisenden eine muntere, offenbar kontroverse Diskussion in einer osteuropäischen Sprache führten und ab und zu sogar auf die Fahrbahn schauten, schlingerten sie millimetergenau durch enge Baustellen oder bremsten in letzter Sekunde an einem der vielen Stauenden. Baltes spürte einmal mehr, dass er als Beifahrer eine Niete war. Wenn er mit Vera unterwegs war, brach sich fast immer das uralte Rollenverhalten Bahn … Er steuerte, sie ließ sich chauffieren. Erst hinter Köln wurde die Fahrt für den Kommissar entspannter, der Pick-up wurde durch die Steigung in den wetterberichtsberüchtigten Höhenlagen des Kreises Euskirchen gebändigt, der Verkehr ließ nach.

»Hier wohnen Sie?«

»Fast«, antwortete Baltes gepresst, »wir sind gleich da. Nur noch dreißig Kilometer oder so.«

»Dreißig Kilometer?« Es klang entsetzt. »So viel?«

»Das geht schnell, wir haben hier keine Staus.«

Der Fahrer schwieg eine Weile und schaute angestrengt in die kaum von Lichtern durchbrochene Abenddämmerung. »Sie haben wohl auch sonst nicht viel.«

»Doch, Wildwechsel. Und tagsüber ist es schön.«

»Muss wohl.«

*

Als Baltes am nächsten Tag nach einer entnervend langsamen Fahrt mit einem anscheinend PS-losen Leihwagen ins Präsidium kam, war es bereits Nachmittag. Der Stress hatte ihn nicht einschlafen lassen, seine Beine waren nicht zur Ruhe gekommen und er hatte gestrampelt wie ein Käfer, der auf den Rücken gefallen war. Schließlich hatte Vera ihn aus dem ehelichen Schlafzimmer verbannt. Als ihn das Piepsen seines Handyweckers aus einem fragilen Halbschlaf gerissen hatte, hatte er sich alt und zu nichts mehr fähig gefühlt.

»Die Bentheim war gestern hier, hat sich die Augen ausgeweint«, begrüßte ihn Lutz Didier, jedoch ohne Blick für die müden Augen seines Kollegen. »Sie will nur mit dir sprechen, ich denke, du musst hin.«

Baltes hatte sich auf einen halben Arbeitstag über Papierstapeln eingerichtet, auf die er mit glasigen Augen blicken konnte und die ihn nicht zu menschlichen Reaktionen aufforderten. Aber Nippes' anstrengende Tochter mit ihrem atemlosen Redefluss, den er aufgezeichnet hatte? »Mein Auto ist kaputt«, versuchte er Widerstand.

»Wie bist du hergekommen? Zu Fuß? Oder tauchst du erst zu später Stunde auf, weil du versucht hast, in der Eifel Bus und Bahn zu nehmen?«

»Der Leihwagen taugt nichts.«

»Das ist kein Vergnügungsausflug, also nimm den A 6 vom Kommissariat. Ich weiß sowieso nicht, warum du immer mit deiner Privatgurke unterwegs bist.«

»Ich mag sie.«

Didier musterte ihn eindringlich. »Ist mit dir alles in Ordnung? Ich meine, wenn du wieder ...«

Baltes schüttelte schnell den Kopf. »Schon gut. Was wollte die Bentheim denn?«

»Sie sagt, sie hätte was gefunden. Was, weiß ich auch nicht. Sie hat nichts mitgebracht, sondern gemeint, das müsstest du vor Ort begucken.«

Das Anwesen wirkte verwaist, kein Touristenauto auf dem Parkplatz. Offenbar hatten die Gäste angesichts tief hängender Wolken und eines alles durchnässenden Nieselregens, der an diesem Tag auf die Eifel niederging, die Flucht in ihre heimischen Großstadtwohnungen und Reihenendhäuser angetreten. Lisamarie Bentheim musste gesehen haben, dass er auf den Hof fuhr, sie erwartete ihn bereits in der Haustür, als er aus dem Wagen stieg.

»Danke«, sagte sie nur.

Baltes fiel erneut auf, wie schmal die junge Frau war … und blass, mit ungekämmten Haaren. Die vergangene Nacht war für sie wohl nicht erholsamer gewesen als für den Kommissar.

»Ich habe etwas entdeckt, ich zeige es Ihnen.«

Ohne ihn in den Wohntrakt zu bitten, führte sie ihn am Stall und an den Ferienwohnungen vorbei einen kleinen, gras- und moosbewachsenen Pfad entlang. Der wurde immer glitschiger und war nach etwa dreihundert Metern halb zugewuchert von dornigen Brombeerranken, die sich an seine Hosenbeine klammerten. Und auch Brennnesseln säumten den ehemaligen Weg an etlichen Stellen. Rostige Rollen Stacheldraht waren achtlos in das Dickicht geworfen worden und mit ihm verwoben, verwitterte Holzbalken ragten aus dem Gestrüpp heraus. Offenbar war diese Wildnis früher einmal so etwas wie ein umzäunter Pferch für Vieh gewesen. Baltes sah sich um. Das Bauernhaus war von hier aus hinter einer Weißdornhecke verborgen und kaum noch zu sehen. Es war sicher schon lange Zeit niemand mehr diesen Weg gegangen.

»Gestern war der Hund eines Gastes eine Weile verschwunden, wir haben überall gesucht. Ich weiß nicht, ob Ihre Kollegen damals hier waren.« Sie zeigte auf ein schmutziggrau verputztes, gerade mal mannshohes Gemäuer, mehr Unterstand als Scheune. »Dieser Teil des Hofes wird schon lange nicht mehr genutzt, mein Vater hat sich auch nicht mehr darum gekümmert, nachdem er die Ferkelzucht aufgegeben hatte. Hier war der Zuchteber untergebracht, daran erinnere ich mich noch. Ich hatte als Kind immer Angst vor ihm, ich fand ihn widerlich mit seinem Gestank und dem Schaum, der aus dem Maul troff. Aber wahrscheinlich war er nur ein einsames, unglückliches Tier, das gelitten hat. Ich hätte Mitleid mit ihm haben sollen.«

Eine Metalltür mit zwei massiven Eisenriegeln verschloss die Hütte, erstaunlich stabil und gegen Rost mit einem hellgrünen, abgestoßenen Lack überzogen. Lisamarie Bentheim schob die Riegel mit Kraftanstrengung zur Seite, sie quietschten und stockten, gaben aber nach.

»Sehen Sie selbst.«

Im Halbdunkel des fensterlosen Kabuffs konnte Baltes zunächst gar nichts erkennen, lediglich brüchigen Beton am Boden, mit einer verkrusteten Abflussrinne quer zum Eingang, die im Mauerwerk endete. Er sah ein von Spinnweben verhangenes Eisengestänge, das sich durch den gesamten Raum zog. Es roch muffig, aber eher nach Mäusekot als nach Schweinemist. Als sich seine Augen an das schummerige Licht gewöhnt hatten, wusste er, warum Nippes' Tochter ihn hergeführt hatte. Und sofort kroch Scham in ihm hoch, obwohl er damals gar nicht mit dem Fall betraut gewesen war. Aber diesen Schuppen hatte offenbar jeder vergessen und übersehen. Diesen Schuppen weitab von allem, in dem ein umgestürzter Holzstuhl, wie man ihn in alten Gasthäusern fand, und etliche von bräunlichen Flecken besudelte Fetzen einer von Mäusen oder Ratten angenagten Plastikplane ihre Geschichte erzählten. Baltes war sicher, die Kriminaltechnik würde diesen elenden Raum als den Ort identifizieren, in dem Nippes zu Tode gekommen war. Vielleicht hatte man ihn sogar hier zerteilt, vielleicht war das Blut über die Abflussrinne in das Erdreich unter den undurchdringlichen Dornenranken gesickert.

»Haben Sie damals den Stall nicht den Kollegen gezeigt?«

Lisamarie Bentheim schüttelte den Kopf. Baltes sah, dass sie weinte.

»Ich … ich habe einfach nicht mehr daran gedacht, ich war noch ein Kind, als ich zuletzt hier war.« Sie atmete schwer. »Außerdem … außerdem habe ich nie glauben können, dass er hier … hier zu Hause … Ich dachte, das muss weit weg gewesen sein, er hätte sich doch niemals hier auf dem Hof …« Sie nestelte in ihrer Jeanstasche nach einem Papiertuch und putzte sich die Nase. »Er kannte sich doch aus, besser als sonst irgendein Mensch auf dieser Welt, er wäre normalerweise niemals in diesen Scheißschuppen gegangen oder hätte sich durch diese Scheißbrombeeren gewühlt. Er hätte sich doch gewehrt!« Sie schrie es fast, und Baltes spürte, dass da neben all dem Hass auf ihren Vater noch etwas anderes lebendig geblieben war. »Wieso ist der fast einen halben Kilometer hierhergegangen, wieso?«

Der Kommissar schaute sie mitleidig an. Es war immer dieser Moment, der ihn in all seinen Berufsjahren am meisten berührte und gegen den er sich nicht abschotten konnte. Wenn die Angehörigen eines Opfers anfingen zu begreifen, was dem Menschen zugestoßen war, was er vielleicht zuletzt gesehen und gefühlt hatte. Und für die Bentheim musste es besonders schwierig und schmerzvoll sein. Gerade weil sie keinen Frieden gefunden hatte mit ihrem Vater, solange er lebte. »Ich rufe die Kollegen von der Spurensicherung«, sagte er sanft, »die untersuchen das hier akribisch, darauf können Sie sich verlassen. Der Hund Ihrer Gäste … hat der … haben Sie hier etwas verändert?«

»Nein, der Hund war in die andere Richtung gelaufen. Und ich habe hier nichts angefasst. Es war mir sofort klar, dass mein Papa hier …« Sie schluchzte. »Scheißescheißescheiße, ich will doch, dass Sie den Mörder finden! Ich war so voller Wut auf Papa, hab ihn gar nicht mehr wahrgenommen …«

»Es ging ihm wohl mit Ihnen genauso. Das tut weh, ich weiß. Aber Sie können nichts dafür, Ihr Vater vielleicht auch nicht. Man kann nicht immer sofort vergeben, wenn man verletzt ist.« Baltes führte sie am Arm aus dem Gemäuer zurück auf den Trampelpfad. »Das alles braucht Zeit und es ist einfach nur tragisch, wenn man die nicht hat. Doch das macht einen nicht schuldig.« Er war jetzt sicher: Diese nicht mehr ganz junge Frau war nicht die Täterin. So verstellen konnte sich niemand, der seelisch halbwegs gesund war. »Was wollten Sie mir sonst noch zeigen?«

Es waren zwei Seiten irgendwo ausgerissenes, liniertes und zerknittertes Papier, vielleicht ein altes Schulheft, vollgeschrieben mit einer steilen, etwas ungelenken Handschrift. Etliche Wörter und Sätze waren durchgestrichen, überschrieben, das Ganze sichtbar ein Entwurf eines Briefes, der Timotheus Nippes alles abverlangt hatte.

»Haben Sie eine Reinschrift gefunden?«, fragte Baltes.

Lisamarie Bentheim schüttelte den Kopf. »Nein, nirgends. Sicher hat er nie den Mut gefunden, dass ich so einen Brief von ihm wirklich bekomme und er mit mir darüber reden muss. Das hier lag eingeklemmt hinter einer Schublade einer alten Kommode, auf dem Dachboden. Ich hatte sie nach Papas Tod ausgemustert, sie sollte jetzt auf den Sperrmüll. Ich habe die Schubladen rausgezogen, um das Ding leichter zu machen und damit sie mir beim Tragen nicht vor die Füße fallen.«

Sie horchte auf. »Ich glaube, da kommen Ihre Kollegen.«

Es waren dieselben Beamten, die fünf Jahre zuvor die Biomüllcontainer untersucht hatten.

»Wir rufen Sie, wenn wir etwas finden«, sagte der Teamleiter und nickte, sodass Baltes sich im Wohnzimmer wieder beruhigt über das beugen konnte, was Nippes zu Papier gebracht hatte.

An meine liebe Tochter Liebes Kind Für Lisamarie nach meinem Tode Für meine Tochter im Falle meines Ablebens. Es tut mir leid Ich weiß nicht wie ich es Dir sagen soll darum dieser Brief Wenn Du dies hier liest Du weißt ich bin kein Mann großer Worte, aber es ist Zeit das Du etwas weißt von Deinem Vater. Das hier ist statt Vorsorgevollmacht. Das Testament ist beim Amtsgericht. Du erbst alles. Was ich Dir hinterlaße ist Mein Wille ist es das Du für mich sorgst, auch wenn ich das nicht mehr sagen kann. Ich will keine lebensverlängernden Methoden im Krankenhaus und auch kein Organspenden. Mache Dir keinen Kummer mit Kevin das ist lange her. Ich weiß es war schwer für Dich aber für mich und Deine Mutter auch. Du sollst wissen das ich Dich immer liebgehabt Du warst immer mein Kind wie Kevin auch, deswegen habe ich Dich hart rangenommen und gezeigt wie es im Leben geht. Es wird einem nichts geschenkt das hat mein Vater mir beigebracht und dem sein Großvater hat es ihm beigebracht. Wir sind eine Familie und Du auch gehörst dazu. Ich bin stolz auf Dich Du gehst Deinen Weg als wärst Du ein

Junge. Warum ich Dir jetzt schreibe ist Ich mußte auch meinen Weg gehen darum bin ich in die Politik. Sonst würdest Du nur den Hof haben und wer weiß, was der später mal Wert ist, es geht doch alles den Bach runter. Ich wollte das Du es besser hast dafür muß man sich einsetzen. Den eigenen Weg das kann krumm sein, ich weiß was ich rede. Ich will am Krankenbett oder bei meiner Beisetzung niemand von den Rechtsstaatlichen sehen die haben nicht verstanden, worum es geht. Ich habe vielen geholfen und einen Gefallen getan nicht weil ich korupt bin. Du kennst mich ich rede niemandem nach dem Mund nur wegen Geld. Ich wollte das die Eifel besser da steht aber dann muß man wissen was man sagt oder nicht. Man darf kein Nestbeschmutzer sein das hat mir mein Großvater schon beigebracht. Es hätte doch auch nichts geholfen und das muß man wegstecken und einfach mal vergessen. Als ich klein war hat man das auch gemacht mit mir aber man kann daran nichts ändern. Wenn man das immer wieder hochholt ist niemandem ein Gefallen getan. Zeit heilt alle Wunden heißt es und das stimmt. Wenn Du das liest brauche ich Deine Hilfe ich bin sehr krank und weiß nicht, wie lange ich noch lebe. Ich hatte ein gutes Leben und ich will daß Du das auf meinem Grabstein schreibst. Ich bin dankbar für alles auch für meine Tochter, auch wenn Du nicht immer getan hast wir uns nicht immer verstanden haben aber zum Schluß doch. Wenn jemand was über mich sagt von früher glaub das nicht, ich habe viel gebetet und verziehen und hoffe daß man auch mir verzeiht. Sag Pfarrer Schmitz daß alles gut ist und ich den Spruch will wenn ihr nicht werdet wie die Kinder, so werdet ihr nicht in das Himmelreich kommen. Ich wünsche mir nur noch daß

Dann brach der Text ab. »Er ist offenbar nicht fertig geworden«, sagte Baltes. »Wann hat Ihr Vater das geschrieben? Es ist undatiert.«

Die Bentheim zuckte mit den Schultern. »Ich habe nicht die geringste Ahnung. Wie gesagt, ich habe so einen Brief von ihm auch nie bekommen. Es sieht ihm gar nicht ähnlich, so viel Gefühl … Obwohl, er hat ja vieles auch wieder durchgestrichen. Vermutlich wollte er letztlich doch nicht, dass ich überhaupt etwas von seinen Gefühlen weiß.«

»Ja, es wirkt so, als sollte es eine Art Lebensbeichte werden, zu der ihm dann doch der Mut fehlte. Es ist alles ziemlich vage und nebulös. Wissen Sie, was er damit meinte, man müsse vergessen und dürfe kein Nestbeschmutzer sein? Und dass er verziehen habe und hofft, dass man auch ihm verzeiht?«

»Ich glaube, er meint damit, dass seine Eltern ziemlich brutal mit ihm umgingen. Er hat mich öfter angebrüllt, ich wüsste ja gar nicht, wie gut es mir geht, und dass früher ganz andere Seiten aufgezogen wurden. Ich habe mir mein ganzes Leben lang seine Grobheit und seine Gefühllosigkeit nur damit erklären können, dass man ihn selbst misshandelt hat als Kind. So was gibt man doch immer weiter, wenn einen keine Therapie davon erlöst.«

Baltes nickte. Aber war das wirklich alles? Er zweifelte und las nochmals. Deutlicher als beim ersten Mal beschlich ihn eine Ahnung, wie schwer es Nippes gefallen sein musste, diese Zeilen zu schreiben. Und dass auch dieser Versuch nichts gewesen war im Vergleich zu dem, was der alte Bauer eigentlich hatte loswerden wollen. Oder müssen. Nippes schien damit zu rechnen, dass er bald nichts mehr würde regeln können und auf Gedeih und Verderb ausgeliefert sein würde. Er schien Angst zu haben, dass seine Tochter etwas über ihn erfahren könnte, von dem er wollte, dass es unbedingt verborgen blieb. Er schien sich schuldig zu fühlen für etwas, das sicher schwerer wog als parteipolitische Ränke und Intrigen, die man mit ihm in Verbindung brachte … schwerer als eine einzelne Entscheidung, die sich im Nachhinein als falsch herausstellte.

»Ist sein Wunsch in Erfüllung gegangen, dass keiner seiner alten Kumpane zu seiner Beerdigung kam?«

Sie lachte bitter auf. »Ganz im Gegenteil, da ließ es sich keiner nehmen, am Grab zu erscheinen und mit Krokodilstränen Beileidsbekundungen von sich zu geben. Wie wertvoll Papa doch war, wie prägend, wie altmodisch anständig, wie unverzeihlich und unbegreiflich sein Tod. Sogar seine Gegner schickten Kondolenzkarten. Im Mosella-Courier erschien ein ganzseitiger Nachruf von Rödig, diesem Schleimer, mit Kränzen und Blumen auf dem Friedhof und alten Fotos von Papa, wie er da steht vor seinem Trecker und vor der Kirche, im Gespräch mit dem Weihbischof. Nach dem Motto: ›Das ist unser Supereifeler‹. Rödig hat jedes Vorurteil bedient, das man über die Eifel haben kann, als ob unser geistiger Horizont von Kuhfladen und Klingelbeutel begrenzt wäre. Er hat Papa hingestellt wie einen machtgierigen Volltrottel … Ich weiß nicht, ob mit Absicht oder ob er das selbst nicht einmal gemerkt hat.« Sie senkte den Kopf. »Und na ja, diese Seite hatte Papa ja tatsächlich.«

Die Rache des Redakteurs, dachte Baltes. »Ich weiß, es ist schon lange her, aber ist Ihnen sonst noch etwas aufgefallen, an das Sie sich erinnern können?«

Sie schwieg eine Weile. »Eigentlich nicht … Es war wohl ein normales Begräbnis ansonsten. Es war viel Lokalprominenz da, Geschäftsleute und so. Ich habe mich nicht weiter darum gekümmert und war einfach nur froh, als es vorbei war. Die meisten kannte ich vom Sehen, aber ich habe ein schlechtes Namensgedächtnis. Ein riesiger Stapel Kondolenzkarten lag am Ende in der Aussegnungshalle. Eine von denen war echt bizarr, als wenn jemand einen Trip eingeworfen hätte.«

»Haben meine Kollegen die Karte damals gesehen? Nein? Haben Sie sie noch?«

»Ja, ich denke schon.« Lisamarie Bentheim stand auf und stieß beim Hinausgehen beinahe mit einem in einen weißen Schutzanzug verpackten Mann von der Spurensicherung zusammen. Der Kommissar sah ihn fragend an. »Tatort?«

Sein Kollege nickte. »Davon kann man ausgehen. Wir müssen die DNA des Blutes natürlich noch mit der vom Opfer vergleichen, aber auf jeden Fall deutet allein die Menge der Blutspuren darauf hin, dass es sich nicht um tierisches Blut handelt, etwa wenn ein Fuchs oder Marder ein Beutetier reißt. Eine Tatwaffe haben wir nicht. Aber Stoffpartikel, orangerote aus Kunststoff und schwarze, vermutlich Mischgewebe mit Baumwollanteil. Ich nehme an, übermorgen haben Sie die Ergebnisse vom Labor.«

Baltes sah, wie Nippes' Tochter mit gesenkten Schultern im Flur verschwand. Er hörte, wie sie eine Schublade auf- und zuzog. Sie war noch blasser als zuvor, als sie ihm einen wattierten, DIN-A4-großen Umschlag mit schwarzem Rand in die Hand drückte. »Hier, bitte. Entschuldigen Sie, mir ist …« Sie lief hinaus, eine Tür wurde mit einem Knall zugeschlagen, dann rauschte Wasser. Er hätte rücksichtsvoller sein müssen, dachte er, für mich und die Kollegen ist das alles reine Routine, für normale Menschen ein absolutes Grauen. Wie wird sie nun hier leben können? Vielleicht gar nicht?

Er zog einen Karton aus dem Umschlag, eine Art Collage. Die Pappe war an den Rändern mit kleinen Federn beklebt und im Zentrum mit Pastellkreiden bemalt. Baltes schaute genauer hin. Was sollte das sein? Ein Drittel Engel, ein Drittel Druide und ein Drittel … Chihuahua? Jedenfalls hatte das Fantasiegeschöpf solche überdimensionalen Ohren und mitleiderregende Kulleraugen. Er seufzte. Gewöhnliche Kriminelle … irgendwie berechenbar in ihrer Habgier. Oder eifersüchtige Liebesgefährten, die im Rausch des Adrenalins ausrasteten … auch nichts Ungewöhnliches. Aber bei Esoterischem wusste er nie, ob er lachen oder sich gruseln sollte. Er fand, es war eine Welt mit eigenen Gesetzen, immun gegen alles, was sich Menschen seit Jahrhunderten mühsam an Nachvollziehbarkeit und gegenseitiger Verständigung erarbeitet hatten. Der Schöpfer der Karte musste eine Affinität zu bewusstseinsverändernden Drogen haben. Die hybride Kreatur ragte aus einem Biomüllcontainer, der nicht gemalt, sondern fotografiert war. Zwischen die weit aufgerissenen Hundeaugen hatte man einen Pfeil aufgeklebt, vermutlich ein echtes Accessoire vom Bogenschießen. Er steckte im Schädel. Blutspritzer prangten in Knallrot auf den gefiederten Flügeln am Rücken des Wesens, Blut troff über den breiten Gürtel, der das Gewand mit Runenmuster zusammenhielt. Baltes drehte die Karte um und las: »Timotheus Nippes. Dein Name bedeutet Fürchte Gott! Du hast ihn viel zu sehr gefürchtet, aber nun bist Du bei ihm und hast Deinen Frieden. Ich fürchte Gott nicht. Ich bin die Hexe.« Geschrieben mit Goldstift quer über ein Foto von kleinen Jungen in Messdienergewändern, die wie Orgelpfeifen aufgereiht mit offenen Mündern dastanden, hinter ihnen ein Altar. Die Karte war nichts anderes als ein altes zerschnittenes Plattencover, die Regensburger Domspatzen sangen Weihnachtslieder.

Lisamarie Bentheim war zurückgekommen, noch immer bleich im Gesicht, aber gefasst. Sie schaute dem Kommissar über die Schulter. »Gruselig, nicht wahr? Ich habe das damals nur als abgrundtief bösen Scherz von politischen Gegnern gesehen … oder von Parteifreunden, kommt ja oft genug auf dasselbe raus. Aber mittlerweile weiß man ja, dass es Verschwörungsideologen gibt, die es ernst meinen und zur Gewalt neigen.«

Stimmt, dachte Baltes, vielleicht haben wir es hier mit einem Vorreiter von den Typen zu tun, die an Echsenmenschen und unterirdische Kerker für Kinder glauben, die ausgeblutet werden. Aber zu der Zeit, als Nippes ermordet wurde, war davon noch weit und breit nichts zu sehen gewesen. Jedenfalls nicht für die Eifeler Polizei. Diese Szene von Esoterikern und Abgedrifteten war explosionsartig entstanden wie ein Vulkanausbruch aus den Tiefen einer gestörten kollektiven Seele. Diese gedankliche Aschewolke quoll jedoch gerade nicht in den Maarkesseln der frommen Eifel an die Oberfläche, sondern viel eher aus großstädtischen U-Bahn-Schächten, wie Baltes in Fortbildungen erfahren hatte. Aber nicht auszuschließen, dass Einzelne auch vor Jahren bereits todeslüsternen Fantasien anhingen und auf die Gelegenheit warteten, sie in die Tat umzusetzen. Doch warum dann ausgerechnet ein Opfer, das bei Medien und anderen Politikern selbst als stramm andersartig galt? Nippes musste doch bei Wirrköpfen im gesellschaftlichen Abseits als willkommene Vorhut der eigenen Träume gegolten haben … viel zu harmlos und viel zu weich, aber auf dem richtigen Weg und brauchbar, um erste Zweifel zu säen an der Ordnung der Welt. Würde man so jemanden töten? Doch nur, wenn er einen Verrat begangen hätte.

Baltes rief den Kollegen von der Spurensicherung zurück und gab ihm die Karte. »Kann man da noch DNA oder Fingerabdrücke sichern?«

Der Weißgewandete zuckte mit den Schultern. »Klar, wenn der Urheber nicht mit Handschuhen gearbeitet hat, sollte das auch nach fünf Jahren noch möglich sein.« Er steckte das Machwerk in einen Plastikbeutel und nummerierte ihn.

11

Er lag bäuchlings nackt auf dem Bett, seine Gattin thronte auf seinem Hinterteil und massierte. Den Takt ihrer Handgreiflichkeiten gab Beethovens sechste Symphonie vor. Baltes hatte diesmal etwas Klassisches gewollt.

»Aua!«

»Entschuldige. An dieser Stelle der Pastorale geht es einfach immer mit mir durch.«

»Musste der Kerl unbedingt ein Gewitter einbauen?«

»Es wird gleich wieder sanfter, das weißt du doch … Du bist verspannt.«

»Wie auch nicht? Jeder, der massakriert wird, ist verspannt.«

»Solange es keine anderen Gründe hat …«

Er seufzte und steckte den Kopf ins Kissen. »Mmmpff.«

Vera kniff ihn sacht in ein Speckröllchen, das sich auf geheimnisvolle Weise an seinen Hüftknochen angesiedelt hatte. War das eigentlich letzte Woche auch schon da? Oder lag ihr Werner nur etwas seltsam verkrümmt, sodass sich Polster ansammelten, wo in Wirklichkeit keine waren? Sie wusste es nicht mit Sicherheit zu sagen.

»Immerhin hast du jetzt was zuzusetzen, wie man so schön sagt. Ist gut für die Nerven.« Beethovens orchestrales Donnergrollen wich dem fröhlichen Allegretto des fünften Satzes, dankbarer Hirtengesang, wie schön. Sie fühlte sich inspiriert, ihn in Harmonie zu den Klängen zu kitzeln, entschied sich aber dagegen. »Passen dir eigentlich deine Sachen noch?«

»Mmm.«

»Wie? Ja oder nein?«

Er drehte sein Gesicht zur Seite. »Wie man's nimmt. Irgendwie schon. Wieso?«

»Weil du dich weicher anfühlst als noch vor Wochen. Ich mag das, aber ...«

»Was, aber? Wenn du mich liebst, dann liebst du mich auch weich. Meinst du, ich werde fett?« Er klang besorgt. Eitelkeit war eine sonst sorgsam versteckte, aber durchaus vorhandene Eigenschaft, die er in seltenen Momenten an sich wahrnahm.

»Nö, das nicht gerade ... Ich habe neulich gesehen, dass deine Hemdknöpfe untenrum etwas ... na ja, etwas mehr strapaziert werden.«

»Untenrum? Untenrum trage ich Hosen.«

»Die sitzen auch etwas knapp, wenn du mich fragst. Wenn du jetzt ins Fernsehen musst, brauchst du auf jeden Fall Klamotten, die etwas legerer sind. Man sagt, im Fernsehen sieht man sowieso immer noch fünf Kilo dicker aus, als man wirklich ist.«

Baltes drehte sich abrupt um, warf Vera ab, sodass sie fast vom Bett gefallen wäre, und setzte sich auf. »Danke. Danke, dass du mich daran erinnerst, während ich dir hilflos ausgeliefert bin und versuche, am Feierabend zu entspannen.« Er klang aufrichtig genervt. »Feier-Abend! Ich will ein paar Stunden nicht dran denken, was im Job los ist. Ist das zu viel verlangt?«

Er hatte tagsüber Lagebesprechung gehabt, mit Natalia Subotka und Lutz Didier. Sie mussten sich eingestehen, vor allem Baltes musste das: Sie waren bislang keinen Schritt weitergekommen als die Ermittlungen vor fünf Jahren. Mordmotive gab es, fehlende Alibis gab es, dafür kein einziges belastbares Indiz. Aber dass man wegen dringenden Mordverdachtes Untersuchungshaft beantragen, geschweige denn Klage gegen jemanden erheben könnte, Fehlanzeige. Einen gelinde gesagt schwierigen Menschen nicht zu mögen … das war Alltag und vielleicht sogar ein Zeichen seelischer Gesundheit, aber kein Hinweis auf eine Täterschaft. Die Spurensicherung hatte im Eberkoben von Lisamarie Bentheim keinerlei Fremd-DNA gefunden, die auf den Mörder hätte schließen lassen. Die mehr als vierzig Tipps der Schröder? Vielleicht nur die Rache einer alternden, in Bedeutungslosigkeit versinkenden Frau an jenen Mitstreitern, die ihr fahnenflüchtig wurden. Vielleicht aber auch mehr. »Wenn jeder ein Mörder wäre, der im Internet blöde vor sich hin pöbelt, könnten wir die halbe Welt zum Knast machen«, hatte Didier gesagt, nachdem fast alle von Schröders Hinweisen geprüft worden waren und sich mit wasserdichten Alibis als Sackgasse erwiesen hatten. »Wenn Jesus heute seine Bergpredigt auf YouTube veröffentlichen würde, bekäme er nur einen mega Shitstorm, und die Leute an der Via Dolorosa würden ›lost, du Opfer‹ hinter ihm her grölen und Bierdosen nach ihm werfen.« Baltes fragte sich, ob sein Kollege der nächste Kandidat für einen Burn-out war. Leidenschaft für den Beruf oder Vertrauen in einen Sieg des Guten über das Böse jedenfalls klangen anders.

Auch die Subotka hatte den Blues. Und eine Idee. »Vor Jahren hat es zwar nichts gebracht, aber es passiert doch immer wieder, dass Zeugen sich erst Jahre später trauen, Beobachtungen zu melden. Versuchen wir es doch noch mal bei ›Aktenzeichen XY‹ oder ›Vorsicht Verbrechen‹ oder ›Cold Case‹. Die Bedeutung des Falles gibt es her, das erneut im Fernsehen aufzurollen, schließlich ist ein Politiker umgebracht worden.«

Zu Baltes' Erstaunen hatte der Polizeipräsident schon drei Stunden später sein Okay gegeben, unter der Bedingung, dass es gut vorbereitet werde, und fünf Stunden später hatte auch die Redaktion des Mainzer Senders zugesagt. Nur ihn hatte niemand wirklich gefragt … erst recht nicht, ob er seine fünfzehn Minuten Ruhm ausgerechnet in dieser Fernsehsendung haben wollte.

»Wer denn sonst?«, hatten Subotka und Didier nur gefragt, als wären sie selbst nichts als unwichtige, subalterne Assistenten des begnadeten Kriminalhauptkommissars Werner Baltes.

»Doch, ich verstehe dich sehr gut«, sagte Vera geduldig. »Ich weiß auch, dass du überhaupt keine Lust auf diesen Auftritt vor Kameras hast. Aber ich weiß genauso, dass du es gut machen wirst und dass du hinterher ein klitzekleines bisschen stolz auf dich sein wirst.« Sie streichelte seinen Arm. »Lass uns morgen mal auf Beutezug gehen, bitte. Damit wir zwei anschließend richtig hübsch sind.«

Er legte sich wieder hin, besänftigt und beschämt, dass er seine Unsicherheit an ihr ausgelassen hatte. Er wusste doch, sie meinte es nicht böse, und sie kannte ihn oft besser als er sich selbst. Was ihm in diesen Augenblicken ein Gefühl bescherte, als sei er noch weit vor dem Stimmbruch und sie eine über allem schwebende Märchenfee. Vielleicht war so etwas in anderen Ehen Gift für die Beziehung. Aber es hatte geholfen, Monas Tod zu bewältigen. Es half, den Beruf zu bewältigen, den er mal aus dem anachronistischen Wunsch heraus ergriffen hatte, beamtet und sicher auf der richtigen Seite zu stehen und sich dennoch nicht zu langweilen. Ein bisschen Schimanski, nur ohne Prügelei, das wäre es gewesen. Diszipliniert den Sumpf der Persönlichkeitsstörungen von Verdächtigen durchwaten zu müssen, das hatte er sich, wenn er ehrlich war, damals nicht so lebhaft vorgestellt. Er seufzte. »Na gut. Ich habe schon gemerkt, meine Frau hat nichts anzuziehen. Und vielleicht finde ich für mich ein paar Socken, die mir gefallen.«

*

Es war eng. Sehr eng. Sowohl das Beinkleid wie die mit einem schlabbrigen Vorhang versehene Kabine, in der sich Baltes mit allerlei Verrenkungen bemühte, in eine schwarze Designerjeans mit Passform »Slim Fit« zu steigen.

»Geht's?« Vera reichte ihm eine weitere Jeans in die Kabine und lüftete dabei den Vorhang so weit, dass Baltes fürchtete, die gesamte Kundschaft des Modehauses Wingert könnte ihn mit Hose auf Halbmast sehen.

Er riss ihr das Kleidungsstück aus der Hand und zog den Vorhang zu. »Nein, geht nicht. Ist das jetzt ›Regular Fit‹?«, brummte er und strampelte sich frei. Er schob die zerknüllte Slim Fit unter dem Vorhang hindurch seiner Frau vor die Füße.

»Ja. Soll ich auch noch eine ›Boyfriend‹ raussuchen?«

»Sind das diese Schlabberdinger mit dem Schritt auf Kniehöhe?«

»Ja, Schatz. Und wenn sie besonders modisch sind, mit Löchern am Knie.«

»Untersteh dich!« Er schaffte es diesmal, Knopf und Reißverschluss zu schließen und dabei auch noch zu atmen. »Es reicht jetzt, die hier nehme ich.« Eine Kniebeuge zur Probe. Ungelenk zwar, aber machbar. Sein Kaufentschluss stand fest. Außerdem war er nicht zum Privatvergnügen hier, was seine Gattin möglicherweise ahnte, aber wohl nicht mit Sicherheit wusste.

»Da hat Ihr Mann aber eine sehr gute Wahl getroffen«, hörte Baltes eine weibliche Stimme, von der er wusste, dass sie Isabel Wingert gehörte, der Modehauschefin. Sie näherte sich, sehr schlank, fast schon dünn, in zeitlos elegantem cremefarbenem Hosenanzug. »Darf es vielleicht noch ein passender Gürtel sein? Oder ein schicker Blazer?«

Er sprang ohne Schuhe aus der Kabine und rutschte auf den extralangen Hosenbeinen, die sich unter seinen Fersen klumpten, beinahe aus. »Aber gern! Können Sie mir etwas empfehlen?«

Vera sah ihn irritiert an. »Ich dachte, du …«

»Wolltest du nicht derweil nach einem neuen Outfit für den Winter suchen, Liebling?«

»Äh, ja, aber …« Sie runzelte die Stirn.

Normalerweise musste man ihn zum Shoppen zwingen und zumeist griff er nach denselben unauffälligen Teilen in derselben Größe. Der Einfachheit halber und weil er dann nicht fürchten musste, dass ein Stück in der Wäsche war, wenn er es brauchte. Vera schien zu ahnen, dass irgendwas nicht stimmte. Sie würde später sicher mit ihm darüber reden.

»Wenn du meinst. Lass dir ruhig Zeit, du hast ja fachkundige Beratung«, flötete sie und verschwand in der Damenabteilung.

Etwas hilflos stand Baltes in Strümpfen da und überlegte, wie er vorgehen sollte. Er hätte die Wingert einfach vorladen und vernehmen können. Aber mit welcher Begründung? Weil die Polizei so hilflos war und beschlossen hatte, auf die Theorien einer Ingeborg Schröder zu hören? Die ihrerseits den Eindruck hatte, dass sich hinter der Fassade einer stadtbekannten Geschäftsfrau eine Wutbürgerin mit dem Profilnamen La Strega verbarg? Und weil eine selbst ernannte Hexe eine Beileidskarte unterschrieben hatte, wie man sie einer mitleidslosen Täterin mit Neigung zu esoterischem Gehabe zutrauen mochte? Weil Hexe auf Italienisch »strega« hieß und weil all das zusammengenommen bedeuten mochte, dass Nippes einer Dame zum Opfer gefallen war, die tagsüber Oberhemden verkaufte? Nein, er musste sich erst mal selbst ein Bild machen.

»Sie sind ja eigentlich eher der sportliche Typ«, hob Isabel Wingert an und taxierte seine Figur, »da sind Sie mit den Jeans schon mal richtig. Aber es muss natürlich zum Anlass passen. Soll es leger für die Freizeit sein oder eher Dresscode ›Smart Casual‹?«

»Bitte was?«

»Oder Business? Dann würde ich Ihnen einen klassischen Anzug empfehlen. Einen Dreiteiler … Nun, ich denke, das würde nicht mit Ihrem Typ harmonieren.« Sie hatte sich bereits halb gedreht, um in Richtung einer Nische zu stolzieren, über der die Schriftzüge diverser Nobelmarken prangten.

Baltes wollte schnell in seine Schuhe schlüpfen, die Schnürsenkel verfingen sich jedoch, sodass er es bleiben ließ. Er folgte ihr auf baumwollenen Sohlen, während ihn bei jedem Schritt die voluminöse Preisbeschilderung der brandneuen Jeans in den Rücken zwickte. Er hoffte, dass sich unterdessen niemand an seiner Kleidung in der Kabine zu schaffen machte. Bargeld, Kreditkarten, Dienstausweis … es würde sich lohnen.

»Ach, ich suche was für einen Fernsehauftritt. Nichts Besonderes, es darf nur nichts Kleinkariertes sein.« Ihm fiel die Mahnung der Fernsehredakteurin ein, dass lebhafte Muster auf dem Bildschirm wie ein psychedelischer Trip wirkten, sodass Ruhiges oder Seriöses das Mittel der Wahl sei, beim Thema Verbrechensbekämpfung allemal.

Sie blieb stehen und lächelte ihn an. »Oh, siehe da, ein Fernsehstar aus der Eifel.«

»Nein, so ist es nicht«, widersprach er und sah auf seine großen Zehen, die sich durch ein schütteres Maschenwerk der Socken bohrten und es beinahe geschafft hatten, sich ins Freie zu kämpfen. Der Vorwitz seiner Gliedmaßen brachte ihn auf die Idee, wie er sich sanft und unauffällig zu seinem eigentlichen Anliegen vortasten könnte. »Ich bin Kommissar, wir versuchen mithilfe des Senders, ein Verbrechen aufzuklären.«

»Das ist aber extrem spannend«, sagte sie unbeschwert lächelnd und zückte geschickt aus einer akkurat aufgehängten Reihe von Blazern ein anthrazitfarbenes Stück. »Wollen Sie diesen hier mal anprobieren? Er müsste Ihnen passen. Gute Qualität, leichte Sommerwolle, ideal für drinnen, Pierre Cardin.«

»Ja, es ist spannend, sogar wenn es sich um einen noch nicht aufgeklärten Mord handelt … Wie viel kostet der?«

Sie schaute aufs Preisschild. »Nur hundertfünfundneunzig Euro, ein echtes Schnäppchen für das Design. Mord, hier in der Eifel? Bitte rauben Sie mir nicht alle Illusionen … bei uns ist es doch ruhig und friedlich, zum Glück.« Sie fischte eine andere Jacke hervor. »Oder diese hier, edles Marineblau, von Calvin Klein, sicher auch passend für einen großen Auftritt.«

Baltes schüttelte den Kopf. »Das sieht man doch auf dem Bildschirm gar nicht. Ich meine, man erkennt doch gar nicht, ob so ein Sakko von Karl Lagerfeld ist oder von Aldi …«

Sie unterbrach ihn mit spitzem Ton. »Die Linie, die Lagerfeld für Aldi machte, ist schon einige Jahre Vergangenheit. So wie der Meister selbst. Sie wünschen etwas Preisgünstiges, nehme ich an?«

»Ja, bitte, außerdem geht es doch nicht um mich, sondern um den Mord. Hier, bei uns in der Eifel. So friedlich ist die übrigens gar nicht.«

»Ist sie nicht? Tommy Hilfiger ist schon fünfzig Euro niedriger angesetzt, wäre das was?« Sie sprang offenkundig nicht auf seinen Köder an, sich über Müll, Mord und Nippes auszulassen.

Er nickte. Sei's drum, dachte er, ich muss sie mit der Nase draufstoßen, und wenn mich das hundertfünfzig Eier kostet, mache ich wenigstens im Fernsehen eine gute Figur. »Ja, schon eher. Etwas nicht ganz so Vornehmes passt ja auch besser zu Leichenteilen, die man im Abfall gefunden hat, nicht wahr?«

Sie stutzte. »Ach, das«, sagte sie leise und reichte ihm das Jackett. »Ich erinnere mich natürlich, das war damals ja wirklich spektakulär. Ist das immer noch nicht aufgeklärt?«

»Nein, aber wir haben jede Menge heißer Spuren. Es

fehlen noch ein paar Indizien, dann können wir den Fall abschließen«, log er und zog sich den Blazer über. Er saß perfekt. »Haben Sie die Tätersuche in den Medien nicht näher verfolgt?«

»Nein, ich …« Sie wirkte plötzlich überhaupt nicht mehr wie die dauerlächelnde Verkaufsstrategin, sondern unsicher. Und traurig. »Ich habe das nicht mehr an mich herangelassen. Wissen Sie, ich war damals auch gegen diese Biomüllcontainer, die Timotheus da auf den Weg gebracht hatte …«

»Timotheus? Sie kannten ihn näher?«

»Ja natürlich, wer hier ein Geschäft betreibt, kennt die Leute in der Kommunalpolitik, das wissen Sie doch sicher. Und es gab eine Zeit, da waren er und mein verstorbener Mann sehr gut miteinander befreundet. Wir haben zusammen Golf gespielt. Mein Mann hat den Golfplatz an der luxemburgischen Grenze nur erfolgreich betreiben können, weil Timotheus uns viele Gäste brachte. Aber bei dieser Müllsache … Mein Mann war tot und ich musste keine Rücksicht mehr nehmen. Ich war stocksauer auf Timotheus. Wissen Sie, was es für einen Laden bedeutet, wenn um die Ecke Müllcontainer stehen, auf denen Maden krabbeln? Ich habe in den sozialen Medien protestiert, was das Zeug hält, und dann kam der Container ja auch woanders hin. Ich war ziemlich unfair, glaube ich, ich hatte ja ein gefaktes Profil und konnte meinen Gefühlen freien Lauf lassen. Aber ich habe nicht geahnt, wie das endete. Und gewollt schon gar nicht …«

»Sie sind La Strega, nicht wahr?«

Sie nickte und lächelte bitter. »Ach, hat die Schröder mich verpfiffen? Sieht ihr ähnlich. Sie hat als Administratorin meine richtige Identität gekannt, wir haben uns persönliche Nachrichten geschickt. Ich bereue es sehr, dass ich mit ihr was zu tun hatte … Sie sind gar nicht zum Einkaufen hier, oder? Wird das ein Verhör?«

Baltes stand da, noch immer in Strümpfen und zu langer Jeans, aber mit stylischem Blazer über seinem grauen Alltagsshirt. Ihm war unbehaglich. »Nein, Verhör nennen wir es nicht mehr und es wird auch keine Vernehmung, dazu hätte ich Sie ins Präsidium geladen. Aber es interessiert mich, was Sie über die Sache wissen.« Er streckte die Arme aus und musterte sie. »Und das Jackett sitzt wirklich gut, ich nehme es.«

Isabel Wingert blickte ihn an, mit geschulter Freundlichkeit, aber sie wirkte geistesabwesend. »Es hat mich sehr schockiert, dass man Timotheus so etwas angetan hat. Er war kein Gutmensch … so hätte er das wohl selbst ausgedrückt. Er war ein Strippenzieher und ein Opportunist, obwohl ihn die meisten sicher für einen Kerl mit klarer Kante hielten. Aber mein Mann und ich, wir kannten ihn besser. Man musste ihn zu nehmen wissen, dann hat er sich auf seine Weise gut revanchiert.«

»Hat er sich bei Ihnen für irgendwas revanchiert?«

Sie holte tief Luft. »Ich schlage vor, Sie ziehen sich wieder Ihre Sachen an, Ihren Einkauf lege ich an der Kasse zurück. Und dann kommen Sie in mein Büro und wir können in Ruhe reden.«

Der schlauchartig schmale Raum, mehr eine Abstellkammer als ein Büro, zeugte vom vergeblichen Versuch der Besitzerin, so etwas wie eine heimelige Arbeitsatmosphäre zu schaffen. Auf dem Schreibtisch drängten sich zwei große Bildschirme und machten einem kunterbunten Porzellansparschwein, einer rosa Orchidee aus Filz und Fotos von zwei selig in die Kamera lachenden, vielleicht vierjährigen Blondschöpfen den Platz streitig. Zwischen den Monitoren stand eine kleine Marienstatue, wie man sie vieltausendfach in Lourdes kaufen konnte, vermutlich ein Reisesouvenir. Den Wandkalender zierten Motive von Janosch, Tigerente und Bär mit Nikolausmütze machten es sich gemütlich. Isabel Wingert bot dem Kommissar den einzigen Stuhl im Zimmer an … ihren Schreibtischsessel. Sie selbst lehnte sich an ein mit älteren Aktenordnern und Modekatalogen gefülltes Regal. Sie blinzelte ins Licht, das durch ein hohes Fenster in Baltes' Rücken gleißte, tief stehende Herbstsonne. Sie sah hier, ohne die schmeichelhafte Beleuchtung im Laden, müde und alt aus. Ihre sorgfältig geföhnten blonden Haare ließen die Kopfhaut durchschimmern, jede Falte und jede Pore ihrer Gesichtshaut waren zu erkennen und verrieten eine Frau, die schlecht schlief und schon lange Zeit unter Stress litt. Baltes dachte daran, wie sehr die Pandemie den Geschäftsleuten geschadet hatte. Die Wingert musste eine zähe Kämpferin sein, um weiterzumachen wie immer. Oder sie hatte keine Alternative. Sie tat ihm leid.

»Sie müssen aber nicht stehen, und wir können gern auch im Präsidium …«

Sie schüttelte den Kopf. »Schon gut. Das ist für Sie mehr Aufwand, für mich auch. Ich kann schlecht weg hier, ich musste zwei Verkäuferinnen entlassen. Also, was wollen Sie von mir wissen?«

Der Bildschirmhintergrund zeigte dieselben Kinder wie die gerahmten Fotos, diesmal mit einem Golden Retriever, der von beiden Seiten umarmt wurde und mit hängender Zunge in die Kamera grinste. Der Desktop war aufgeräumt, keine Spur von Dateiensalat über die Oberfläche verteilt.

»Sind das Ihre Kinder?« Er wollte behutsam anfangen, wusste ja selbst nicht genau, wohin sich das Gespräch wenden sollte.

»Meine Enkel, aus dem Alter für so Kleine bin ich doch schon lange raus«, antwortete sie lächelnd. Doch die Heiterkeit verschwand sofort wieder. »Timotheus und wir, wir hatten viel miteinander zu tun für Kinder. Er hat sich da sehr eingesetzt.«

Baltes wunderte sich. Nippes, der rechtsstaatliche Bulldozer, in Wirklichkeit ein flauschiger Opa, der Lollis verteilt und Märchen vorliest? »Das höre ich zum ersten Mal. Seine eigene Tochter scheint jedenfalls kein ungebrochen gutes Verhältnis zu ihm gehabt zu haben.« Er sah sie aufmerksam an. Sie musste Lisamarie Bentheim gekannt und ihr diese verrückte Beileidskarte hinterlassen haben. Aber ihr Gesicht verriet nichts. »Was haben Sie mit ihm getan, für Kinder?«

Sie ging auf den Schreibtisch zu, griff an Baltes vorbei zur Maus und klickte einen Ordner an, »KF« hieß er einfach nur und hatte Unterordner mit Fotos und Excel-Tabellen. »Timotheus hat seine Kontakte in die regionalen Behörden und in die Kirche genutzt, um uns bei unserem Engagement für KidsFist zu unterstützen«, erklärte sie und öffnete die Fotogalerie.

Der Kommissar dachte zunächst, er würde auf eine Ansammlung von Pädophilenmaterial starren, bis er genauer hinsah. Manches waren einfach nur traurige Kindergesichter, manche zeigten Körperteile mit blassen Hämatomen. Jedes Foto hatte einen Dateinamen, der zugleich der Name eines Kindes sein mochte, ein Datum und einen Ort. Die gesamte Eifel war vertreten, von Aachen oder Bonn bis runter nach Trier.

»Was ist das?«, fragte er bestürzt.

»Das dokumentiert Misshandlungen, die in den letzten zehn Jahren in Schulen oder Kitas geschehen sind, ohne dass irgendjemand eingeschritten ist. Die Eltern haben sich nicht getraut, zur Polizei zu gehen. Das Gerede, wissen Sie. Stellen Sie sich vor, Sie gehen als Vater oder Mutter mit Ihrem Verdacht zur Polizei und es spricht sich rum, dass Sie Anzeige erstattet haben, und dann wird die Kita geschlossen oder der Lehrer muss gehen und die anderen Eltern glauben Ihnen nicht und machen Sie dafür verantwortlich, dass die Betreuung fehlt und …«

Baltes unterbrach sie. »Von uns würde niemand etwas erfahren.«

Isabel Wingert schüttelte den Kopf. »Vermutlich nicht. Aber Sie wissen doch, wie das läuft, so etwas bleibt auf dem Land nicht lange unter der Decke.«

Der Kommissar fand, dass sogar sehr viel unter der Decke blieb. Und er fand, dass im Gegenteil sehr vieles für öffentliche Empörung sorgte, was nur im Kopf der Gerüchtestreuer geschehen war. Aber er widersprach nicht. »Und was haben Sie und Nippes jetzt konkret damit zu tun?«

»Wir arbeiten sehr diskret, wir …«

»Wer ist wir?«

»Zunächst waren das mein Mann und ich. Und Timotheus, der hatte die Idee, er hörte ja so viel, was überall los ist. Dann kamen Geschäftsleute hinzu, die wir kennen. Dann einige ehemalige Lehrer, ein pensionierter Schulleiter, ein paar Erzieherinnen, ein Kirchenmann … KidsFist ist eine kleine, bunt gemischte Gruppe. Wir halten uns im Hintergrund. Wir sind überzeugt, dass das mehr bewegt als der übliche Weg, den Kindern sozusagen mehr Durchschlagskraft verleiht. Und es erspart ihnen und Eltern Verhöre … Vernehmungen, entschuldigen Sie. Aber für die Betroffenen fühlt es sich an wie ein Verhör. Und sie müssen vor Gericht, sie müssen einen Prozess durchmachen, bis sie therapeutische Hilfe bezahlt bekommen … wenn überhaupt. Oft genug passiert gar nichts, und nur der Täter wird therapiert, die Kinder und die Familien stehen allein da. Wir sammeln ganz diskret Geld, um Behandlungen zu bezahlen. Bei psychologischen Heilpraktikern, ohne lange Wartezeiten und ohne Krankenkassengedöns.«

Baltes spürte, wie ihn allmählich eine Welle von Ärger erfasste. »Ist Ihnen eigentlich bewusst, dass Sie mit einer solchen … solchen Diskretion, wie Sie das nennen, die rechtmäßige Bestrafung der Täter verhindern? So etwas könnte auch Vertuschung von Straftaten heißen oder unterlassene Hilfeleistung! Und noch mal, was hatte Nippes damit zu tun?« Er war laut geworden. Und verfluchte sich innerlich dafür, denn das war unprofessionell und würde die Wingert vielleicht zum Verstummen bringen.

Tatsächlich schloss sie den Ordner, fuhr den Rechner komplett herunter und rückte von ihm ab. Fluchtbereit stand sie jetzt an der Tür. »Sie tun uns Unrecht. Geben Sie es zu, Sie haben keinerlei Sympathie für das Opfer, Sie halten Nippes wie alle anderen auch für einen widerlichen Machtmenschen. Er hatte diese Seite, sicher, und auch mich hat das oft genug wütend gemacht. Aber er hatte auch noch ganz andere. Vielleicht kümmern Sie sich mal darum! Und vielleicht gehen Sie ausnahmsweise mal davon aus, dass ein todkranker Mann über sein Leben nachdenkt und geläutert wird.«

Sie war laut geworden und traf Baltes bis ins Mark. Denn es stimmte, er hatte nicht wie in anderen Fällen alle Facetten des Opfers wissen wollen. Nicht einmal seine Kollegen hatten das vor Jahren getan. Mit flauem Gefühl in der Magengegend musste er innerlich zugeben, dass dies unprofessionell war und ein Grund für die Erfolglosigkeit der Aufklärung sein konnte. Wir sind halt auch nur Menschen, dachte er. »Was meinen Sie? Und wieso todkrank? Wir haben darüber keine Erkenntnisse.«

»Ich weiß es nicht genau, er hat es wohl nicht einmal seiner Tochter gesagt. Er war überzeugt zu erblinden, vermutlich wegen eines Tumors. Er sprach so gut wie nie darüber, er war das Gegenteil eines Hypochonders. Aber es war spürbar, dass sein Sichtfeld immer eingeschränkter wurde.«

Er rieb sich das Kinn, dachte an die Augen, die nie gefunden wurden. Vielleicht wusste der Mörder von der Krankheit? Dann musste er eine ganz besondere Beziehung zu Nippes gehabt haben. Und sie waren selbst unsensibel und blind, einen solch eng verbundenen Menschen zu übersehen. »Sie scheinen einen anderen Blick auf Nippes zu haben als andere«, sagte Baltes. »Was wissen Sie denn von seinen guten Seiten, wenn Sie uns Einseitigkeit vorwerfen?«

»Nippes hat mit seinen Kontakten erreicht, dass Täter versetzt wurden, in andere Pfarreien oder an andere Schulen, oder reine Schreibtischtätigkeiten bekamen, ohne Kontakt zu Kindern. In ganz schlimmen Fällen hätte er natürlich die Polizei informiert. Und was hätten Ihre Kollegen denn schon ausrichten können? Misshandlung fängt nicht erst an, wenn das Opfer in Strömen blutet und der Täter danebensteht. Sie hätten doch nur ein paar mahnende Worte verloren und wären wieder davongefahren.«

Der Kommissar schluckte, er wusste, dass sie nicht vollends falsch lag. Aber auch nicht wirklich richtig. Sie kennt die Grauzonen nicht, dachte er. Es ist wie fast überall, die Leute sehen nur noch Schwarz und Weiß und maßen sich an, alles selbst zu wissen und besser zu können als die, deren Beruf das ist. Wie schön war es doch, als man mindestens ein Lexikon kaufen musste, um den Mund aufzumachen und mitzureden. Er wurde senil und sentimental, aber er konnte nichts dafür. Er stand auf und ging auf sie zu, um eine ruhige Stimme bemüht.

»Liebe Frau Wingert, ich weiß, meinen Kollegen sind oft die Hände gebunden. Aber sie würden auf jeden Fall das Jugendamt informieren und …«

Sie funkelte ihn wütend an. »Das Jugendamt? Dass ich nicht lache! Genau damit hat Timotheus die schlechtesten Erfahrungen gemacht. Genau dann hat sich gar nichts mehr bewegt außer ein paar Aktendeckeln.« Sie hielt die Tür auf. »Bitte gehen Sie jetzt. Ich muss hier nämlich überhaupt nicht mit Ihnen reden.«

»Nein, müssen Sie nicht. Ich danke Ihnen, dass Sie es trotzdem getan haben. Nur eines noch, denn ich muss einen Mord aufklären, keine Kindesmisshandlung. Okay? Oder soll ich Sie vorladen?«

Sie zuckte nur mit den Schultern.

»Warum haben Sie auf Nippes' Beerdigung eine gelinde gesagt sehr außergewöhnliche Karte hinterlassen? Wollten Sie Nippes' Tochter damit irgendetwas zu verstehen geben?«

»Ich habe nicht die geringste Ahnung, wovon Sie reden.« Sie sah aufrichtig verwundert aus.

»Eine selbst gestaltete Karte, mit einer Art Racheengel, unterschrieben mit ›Hexe‹ und dem Hinweis, dass Timotheus Nippes Gott zu sehr gefürchtet habe. Das stammt nicht von Ihnen, La Strega?«

Einen Moment lang starrte sie ihn an. »Nein, das stammt nicht von mir. Racheengel? Ich bin keiner. Wofür auch? Ihre Einkäufe liegen an der Kasse. Ich wünsche Ihnen viel Freude an den Teilen. Und jetzt entschuldigen Sie mich bitte, die Buchführung wartet auf mich.«

Baltes schüttelte den Kopf. »Danke, nein, ich brauche keine Tüte.« Er nahm Jeans und Blazer aus den Händen der Kassiererin entgegen und rollte die Kleidungsstücke zusammen, als wären es Badetücher. Wo war Vera? Immer noch nicht fertig mit Shoppen? Er schaute auf die Uhr, mehr als eine halbe Stunde hatte er im Büro von Isabel Wingert verbracht, die Tür war verschlossen geblieben. Ich wette, sie telefoniert seitdem, dachte er. Oder löscht Dateien. Oder macht sonst etwas, von dem ich nichts wissen soll.

Baltes schaute sich um. In der Nähe stand ein einsamer Sessel, offenbar vorgesehen als Zwischenlagerstätte für erschöpftes Begleitpersonal von kaufberauschten Kunden. Er steuerte ihn an und setzte sich, wollte nichts als beobachten, bis seine Gattin ihn aus dem Wartemodus erlösen würde. Er erinnerte sich an die Sommer- und

Winterschlussverkäufe seiner Kindheit, an die Samstagseinkaufstouren mit den Eltern, an das Gewimmel um die Grabbeltische und die ausgefahrenen Ellenbogen, an die Stapel von Hemden oder Pullis oder Unterhosen, die seine Mutter ergatterte ohne Rücksicht auf Nebensächlichkeiten wie Farbe und Größe. Es wurde angezogen, was man kriegen konnte, und wenn es nicht passte, gab es irgendeinen Cousin oder Nachbarsjungen, der als Träger mehr oder weniger geeignet war. War das nicht auch eine Art von Misshandlung, seelisch? Mit schrägen Klamotten ausgelacht werden, wenn man in der Klasse nach vorn an die Tafel gerufen wurde und alle die misslungene Staffage sehen konnten? Die blauen Flecken an den Kinderarmen, die auf Isabel Wingerts Computer dokumentiert waren … Hatte er nicht auch stets mal hier eine Blessur, mal da eine, ohne genau zu wissen, wo er sich diese eingefangen hatte? Und aus nichtigem Anlass eine Ohrfeige, vielleicht einfach nur weil seine Mutter genervt war? War nicht eine Tracht Prügel die übliche Drohung, wenn er nicht tat, was sein Vater wollte? Hatte er sich deswegen so sehr misshandelt gefühlt, dass er Hilfe benötigt hätte? Hätte das irgendwen interessiert?

»Was ist dir denn passiert?«, riss ihn Veras Stimme aus den Grübeleien. Sie hatte zwei voluminöse Papiertüten in den Händen. »Bist du nicht glücklich mit deiner Auswahl?« Sie baute sich vor ihm auf und holte einen knallroten Webpelzmantel aus einer der Tüten. »Wie findest du den? Garantiert ohne echtes Fell und auch an nebligen Novembertagen wird mich damit niemand übersehen.«

»Hübsch.«

»He, was ist los? Bist du sauer, dass ich so lange gebraucht habe?«

»Nein, ich sitze hier erst seit ein paar Augenblicken. Ich denke nach.«

»Oh, bitte, nicht schon wieder!«

»Doch. Ich hatte ein langes Gespräch mit der Chefin.«

»Ich hab's befürchtet. Und sicher nicht über Mode, nicht wahr? Wann wirst du endlich Arbeit nur während der Arbeitszeit machen?«

Er schüttelte den Kopf. »Bitte, mach es mir mit deinen Vorwürfen nicht noch komplizierter. Bei mir kommt die Arbeit nun mal nicht nur werktags von neun bis fünf. Das hier war vermutlich wichtig.«

»Neue Erkenntnisse?«

»Nein, das nicht unbedingt. Aber eine neue Ahnung … Die kommt mir jetzt erst, ich weiß auch nicht, warum. Was ist, wenn es gar nicht um Politik ging oder um Wutbürger oder um Betrug? Sondern um etwas ganz Privates? Mir fällt auf, dass bei jedem, mit dem ich über Nippes spreche, irgendwie Kinder oder Kindheit eine Rolle spielen.«

Seine Frau trat ganz nah an ihn heran und wuschelte ihm durch die Haare. »Auf deine Intuition war immer Verlass. Kinder, die massiv enttäuscht oder vernachlässigt wurden, tragen das ein Leben lang mit sich. Vielleicht erklärt das die besondere Grausamkeit bei dem Fall.«

»Die Tochter kommt aber eigentlich nicht infrage. Der Sohn ist schon als Kleinkind bei einem Unfall auf seinem Hof gestorben. Andere Kinder hat Nippes nicht.«

»Bist du sicher?«

12

Der Besprechungsraum im Polizeipräsidium roch nach abgestandener Luft und kaltem Kaffee. Lutz Didier riss das Fenster auf. »Wir müssen sowieso lüften, wegen der Aerosole«, meinte er, »oder hat jemand Lust auf Maskentragen?« Die Pandemie nahm einen neuen Anlauf, sich bemerkbar zu machen, die relative Sorglosigkeit des Sommers wich bei den Kriminalbeamten allmählich einer Mischung aus bemüht stoischer Gelassenheit und Gereiztheit.

Natalia Subotka gähnte. »Okay, fassen wir zusammen«, sagte sie und griff nach ihrer Tasse. Leer. Sie schob sie beiseite und beugte sich über ihr Tablet. »Werner, du gibst nachher im Sender nur einen ganz knappen Abriss der Ereignisse und dass wir in alle Richtungen ermitteln. Du nennst nur die Themen und Tätigkeiten, in die Nippes involviert war. Auf keinen Fall sagen, dass wir eine Vielzahl von Personen überprüft haben, ohne ein brauchbares oder weiterführendes Ergebnis erzielt zu haben. Das würde uns unprofessionell erscheinen lassen, meint der Polizeipräsident.«

Baltes verdrehte die Augen. »Was meint er sonst noch so? Gibt es von ihm noch irgendwelchen Input?«

»Ja. Auf keinen Fall Kritik an den Rechtsstaatlichen. Du sollst so tun, als wären sie eine ganz normale Partei.«

»Gewesen.«

»Was?«

»Ich werde so tun, als ob sie eine ganz normale Wählervereinigung oder Partei gewesen wären. Vergangenheit. Die sind doch in Auflösung. Vielleicht ermutigt das jemanden, sich an Dinge zu erinnern, die bislang noch nicht zur Sprache kamen. Hat ja niemand mehr eine Karriere zu verlieren.«

Didier schloss das Fenster und kehrte an den Konferenztisch zurück. »Ist das Fotomaterial aufbereitet?«

Die Subotka nickte. »Ein Porträtfoto von Nippes und die verschiedenen Fundorte der Leichenteile. Das wurde alles schon veröffentlicht, hat jedoch nichts gebracht. Damals war die ganze Gegend in Wallung wegen der Biomüllcontainer und der Schrödergruppe, die dagegen Front machte. Jeder, der Auffälliges gemeldet hätte, wäre mit einem Shitstorm überschüttet worden. Nicht einmal der Vandalismus an den Containern wurde angezeigt, obwohl man sonst in den Dörfern weiß, welche Farben die Lieblingsunterhosen des Nachbarn haben. Es hieß, dass so was nur die logische Protestform gegen die Container wäre und man das nicht *denunzieren* dürfe.«

»Aber vielleicht erinnert sich jemand und hat jetzt mehr Mumm in den Knochen«, warf Baltes ein. »Es wird sich nicht vermeiden lassen, dass ich auf die Müllproteste hinweise. Der Höhepunkt der Proteste und der Mord fallen in denselben Zeitraum. Und wir können nach wie vor nicht ausschließen, dass es auch ursächlich eine Verbindung gibt. Ich muss nur klarmachen, dass ganz andere Motive genauso möglich sind.« Ein säuerliches, brennendes Gefühl stieg in ihm hoch. Auch das noch, dachte er und schluckte mehrmals in der Hoffnung, dass es verschwinden möge. »Können wir nicht mal anderen Kaffee kaufen? Meine Güte, das ist ja das reinste Gift!«

Seine Kollegen grinsten ihn an. »Ist normalerweise deine Lieblingssorte. Hast du Lampenfieber?«

Baltes klappte sein Notebook zu. »Quatsch!«

Er war nun doch froh, den Firmenwagen zu fahren, wie der Audi von allen genannt wurde. Sein eigenes Gefährt stand noch immer dienstuntauglich in der Werkstatt und wartete auf Ersatzteile. Hundertachtzig Stundenkilometer fühlten sich auf der Autobahn an wie ein Spaziergang. Beinahe wäre er in den Weiten des Hunsrücks auf einen vorausfahrenden, abrupt bremsenden Wagen aufgefahren. Verdammte Blitzer, dachte er, sein Herz fing an zu rasen und er konnte nicht mehr verdrängen, was ihm in den nächsten Stunden bevorstand. Er war noch nie in einer Fernsehsendung aufgetreten. Würde er vergessen, was er zu sagen hatte, würde er sich verhaspeln, würde er gut aussehen? Vera hatte ihn begleiten wollen, doch ihre Fürsorglichkeit hätte ihn erst recht nervös gemacht. Das hier wollte er allein durchstehen. Keine Zeugen haben für Peinlichkeiten. Dann fiel ihm ein, dass Hunderttausende Zeuge sein würden, wenn er sich blamierte. Das hier ist kein Song-Contest, du musst keine Tanzeinlagen bringen und keine Bachelorette beeindrucken, tröstete er sich. Ich will einfach nicht, sagte eine andere Stimme. Du musst, sagte eine dritte.

Gefangen im inneren Widerstreit hätte er beinahe die Abfahrt verpasst, die das Navi ihm anzeigte. Er geriet in ein Mischgebiet aus mehrstöckigen Wohnblocks mit Discountern dazwischen, dann endlich wies ihm ein Schild den Weg ins Parkhaus des Senders. Parkhäuser waren zweckmäßig, wenn Parkplätze darin frei waren, fand Baltes, doch nach einer Viertelstunde Kurverei durch die halb dunklen Gänge musste er einsehen, dass er unverrichteter Dinge wieder hinausfahren musste. Wiederum durchstreifte er das umliegende Stadtviertel, suchte und suchte und fand doch nichts. Fast hätte er der illegalen Neigung nachgegeben, einen Behindertenparkplatz zu blockieren, doch er traute sich nicht. Erneut fädelte er sich in die Einfahrt zum Sendehaus ein und fasste den Entschluss, einfach vor dem Haupteingang stehen zu bleiben.

Er stieg aus, ging durch eine Drehtür ins Gebäude, prallte auf ein Schild mit dem Hinweis auf Maskenpflicht und wurde von der Drehtür wieder ausgespuckt. Zurück ins Auto, Maske holen, rein in den Sender. Am Empfang erwartete ihn hinter Plexiglas ein maskenloser, hemdsärmeliger Mann.

»Kann ich da stehen bleiben?«, murmelte Baltes und wies durch die Glasfront auf das Auto.

»Ist sonst alles dicht?«

»Ja.«

»Na gut, drücken wir mal ein Auge zu. Es ist um diese Uhrzeit immer eine Katastrophe mit dem Parken. Zu wem wollen Sie?«

»Ich soll ins Fernsehen.«

Der Typ grinste. »Dann sind Sie bei einem Fernsehsender richtig. Zu welcher Redaktion, meine ich?«

Aus seiner Jackentasche nestelte Baltes den Brief mit den Instruktionen, der im Kommissariat angekommen war. »Cold Case … zu einer Frau Heimes.«

Der Rezeptionist nickte und telefonierte. »Die Heimes hat heute keinen Dienst. Der Hens holt Sie ab.« Er deutete auf eine schlichte Sitzgarnitur im weitläufigen Foyer. »Warten Sie am besten da drüben.«

Der Kommissar tat wie geheißen. Der Sessel war hart und praktisch, nichts für gemütliche Pausen. Baltes beobachtete, wie Menschen an ihm vorbeieilten, salopp gekleidet, tiefenentspannt, maskenlos. »Alles ganz locker hier«, sagte er vor sich hin, »kein Grund zur Aufregung. Kein Grund zur Aufregung. Kein Grund zur Aufregung. Sind alles Menschen wie du und ich, äh, wie ich und Vera und … Verdammt, habe ich die Notizen dabei?« Er öffnete die Ledertasche, in der sein Dienstnotebook verstaut war, klappte es auf und schaltete es ein.

»Hallo, immer am Fahnden?«, unterbrach ihn eine muntere Männerstimme. »Sie müssen Kriminalhauptkommissar Baltes sein. Ich bin der Jens Hens, auch aus der Eifel. Willkommen in der Landeshauptstadt.« Offenbar war Jens Hens darin geschult, bei verkrampften Televisionslaien auf Anhieb gute Laune zu verbreiten. Mit dem Tonfall hätte er auch Animateur auf einer Kaffeefahrt für Senioren sein können.

»Ja, ich … äh, ich wollte nur mal schauen … Baltes, Werner Baltes.« Er klappte das Notebook zu und sprang auf.

»Immer mit der Ruhe. Bei uns geht alles ganz easy, Sie werden sehen, alles ist schneller vorbei, als Sie denken. Sie werden schon nicht vergessen, um welchen Fall es geht«, lachte er, »und der Moderator federt Unsicherheiten ab, darauf können Sie sich verlassen. Er hat von uns tipptopp vorbereitete Karten mit den Essentials. Es kann gar nichts schiefgehen. Kommen Sie, ich führe Sie in die Maske.«

Baltes sah ihn fragend an.

»Nein, nicht das Ding auf der Nase. Sie müssen sich schminken, unter Anleitung. Keine Angst, das ist ganz einfach.« Jens Hens schritt voran, endlose graue Gänge mit vielen Türen entlang, bog mal nach rechts und mal nach links ab. Der Kommissar war überzeugt, allein nie aus dem Labyrinth herauszufinden. An manchen Türen leuchtete die rote Aufschrift »Aufnahme!«, andere standen offen und gaben den Blick frei auf Büros, die nicht anders aussahen als im Polizeipräsidium, mit aneinandergereihten Bildschirmen und konzentriert darauf starrenden Menschen. Eine Blondine in schwarzen Leggings, lila Tunika und hohen Stöckelschuhen kam ihnen entgegen. Baltes war sicher, sie schon irgendwo einmal gesehen zu haben, nur irgendwie jünger, bis ihm einfiel, dass es die Wetterfee war.

»So, hier wären wir. Ich hole Sie nachher ab.«

Vor dem Kommissar öffnete sich ein großer, gnadenlos mit Neonlampen ausgeleuchteter und an der Längswand verspiegelter Raum. Drehstühle standen in einer Reihe, auf einer Ablage entlang der gesamten Spiegelwand lagen Tiegel und Tuben, Pinsel und Bürsten, Haarspraydosen und Puderdosen, Lippenstifte, Lidschatten und Rouge in allen nur denkbaren Farbvariationen. Eine resolut aussehende brünette Frau mit Einmalmaske begrüßte ihn, ihre Augen lächelten.

»Setzen Sie sich.« Sie schob ihm einen der Stühle hin und musterte ihn kritisch. »Das kriegen wir schnell hin, ich denke, Sie brauchen nur Puder auf Stirn, Wangen, Kinn und Hals, sonst glänzen Sie wie ein Christbaum. Und Ihr Haar kann so bleiben, da ist sowieso nichts mehr zu machen …«

Er wusste nicht, ob und was er auf den Kommentar entgegnen sollte. Der hellbraune Puder roch süßlich, er fand den Duft widerlich. Aber brav langte er zu Schwämmchen und Tiegel und tupfte sein Gesicht ab, bis es eine matte, faltenlose Landschaft war.

Jens Hens erlöste ihn aus einem gezwungenen Small Talk mit der Maskenbildnerin, die unbedingt wissen wollte, ob die Polizeiarbeit wirklich so ablief wie in der unübersehbaren Flut von Krimis, die von früh bis spät gesendet wurden. Tat sie natürlich nicht, aber Baltes hatte keine Lust, ihr von Routine und Schreibtischlangeweile zu erzählen und dass er noch nicht ein einziges Mal wie Hinnerk Schönemann sein Jackett ausgezogen hatte, um pünktlich eine Dreiviertelstunde nach Auffinden der Leiche hinter einem Verdächtigen herzuhechten.

Dann stand er im Studio, war mit Mikro verkabelt und wunderte sich, dass die Hochglanzkulisse, die er selbst auf dem Bildschirm daheim wahrgenommen hatte, in Wirklichkeit ein verschrammtes Parkett und Stehpulte mit abgestoßenen Ecken aufwies. Von der Decke hingen schwere Scheinwerfer, fahrbare Kameras standen im Kreis und waren auf den Moderator ausgerichtet, der an einem der Pulte gelehnt in einem kleinen Stapel Karteikarten blätterte. Baltes kannte ihn nicht, Wiefels oder Niefels oder irgendwie ähnlich hieß er. Vorgestellt hatte er sich nicht. Privat schaute er »Cold Case« nie, warum sich auch noch in der Freizeit mit Verbrechen befassen? Währenddessen lief auf einem Monitor ein vorgefertigtes Video, in dem es um Trickbetrüger ging, die als Polizisten getarnt alte Menschen dazu drängten, Schmuck und Geld vor der Haustür zu deponieren … angeblich, um sie in Sicherheit zu bringen. Baltes hatte von derartigen Fällen bereits oft gehört, aber sie fielen nicht in seine Zuständigkeit. Er wusste nicht, was ihn mehr bestürzte, die Naivität der Betrogenen oder die Dreistigkeit der Täter.

»Gleich nach dem nächsten Einspieler sind Sie dran«, sagte Hens leise. »Gehen Sie, sobald er angefangen hat, einfach zum Moderator und stellen Sie sich neben ihn, antworten Sie kurz und klar auf seine Fragen.«

Baltes nickte. Seine Kehle war trocken, aber er war innerlich ruhiger als zuvor. Wiefels oder Niefels jedenfalls machte auf ihn einen gelassenen und freundlichen Eindruck. Mit dem Typ komme ich klar, dachte er. Die bekannten Fotos erschienen auf dem Monitor, die Müllcontainer, das Porträt von Timotheus Nippes, aber auch Aufnahmen der Eifeldörfer, in denen Leichenteile gefunden worden waren. Ein paar Sekunden lang gab es Nippes live, bei einem seiner Wahlkampfauftritte, lange vor seinem Tod. Und eine kurze Sequenz mit Protestschildern, die von einer Gruppe älterer Menschen in die Höhe gehalten wurden. »Weg mit dem Siff, her mit unseren Biotonnen!«, stand auf einem zu lesen. Was soll das?, dachte Baltes. Das war so nicht abgesprochen! Panik stieg erneut in ihm auf. Aber dann gab ihm Hens einen kleinen Schubs und er musste losgehen, dem Moderator entgegen.

»Jetzt zu unserem wohl spektakulärsten Cold Case dieser Sendung. Vor rund fünf Jahren wurde Timotheus Nippes grausam ermordet. Er war Gründer und Vorsitzender einer strikt konservativen Wählervereinigung, welche in einigen Regionen in kommunalen Parlamenten Sitze erringen konnte. Seine sterblichen Überreste wurden in verschiedenen Biomüllcontainern der Eifel aufgefunden. Nippes galt als Initiator dieser Container. Gegen sie gab es heftige Bürgerproteste vor allem im Internet«, führte Wiefels oder Niefels mit wohlklingend sachlicher Stimme ins Thema ein. »Wir haben nun Kriminalhauptkommissar Werner Baltes aus Trier zu Gast, der die Ermittlungen wieder aufgenommen hat und leitet.«

»Aus Daun«, entfuhr es Baltes.

Der Moderator lächelte zuvorkommend. »Vom Polizeipräsidium Daun?«

»Nein, ich komme aus Daun, das Präsidium ist in Trier. Entschuldigen Sie.« Ihm wurde es heiß. »Äh, was soll ich über den Fall sagen?« Die Klappe halten und auf Fragen warten, wusste er mit rot werdendem Kopf. Hoffentlich würde der Gesichtspuder das überdecken. Aus Richtung der Kameraleute schien ein unterdrücktes Kichern zu kommen. Wo muss ich eigentlich hingucken?, dachte er und wandte den Kopf mit weit offenen Augen hin und her wie ein Uhu.

Der Moderator fing seinen Blick mit unverdrossener Freundlichkeit wieder ein. »Der Fall liegt, wie gesagt, einige Jahre zurück. Gibt es Hinweise auf ein Motiv, etwa eine Verbindung mit der politischen Arbeit von Timotheus Nippes?«

Baltes blickte ins Gesicht seines Gegenübers, versuchte so zu tun, als sei es ein ganz normales Gespräch ohne Zuschauer, und merkte, wie die Anspannung etwas weniger wurde. »Wir haben in alle Richtungen ermittelt und auch wertvolle Zeugenhinweise bekommen, etwa zu den von Ihnen genannten Bürgerprotesten. Denen sind wir natürlich sorgfältig nachgegangen«, sagte er und war erleichtert, dass die Mundtrockenheit nachließ. »Aber wir können auch private oder geschäftliche Motive nicht ausschließen. Die Auffindesituation des Toten mit der besonderen Gewalt lässt uns darauf schließen, dass auf jeden Fall auch eine gewisse Emotionalität eine Rolle spielte. Die jedoch kann überall mitspielen, sei es bei Gegnerschaft in einer Sache, sei es bei klassischen Mordmotiven. Wir beobachten generell, dass es in der Gesellschaft eine Zunahme der Gewaltbereitschaft gibt. Umso wichtiger sind uns Hinweise auf derartige Aktivitäten, wie wir sie schon bekommen haben.« Puh, geschafft, mehrere wohlgesetzte Formulierungen in Folge, ohne das Atmen zu vergessen.

Auch der Moderator schien erleichtert, dass Baltes sich erholte. »Aber jetzt wenden Sie sich an die Öffentlichkeit, um neue Spuren zu erhalten?« Sein Lächeln hatte auch seine Augen erreicht.

Baltes nickte. »Ja, wir hoffen, dass sich bislang noch unbekannte Zeugen an Vorgänge rund um die Auffindeorte der Leichenteile erinnern, also um die Biomüllcontainer in Netteseifen, Häpfeld, Wusselbrock, Michelsmütz und … äh.« Er rieb sich die Stirn.

»Daun?«, assistierte der Moderator.

»Nein. Nicht Daun. Es handelt sich allesamt um kleine bis kleinste Dörfer. Vermutlich absichtlich, um möglichst wenig Gefahr zu laufen, bei der Ablage entdeckt zu werden. Bofrath. In Bofrath stand der fünfte Container.«

Wiefels-Niefels blickte auf seine Karteikarten und

wirkte irritiert. »Gerade in den kleinen Dörfern fällt Ungewöhnliches jedoch auf, oder nicht?«

Jetzt schüttelte Baltes den Kopf. »Nein, nicht was die Container angeht. Die sind in der Regel weit außerhalb der Bebauung aufgestellt.«

»Aha. Äh. Warum? Das macht die Müllentsorgung doch schwieriger. Geht die Polizei davon aus, dass … Jetzt habe ich den Faden verloren.« Der Moderator hüstelte und wechselte beherzt zurück in professionelle Gelassenheit. »Um welchen Zeitraum handelt es sich, Herr Kriminalhauptkommissar?«

»Die Leichenteile wurden in den letzten beiden Augustwochen 2015 aufgefunden, teilweise verpackt in handelsübliche Plastiktüten oder Folien. Daraus lassen sich keine Rückschlüsse auf den Täter oder die Täterin …«

»Oder die Täter?«

»Jedenfalls ergeben sich daraus keine Hinweise, die zum Hergang der Tat Rückschlüsse zulassen würden. Auch der Todeszeitpunkt konnte wegen des Zustandes der Teile nicht exakt bestimmt werden. Wir gehen davon aus, dass der Mord etwa zwei bis drei Tage vor Auffinden der ersten Teile geschah, und zwar in einem abgelegenen Gebäudeteil des Hofes von Timotheus Nippes. Wir haben entsprechende Spuren sichern können.«

»Gibt es dort Zeugen?«, fragte der Moderator.

»Nein, das wurde bereits geprüft. Wie gesagt, wir hoffen nun auf neue Erkenntnisse durch Zeugen, die sich möglicherweise jetzt erst erinnern, dass sie Ungewöhnliches beobachtet haben … oder die aus den verschiedensten Gründen heraus bislang geschwiegen haben. So etwas gibt es ja auch.«

»Danke für Ihren Besuch im Studio, Herr Kommissar Baltes. Liebe Zuschauer, wir blenden Ihnen nun wie üblich die Telefonnummern für sachdienliche Hinweise ein. Ich wünsche Ihnen allen einen guten Abend, bleiben Sie sicher und bis zum nächsten Mal.«

Während der Abspann auf dem Monitor lief, fühlte sich Baltes wie ein zum Platzen gefüllter Ballon, aus dem allmählich das Zuviel an Luft wich. Er hatte es hinter sich gebracht.

Der Moderator grinste ihn an. »Lief doch bestens, Herr Baltes. Waren Sie auch zufrieden?«

Der Kommissar nickte nur und suchte Jens Hens, der ihn zum Ausgang begleiten sollte. Ob er zufrieden war? Er erinnerte sich an kein einziges Wort, das er gerade gesagt hatte, und hoffte nur, dass es nichts Unsinniges gewesen war. Der Mann am Empfang winkte, als Baltes an ihm vorbei nach draußen ging. Und der Audi stand ohne Strafzettel da, wo er ihn abgestellt hatte, alles war prima. Er atmete durch, die frische Luft tat gut, auch Mund und Kehle waren nicht mehr ausgedörrt, er verspürte gesunden Hunger. Jetzt eine Pizza beim Italiener, den er auf der Hinfahrt in der Nähe des Senders gesehen hatte, dann in aller Seelenruhe zurück in die Eifel, einen leckeren Rotwein mit Vera genießen, ausschlafen und auf die Dinge warten, die da kommen mochten. Er rechnete nicht mit viel Resonanz auf die Sendung, und es wäre ein Zufall, wenn sich nach all den Jahren nun eine neue Tür öffnen, ein neues Indiz auftauchen, ein bislang unbekannter Mensch sein Wissen mitteilen würde. Aber immerhin, er hatte etwas getan, und der Polizeipräsident könnte das positiv in den Akten vermerken.

Es war schon längst dunkel, als er den Hunsrück durchquerte, vor sich eine endlose Schlange roter Rücklichter und blendendes Licht von den entgegenkommenden Fahrzeugen. Er schaltete das Radio ein und bald wieder aus, ihm war weder nach Hits aus den Achtzigern noch nach einer Diskussion über die langfristigen Auswirkungen der Pandemie auf Kinder noch nach Hits aus den aktuellen Charts. Wenn er das Auto etwas länger hätte, würde er eigene Hörbücher mitnehmen, Loriot oder Ähnliches, nur keine Krimis und vor allem keine Psychoratgeber gegen Burn-out, die ihn ermüdeten und bei deren Zuhören er höchstens in der Mittelleitplanke landen würde.

Er hatte die Autobahn gerade verlassen, als sich sein Handy über die Freisprechanlage meldete. Lutz Didiers Nummer. Wollte der ihm zum gelungenen Auftritt gratulieren?

»Wo bist du?«, fragte Didier. Er klang angespannt und nicht die Spur freundlich.

»Gleich zu Hause. Warum?«

»Kannst gleich herkommen und weiterarbeiten. Wir haben einen Einsatz, Gewaltdelikt, eine Verletzte, Ingeborg Schröder.« Grußlos legte Didier auf.

13

Vor Ingeborg Schröders Haus standen Einsatzwagen von Polizei und Notarzt. Sie selbst war in eine Rettungsfolie verpackt, auf einer Tragebahre verschnürt und wurde gerade von zwei Sanitätern in einen Rettungswagen geschoben, als Baltes eintraf. Das Treppenhaus war hell erleuchtet, die Wohnungstür stand offen. Zwei Streifenpolizisten und ein Arzt in orangener Weste hatten offenkundig ihren Job erledigt und verließen das Appartement. Sie grüßten den Kommissar knapp im Vorbeigehen. Lutz Didier stand vor dem Panoramafenster, das den Blick in nächtliche Schwärze freigab und zugleich das Innere der Wohnung spiegelte.

»Was ist passiert?«, fragte Baltes und konnte die Müdigkeit in seiner Stimme nicht verbergen.

»Die Schröder war auf dem Rückweg vom Biomüllcontainer, jemand hat sie von hinten niedergeschlagen. Sie hat niemanden erkannt, nicht einmal, ob es ein Mann oder eine Frau war. Sie ist zu Boden gegangen, hat es aber geschafft, sich in die Wohnung zu schleppen und uns zu informieren. Sei froh, dass du ihr nicht begegnet bist.« Didier klang genervt.

»Stimmt, ich fand sie auch nicht nett. Aber was hat das alles mit mir zu tun? Ich habe eigentlich längst Feierabend, das weißt du.«

»Das Ganze ist passiert, etwa eine Stunde nachdem du auf Sendung warst.«

»Ja … und?«

»Sie ist überzeugt, dass dein Auftritt den Anlass für den Überfall gab. Und ich muss sagen, das kann man nicht ganz von der Hand weisen.« Er ging auf Baltes zu und klopfte ihm auf die Schulter. »Wir wissen ja alle, wie sehr du unter Stress stehst, immer noch. Und so ein Fernsehevent, das hätte keiner von uns gern gemacht. Aber wir hatten ausdrücklich besprochen, dass es eben kein Wort zu den Müllprotesten geben darf. Und was machst du …?« Er seufzte. »Dann sagst du auch noch, dass es aus dem Umfeld wertvolle Hinweise gab. Mensch Werner, das wird jeden Täter aus dem Umfeld nervös machen, und es ist obendrein geradezu eine Aufforderung, der Schröder eine Abreibung zu verpassen. Jeder, der mitprotestiert hat, weiß doch, dass sie als Administratorin den Überblick hatte über die Leute, die aus den Reihen vielleicht gefährlich waren. Wer anders als sie hätte uns also wertvolle Hinweise geben können, nicht wahr?«

Baltes schien es, als würden der Boden zu seinen Füßen und die Wände um ihn herum in Schieflage geraten und sich drehen. Er wollte sich wehren, aber er wusste mit schmerzlicher Klarheit, dass seine Rede vor den Kameras genau so und nicht anders gewirkt hatte. Ob er wollte oder nicht. Ob er vom Moderator dazu verleitet worden war oder nicht. »Ich … es ging alles so schnell«, versuchte er eine Erklärung und verstummte. Er fühlte sich erbärmlich.

»Okay. Du sollst den Rest des Monats Urlaub nehmen, sagt der Präsident, oder dich krankschreiben lassen. Das sind ja nur zwei Wochen, das wirst du schon irgendwie deichseln. Und wir kümmern uns darum, wer das hier veranstaltet hat.« Er machte eine Armbewegung in den Raum hinein. »Der Angreifer oder die Angreiferin muss nicht zwangsläufig dieselbe Person sein, die Nippes umgebracht hat.« Didier blickte Baltes mitleidig, bitter und ärgerlich zugleich an, als wäre er ein kleines Kind, das beim Fußballspiel eine Schaufensterfassade zertrümmert hatte. »Und wenn doch, dann hat deine Aktion wenigstens den Fall wieder in Bewegung gebracht. Außerdem …«, hüstelte er, »es sind ja auch nur noch ein paar hundert Personen aus Schröders Müllschmusetruppe, die wir überprüfen müssen. Allein mit den vierzig, die sie selbst genannt hat, kommen wir anscheinend nicht weiter. Und jetzt raus hier, mir reicht's für heute.«

*

Vera hatte ja recht. Nur noch ein paar Jahre bis zur Rente. Die Gesundheit ging vor. Im Leben gab es Wichtigeres als die Arbeit. Jeder hätte im Stress einer Livesendung dasselbe gesagt wie er. Wenn die anderen es besser machen würden, hätten sie es längst getan.

»Scheiße!«, schrie Baltes und zertrampelte ein wunderschönes Kreisrund aus stolzen, wie glühend roten Fliegenpilzen, die sich am Stamm einer alten Buche im Liesertal eingefunden hatten. Sofort schämte er sich für sein Zerstörungswerk. Er liebte diesen Ort, ging oft hierher, um innere Ruhe zu finden. Der Eifelsteig mit seinen Wandergruppen bog kurz zuvor scharf ab und querte eine Wiese. Nur Eingeweihte wie er gingen hundert Meter geradeaus, einen holprigen Feldweg entlang, um an eine längst nicht mehr benutzte Furt zu kommen, über die das Wasser der Lieser strömte und den Blick freigab auf tief ausgewaschene Kumpen mit Forellen darin. Es gluckste und rauschte, es hatte geregnet und die Luft roch frisch und modrig zugleich, würzig, ein bisschen süßlich. Die Sonnenstrahlen glitzerten auf kleinen Wellen und ließen dicke Moospolster auf umgestürzten Baumstämmen unwirklich aufleuchten. Hier gab es keine Forstwirtschaft, nur Wildnis, die sterben und wiederauferstehen durfte. Alle Lebensalter nebeneinander, zarte Fichtentriebe, die wohl noch nichts von ihrem künftigen Durst und Borkenkäfern ahnten, genauso wie knorrige Eichensenioren, die mehr als einen Menschen für eine Umarmung ihrer rissigen Rinde gebraucht hätten. Brombeerranken eroberten die steilen Flächen zwischen den Bäumen und durchstießen den Laubteppich.

Es war Baltes gleichgültig, dass er einen klammen und kühlen Hintern bekommen würde, er ließ sich auf einem der querliegenden, vor langer Zeit offenbar von einem Sturm gefällten Baumriesen nieder. Sofort flogen ihn Horden von Marienkäfern an und ließen sich auf seiner gelben Outdoorjacke nieder. Was wollten die so spät im Jahr, fragte er sich und schnippte die winzigen Besucher vorsichtig fort, bis er es aufgab. Es waren zu viele. Immerhin, die mögen mich noch, nicht mal meine Frau hält es noch mit mir aus und schickt mich raus. Den Kopf frei kriegen soll ich.

Baltes streckte seine Beine und schaute auf seine lehmverkrusteten Trekkingschuhe. Einfach immer weiterlaufen ... Ich gehe jetzt los, bis ich nicht mehr kann, dann setze ich mich hin und es wird kalt und ich friere und dann wird es mir heiß und dann verliere ich das Bewusstsein und dann ist es vorbei.

Weinerliches Arschloch, schalt er sich. Ich kriege höchstens eine Erkältung, es ist auch nachts noch viel zu warm, um zu erfrieren, außerdem ist alle paar Kilometer ein Dorf, ich würde schlimmstenfalls am nächsten Biomüllcontainer landen. Er lachte bitter auf. Nicht mal zum Verlorengehen taugte er. Als Kind hatte er davon geträumt, in Neuseelands Urwäldern ein Einsiedlerdasein zu führen. Er hatte einen Bildband besessen von einem Künstler, Hundertwasser hieß der und Ao Tea Roa dessen Versteck im Dschungel. Ich hätte es tun sollen, dachte Baltes, ans andere Ende der Welt gehen, denn nun ist es zu spät.

Hinter ihm krachten Zweige, es raschelte im Laub, etwas schnaubte leise. Baltes drehte sich um und sah einen hageren, glatzköpfigen und dunkel gekleideten Mann durch das Dickicht stapfen. Als der ihn erblickte, blieb er abrupt stehen und blinzelte, dann kam er näher. Ungewöhnlich, fand Baltes, denn nicht erst seit der Pandemie war es auf den Pfaden der Eifel üblich, allenfalls einen Gruß zu sagen und weiterzugehen. Platz war genug da, um sein ganz eigenes Refugium zu finden, man musste mit niemandem eine Lichtung oder ein Waldsofa teilen. Aber irgendetwas im schmalen Gesicht des Fremden rührte Baltes an, etwas Sanftes, Verletzliches, so vertraut, als würde er ihn schon lange kennen. So rückte er nicht ab und stand nicht auf, als der andere sich ebenfalls auf das modernde Holz setzte. Beide saßen eine Weile schweigend da und sahen aufs Wasser, bis der Mann mit einer melodiösen Stimme sagte: »Hier spürt man es, ganz lebendig, nicht wahr? Was das Wort Schöpfung bedeutet, meine ich.«

Der Kommissar nickte. »Ich komme gern hierher. Aber viel zu selten.« Es war nicht notwendig, den anderen anzusehen, er spürte dessen seltsam intensive Art, anwesend zu sein, auch so. Offenbar wollte der kein Geplauder, um die wenigen Geräusche der Natur zu übertönen, sondern ganz im Gegenteil die Stille teilen, um sie größer zu machen.

Es dauerte, bis der Mann antwortete. »Ja, das ist immer so. Das, was wichtig ist, macht man selten. Oder nie.« Er steckte die Hände tief in die Taschen seiner wattierten Jacke und zog die Schultern hoch, als wäre ihm kalt. »Und dann fühlt man sich schuldig.«

»Man kann sich aber auch schuldig fühlen, wenn man was tut. Das Falsche zum Beispiel«, wandte Baltes ein. Er hatte Lust auf dieses Gespräch, merkte er. Mit Vera konnte er genauso philosophieren, doch mit ihr war es etwas anderes. Verbindlicher, weil sie ihn kannte. Zu verbindlich, um einfach mal neue Gedanken auszuprobieren, mit ihnen zu spielen ohne Konsequenzen, ohne beim nächsten Frühstück oder Abendrotwein darauf angesprochen zu werden. Er fühlte sich schuldig für das, was er in der Sendung preisgegeben hatte, aus Unachtsamkeit und Lampenfieber. Aber er wollte nicht getröstet werden, nicht hören, dass doch alles halb so schlimm wäre. Für ihn war es schlimm.

Der andere nickte bedächtig. »Ja. Das verstehe ich, das geht mir genauso. Vielleicht tut man erst nichts, spürt gerade deswegen sein Versagen. Dann will man es mehr als richtig machen, hundertfünfzigprozentig. Und tut genau das, was man auf keinen Fall tun sollte. Ich habe das oft erlebt.«

Baltes blickte zu ihm hinüber. »Sind Sie Therapeut? Sie klingen so.«

»Nein, aber fast. Ich habe einige Jahre in einer hölzernen, mit Vorhängen verdeckten Kabine gesessen und Menschen zugehört, die etwas loswerden wollten. Ich war Seelsorger. Es war für mich oft grotesk, aus welchen Gründen sich Leute schlecht fühlten, sogar junge Leute, das stellt man sich gar nicht vor. Niemand ist cool, in Wirklichkeit. Ich wäre am liebsten zu ihnen gegangen und hätte sie in den Arm genommen und ihnen gesagt, dass Gott sich nicht über Kleinigkeiten aufregt. Aber weiß ich, worüber sich Gott aufregt? Und dann gab es einige wenige, die schwere Schuld auf sich geladen hatten. Das war sehr selten. Die meisten, die es eigentlich sollten, beichten vermutlich nie.«

Der Kommissar lächelte wehmütig. »Es scheint mit Geständnissen nicht so einfach zu sein. Je schlechter das Gewissen, desto stummer der Mensch.« Er überlegte, wann er im Laufe seiner Karriere überhaupt erlebt hatte, dass ein Täter seine Seele erleichtern wollte und von sich aus mehr zugab, als ihm bereits nachgewiesen wurde. Nicht einmal eine halbe Handvoll, dachte er müde. Es war immer ein zähes Ringen gewesen. Und wenn er dann bei einem Strafprozess als Zeuge vernommen wurde, der die polizeilichen Ermittlungsergebnisse zu schildern hatte, machte nicht selten der Beklagte unter dem Einfluss der Verteidigung einen Rückzieher und behauptete, von den Kriminalbeamten falsch verstanden oder unter Druck gesetzt worden zu sein. Das war im Affekt, hieß es dann, oder dass man sich nicht mehr erinnerte oder unter Drogen stand oder sich selbst gegen einen Angriff zur Wehr setzen musste oder dass es ein Unfall war. Aber so gut wie nie machte jemand reinen Tisch, stand mit einem Ja zur eigenen Verantwortung. Baltes hatte dann im Zeugenstand gesessen, zur Geduld verurteilt. Er war überzeugt, dass auch dieses Schweigen wider besseres

Wissen, jahrelang ertragen, zu seinem Burn-out beigetragen hatte.

»Was muss eigentlich passieren, bis jemand etwas zugibt? Und was haben Sie getan, wenn Sie von etwas erfuhren, das so nicht hätte passieren dürfen?«

»Oh, das ist eine schwierige Frage«, sagte der ehemalige Priester und scharrte mit den Füßen im Laub. Er hatte sein Gesicht mit geschlossenen Augen den Sonnenstrahlen zugewandt und sah aus, als meditierte er. »Ich weiß nicht, ob ich darauf eine Antwort habe.«

Baltes bereute seine Indiskretion. Seit wann war er so ein unsensibler Trampel? Erst sein Aussetzer im Fernsehen, jetzt konnte er nicht mal mehr Small Talk. Oder so was Ähnliches wie Small Talk. Er wusste doch, dass es das Beichtgeheimnis gab. Was sollte der arme Mann tun, außer es zu beherzigen? Der war kein Kriminaler wie er, der wie ein bissiger Terrier dranbleiben musste, bis ein Schuldiger weichgekocht war.

»Tut mir leid, das war dumm von mir. Sie konnten sicher gar nichts tun. Nicht mal ich kann das immer. Ich bin Polizist, wissen Sie. Ich werde ungeduldig und möchte am liebsten aufräumen wie ein Bruce Willis. Aber das geht ja nicht, darf ich nicht.«

Der andere stand auf und rieb sich den Hintern. Offenbar war die Nässe des Mooses durch die Hose gedrungen. »Nein«, sagte er knapp, »das darf man wohl nicht. Ich muss jetzt weiter. Es war ein schönes Gespräch, finde ich. Danke dafür.« Mit staksigen Schritten ging er davon.

Der Kommissar wartete, bis er außer Sichtweite war, dann trat auch er den Rückweg an, mit feuchtem Hosenboden und einem Gefühl, das er nicht benennen konnte, irgendetwas zwischen Beunruhigung und Getröstetsein. Ihm war noch nie zuvor die Idee gekommen, dass Verbrecherjagd und Seelsorge irgendetwas miteinander zu tun haben könnten. Aber sie gefiel ihm.

Sein Abend mit Vera verlief friedlich, sie schauten gemeinsam eine federleichte französische Liebeskomödie im Fernsehen und er schlief gut, eng an sie gekuschelt. Nur einmal wachte er auf und dachte daran, dass nun Montag war und sein erster Arbeitstag nach seiner Zwangspause bevorstand.

14

Mit etwas mulmigem Gefühl betrat Baltes das Kommissariat. Niemand nahm von ihm großartig Notiz, die Kollegen waren in ihren Arbeiten am Computer oder Telefon vertieft, tippten nur zum Gruß an die Stirn. Es erleichterte ihn. Denn es war, als wäre er nichts Besonderes und schon gar nicht ein Problem. Er ging in sein Büro und kippte ein Fenster. Niemand hatte unterdessen gelüftet, es roch etwas stickig. Baltes fuhr den Computer hoch, gab sein Passwort ein. Wie viele Mails würden ihn überfluten? Das Postfach gab mit einem Stakkato von »Ping!« Stück für Stück die Ausbeute frei. Zu viel für den Anfang. Er beschloss, es behutsamer und menschlicher angehen zu lassen. In den Wochen zuvor hatte er ein anderes Bild von Natalia Subotka bekommen. Vielleicht war sie gar nicht die Zicke, für die er sie gehalten hatte. Vielleicht hatte auch sie eine im Alltag verborgene, gefühligere Seite und gute Gründe, manchmal schroff und sarkastisch zu wirken. Mit ihr zu reden würde den Wiedereinstieg netter machen, fand er und steuerte ihr Büro an.

Die Tür stand offen und Lutz Didier saß rittlings auf dem Schreibtisch, während sich die Subotka zurückgelehnt und mit hinter dem Kopf verschränkten Armen in ihrem Sessel rekelte. Als beide ihn sahen, strahlten sie.

»He, willkommen an Bord, du Superhirn«, begrüßte ihn die Kollegin und ließ sich in aufrechte Sitzposition gleiten.

Auch Didier lächelte. »Na, alles wieder klar?«

Überrascht trat Baltes ein. »Nichts könnte klarer sein als ein Morgen im vertrauten Trott mit den vertrauten Verbrechen und dem vertrauten Frust, an ihnen rumzurätseln«, frotzelte er im Versuch, die gute Laune zu parieren.

»Es hat sich ausgerätselt«, meinte Didier fröhlich. »Während du deine wohlverdiente ruhige Kugel geschoben hast, haben wir den Fall gelöst.«

»Hä? Welchen Fall?«

»Lieber Werner«, seufzte die Subotka, »ich weiß, so ein paar freie Tage können total tiefenentspannend wirken. Aber du erinnerst dich schon noch, mit welcher Mammutaufgabe du uns zurückgelassen hast, oder? Klingelt da was bei dir? Schröder, Nippes, Müll, Tod?«

Baltes schluckte. Warum hatte ihm niemand Bescheid gegeben? Wenn sein Fernsehauftritt doch so einen Fahndungserfolg gebracht hatte … warum dieses Schweigen? Er fühlte sich übergangen und konnte keine Freude in sich spüren.

»He, wo warst du in Urlaub? Du schaust miesepetrig, als ob du ihn bei deiner Schwiegermutter in Castrop-

Rauxel verbracht hättest.« Didiers Humor war offenbar durch ein bahnbrechendes Ereignis in ungeahnte Höhen beflügelt.

»Meine Schwiegereltern sind Eifeler und überdies tot. Was gibt's Neues? Und wieso hat mich niemand angerufen oder mir wenigstens eine Mail nach Hause geschickt?«

»Wir dachten, wir lassen dich mal ein Weilchen in Ruhe«, sagte die Subotka. »Außerdem war es zum Schluss … so hart es klingen mag … nicht dein Verdienst. Nicht einmal deine Fernsehstarqualitäten.«

»Sondern?«

»Im Krankenhaus hat man bei der Schröder nicht nur eine Gehirnerschütterung, eine Platzwunde am Kopf und Prellungen an der ganzen rechten Körperseite gefunden, sondern vor allem etwas mehr als zwei Komma zwei Promille Alkohol im Blut. Es gibt einen Zeugen, der gesehen hat, wie sie mit ihrem Biomülleimerchen in der Hand eine ziemlich seltsame Gangart eingelegt hatte und beim Versuch, das Ding zu leeren, erst umknickte und dann den steinigen Hang hinter dem Container herunterkullerte. Es gab gar keinen Überfall, den hat sie frei erfunden«, schilderte sie genüsslich. »Und da wurden wir natürlich etwas misstrauisch. Warum macht sie so etwas? Ein kleines narzisstisches Intermezzo, um Aufmerksamkeit zu kriegen?«

»Außerdem, wer mit so viel Wodka intus überhaupt noch gehen kann, der ist das gewohnt«, warf Didier ein.

»Ja, aber was heißt das jetzt? Ihre Neigung zu etwas anderem als Mineralwasser und Kräutertee war uns längst bekannt. Und dass ihr Charakter nicht unbedingt den Dalai Lama beeindrucken würde, ist auch kein Geheimnis.«

»Als wir sie mit ihrem Märchen vom Überfall konfrontierten und mit der Tatsache, dass die Vortäuschung einer Straftat selbst eine ist, wurde sie pampig. Keine Einsicht in ihr eigenes Fehlverhalten, im Gegenteil. Sie behauptete, sie hätte uns damit Ermittlungsdruck machen müssen, weil wir ja so schläfrig seien und nur einen psychisch Kranken auf den Nippesmord ansetzten, als eine Art Beschäftigungstherapie für dich.« Die Subotka sah ihn aufmerksam an und prüfte wohl, ob er solche Gemeinheiten mit der gebotenen Gelassenheit ertrug.

Er wunderte sich selbst, dass er es tat. »Nicht gerade die nette Art. Und ihr habt mich mannhaft verteidigt, nehme ich an?«

Sie grinste. »Klar doch! Wir glauben mittlerweile, dass dieser vorgetäuschte Überfall dazu dienen sollte, sich als Opfer zu stilisieren und als Täterin auszuschließen. Denn die Aktion hat uns inspiriert, noch mal genauer hinzuschauen, ob ihr Alibi wasserdicht ist.«

»Und?«

Sie grinste noch breiter. »Ist es eher nicht. Ihr Sohn hat bei unserer erneuten Vernehmung einen anderen Zeitraum angegeben, in dem die Schröder bei ihm war. Er widersprach sich selbst. Dann sagte sie, sie müsse die beiden Reisedaten verwechselt haben und sei in Stuttgart bei einem Meeting von Bürgerinitiativen gegen Staatswillkür gewesen. Zwecks Vernetzung mit anderen.«

»Und?«

»Das Meeting gab es wirklich. Aber niemand erinnert sich an die Schröder. Sie kann da gewesen sein oder auch nicht. Als schillernde Volksheldin der Eifel jedenfalls trat sie offenbar nicht in Erscheinung.«

»Ein fehlendes Alibi allein hat natürlich nicht ausgereicht, um sie in Untersuchungshaft zu nehmen«, fiel Didier ein.

»Was? Die ist in U-Haft?« Baltes war perplex. Er hätte mit allem gerechnet, aber nicht mit einer solchen Wendung.

»Ja, seit gestern«, freute sich die Subotka, »und uns bleibt es wohl erspart, die anderen Müllprotestler zu überprüfen. Denn die Staatsanwaltschaft hatte uns das Okay gegeben, den Rechner der Schröder unter die Lupe zu nehmen. Und rate mal, was wir da gefunden haben?«

»Leute, bitte! Die Schröder hat recht, ich bin psychisch labil, und wenn ihr mir nicht endlich sagt, was Sache ist, dann krampfe und schreie ich.«

Didier lachte auf und trommelte mit dem Fuß gegen den Schreibtisch. »Fein, du nimmst dein Leiden mit Humor, Werner! Aber im Ernst ... Die Schröder hat seit Jahren engen Kontakt mit einem Arzt vom Niederrhein. Oder eher einem Möchtegernarzt. Der musste seine

Approbation abgeben und arbeitet seitdem als Heilpraktiker. Er war Orthopäde, hatte aber keine Verwendung mehr für seine Praxisausstattung. Und rate mal … Nein, schon gut, reg dich nicht auf. Die Ausstattung hat er teils verkauft, teils behalten. Bis auf eine chirurgische Knochensäge. Die hat er der Schröder geschenkt. Sie wollte unbedingt eine haben. Das war Anfang August 2015. Angeblich, um ihr Viertel Biorind zu zerteilen, das sie von einem Bauern gekauft hatte. Aber wir haben das überprüft. Der fragliche Bauer liefert seit jeher grundsätzlich vakuumiert und portioniert, außerdem ist ihm Ingeborg Schröder kein Begriff und die Müllproteste auch nicht. Er kompostiert selbst.«

»Ihr habt also das mögliche Tatwerkzeug«, murmelte Baltes. »Was sagt sie dazu? Gibt es Spuren? Gesteht sie? Und was war die Todesursache? Ich meine, so ein massiger Kerl wie Nippes wird sich nicht freiwillig in Einzelteile zerlegen lassen.«

»Die Hausdurchsuchung bei der Schröder hat ergeben, dass sie mehrere Fläschchen Doxepin in ihrem Besitz hatte, ein Teil davon leer«, antwortete Natalia Subotka. »Das ist eigentlich ein Angstlöser, sie hat ihn verschrieben gekriegt, ganz legal auf Rezept, jedes Quartal ein neues. Aber genommen hat sie selbst nichts in letzter Zeit.«

»Und was sollte das dann?«

»Sie hat dafür keine Erklärung geliefert. Wir nehmen an, dass sie den Mord schon lange geplant hatte. Denn bei Überdosierung wirkt Doxepin mindestens stark sedierend bis zur Handlungsunfähigkeit oder bis zum Atemstillstand, außerdem können sich die Augen nicht mehr an Nah- oder Fernsicht anpassen, man sieht nur noch verschwommen.« Sie schüttelte nachdenklich den Kopf. »Sie hätte ihn vermutlich sogar gleich damit töten können. Aber mit so viel Wut im Bauch …«

»Bloß wegen Müll?« Es wollte Baltes nicht in den Kopf.

»Nein, natürlich nicht. Die Müllcontainer an sich waren ein Ärgernis, das schon. Aber nicht einmal sie hat deswegen so intensiv gehasst«, räumte Didier ein. »Wir vermuten, dass sich die Kombination aus der langjährigen Kränkung, doch nicht so arg wichtig zu sein, aus Perspektivlosigkeit in einem ziemlich faden Rentnerdasein und aus Alkoholmissbrauch angestaut hat. Dass all das unbedingt ein Ventil brauchte. Und irgendetwas ist zwischen den beiden geschehen, dass es explodierte. Wir gehen davon aus, dass die Schröder zu ihm auf den Hof gefahren ist, ihn weggelockt hat vom Hauptgebäude und dann …«

Baltes rieb sich den Nacken. Er wunderte sich, dass sich in ihm immer noch keine Freude über den Erfolg einstellte. Sicher, es würden noch viele Details zu ermitteln sein und eine Untersuchungshaft war noch lange keine Verurteilung. Es sah nach sehr viel Arbeit aus, trotz allem, und er war müde. Am liebsten wollte er zurück an die Lieser, sich auf den Baumstamm setzen und warten, ob vielleicht wieder jemand vorbeikäme, der ähnlich wie er auf der Suche war, nach was auch immer, nur nicht nach Tätern. »Na ja, wir kriegen das bisschen, was fehlt, schon noch raus«, meinte er und drehte sich zum Flur, »wir sind ja keine Anfänger mehr.«

»Du könntest uns ruhig ein bisschen loben«, rief ihm Natalia Subotka hinterher, »wir haben ein gutes Stück deines Jobs erledigt.«

»Lass ihn doch«, hörte der Kommissar seinen Kollegen murmeln, »es dauert sicher noch ein Weilchen, bis er wieder ganz der Alte ist.«

Der Alte sein ... Baltes fragte sich, ob er das überhaupt wollte. Ein gut funktionierender Beamter, pflichtbewusst und stets auf den Rückhalt einer Ehefrau vertrauend, die seine Grenzen kannte und ihn nie über Gebühr beanspruchte. Keine offenen Streitereien, keine schwelenden Konflikte, keine bestürzenden Überraschungen. Weder negative noch positive. Wie hielt Vera das eigentlich aus mit ihm? Musste das Leben an seiner Seite nicht sterbenslangweilig sein, abgesehen von einer eher milden Sorge um Rückfälle in seltsame Reizbarkeiten und Erschöpfung? Er nahm sich vor, mit ihr etwas Abenteuerliches zu wagen. Aber dann fielen ihm nur einsame Weltumseglungen, atemlose Himalajabesteigungen oder bizarre Swingerclub-Besuche als ausreichend spektakuläre Abweichungen vom Alltag ein. Und ihr schallendes Gelächter als eheliche Reaktion auf derartige Ideen. Er würde den Winter über einfach öfter mit ihr spazieren gehen, vielleicht sogar im moorigen, vereisten Hohen Venn. Das müsste Gänsehaut genug ergeben, fand er und klickte sich in seinem eigenen Büro durch dreihundertachtundsiebzig ungelesene Mails, von denen er anschließend wusste, dass er dreihunderteinundfünfzig nicht hätte lesen brauchen.

15

Mordprozess gegen Extremistin aus der Eifel

Von Elmar Rödig

Vor dem Trierer Landgericht findet in dieser Woche der Prozess gegen die mutmaßliche Mörderin von Timotheus Nippes seinen Auftakt. Vor mehr als fünf Jahren wurden Leichenteile des umstrittenen, rechtskonservativen Politikers in mehreren Biomüllcontainern der Eifelregion aufgefunden. Jahrelang führten die Ermittlungen der Kriminalpolizei ins Leere. Erst ein viel beachteter Auftritt von Kriminalhauptkommissar Werner Baltes in der Sendung »Cold Case« im vergangenen Herbst brachte schließlich die Wende. Gegenüber dem Mosella-Courier wollte sich der erfahrene und besonnene Beamte nicht zu seinem spektakulären Fahndungserfolg äußern. Auch die Staatsanwaltschaft bezieht öffentlich keine Stellung. Klar ist, dass die Tat-

verdächtige und Beschuldigte Ingeborg S. seitdem in Untersuchungshaft sitzt. Bislang schweigt sie zu den Tatvorwürfen. Strafverteidiger Alfred Lanius: »Es ist Aufgabe der Staatsanwaltschaft, die Schuld eines Beklagten nachzuweisen, und die Aufgabe der Strafkammer, ein Urteil zu finden. Es ist nicht unbedingt Aufgabe eines Beklagten, seine Unschuld nachzuweisen. Da es sich um einen reinen Indizienprozess handelt, warten wir gelassen ab, was die Staatsanwaltschaft vorbringt. Ich persönlich glaube fest an die Unschuld meiner Mandantin und plädiere auf Freispruch. Der Grundsatz in dubio pro reo (im Zweifel für den Angeklagten; Anm. d. Red.) ist unumstößlich im deutschen Recht und gilt selbstverständlich auch in diesem Fall.«
Ins Visier der Ermittlungen geriet die Beklagte, wie die Recherchen des Mosella-Couriers ergaben, nicht erst in der Folge der »Cold Case«-Ausstrahlung. Die Sendung erbrachte Zeugenhinweise, zu denen sich Ingeborg S. in Widersprüche verwickelte. Sie war jedoch auch Wortführerin einer Gruppe in den sozialen Medien, die während und nach der Einführung des Biomüllcontainer-Systems heftig gegen dieses protestierte. Der Getötete gilt als Wegbereiter dieses Systems und wurde dafür verbal angefeindet. Ob allerdings der Mord eine Reaktion des wutbürgerlichen Spektrums war, wird sich, so hoffen Pro-

zessbeobachter, im Verfahren erweisen. Wenn ja, so wäre dies ein Beleg mehr für die Forderung, extremistische Tendenzen stärker als bislang zu bekämpfen und auch Kommunalpolitikerinnen und Kommunalpolitikern anlassbezogenen Polizeischutz zu gewähren.

Werner Baltes legte die Zeitung weg und seufzte. Er war heilfroh, dass er dem Journalisten kein Interview gegeben hatte. Sonst wäre er nun in einem Bericht vorgekommen, dessen Überschrift er reißerisch und realitätsfern fand. Die Schröder und extremistisch? Dass ich nicht lache, dachte er, man muss beinahe Mitleid mit der Frau haben, das einzig Extreme an ihr war eine erschreckende Seelenarmut. Und vermutlich niemand hätte getrennt zwischen dem, was ich wirklich gesagt hätte, und dem, was dem Leser suggeriert wurde. Baltes wunderte sich über die Geschmeidigkeit von Rödig, der doch selbst zu den wütenden Schröderfans gehört hatte und im Visier gewesen war.

»Willst du noch einen Kaffee?«, fragte Vera und schmierte Honig auf ein gebuttertes Brötchen. »Oder hast du es eilig?«

Er schüttelte den Kopf. »Ich habe Spätschicht heute.« Seit vier Monaten war er zurück im Vollzeitdienst, offiziell vollständig genesen und so unbedenklich einsetzbar wie jeder andere. Seit der Festnahme von Ingeborg Schröder war der Winter ziemlich ruhig ins Land gegangen. Es hatte keinen Mord in seinem Zuständigkeitsbereich gegeben, lediglich leichte Körperverletzungsdelikte, die wohl auf zu viel ungelenke Feierlaune zurückzuführen waren. Plus eine Unfallflucht mit Todesfolge, wobei der betrunkene und führerscheinlose Fahrer schnell ausfindig gemacht werden konnte. Und ein ungeklärter Todesfall, der jedoch vermuten ließ, dass es sich um einen Suizid aus Liebeskummer handelte. Die junge Frau war jahrelang wegen Depressionen in Behandlung gewesen, oft stationär, und irgendwann hatte es ihr Freund mit ihrem schwermütigen Charakter nicht mehr ausgehalten und sie verlassen. Man hatte sie zu Füßen der Gerolsteiner Dolomitfelsen gefunden, herabgestürzt von der Munterley, ohne Abschiedsbrief. Baltes glaubte, dass sie ihren Liebsten damit erst recht im Unklaren lassen und ihm den Verlust umso schmerzhafter machen wollte. Erreicht hatte sie das Gegenteil. Der Freund einigte sich selbst darauf, mit dem Ganzen nichts zu tun zu haben, und eine innere Stimme sagte Baltes, dass er damit womöglich sogar recht hatte. Man war nicht verantwortlich für die Gefühle anderer, sagte er sich, auch Vera war nicht verantwortlich dafür, dass er sich zu viel aufgeladen hatte und den Burn-out bekam.

Je näher der Verhandlungstermin in der Mordsache Nippes rückte, desto mehr beschäftigte ihn das, was er selbst während seiner Wochen der Ermittlung erlebt hatte. Er würde vor Gericht eine Aussage machen müssen und hatte sich anhand seiner Notizen alles noch einmal vergegenwärtigt: die möglichen Motive der enttäuschten Menschen, die Abneigung, die Nippes sogar bei seinen damaligen Weggefährten ausgelöst hatte, von der eigenen Tochter bis zum politischen Ziehsohn. Je mehr inneren Abstand Baltes zu den Aussagen bekam, desto mehr blieb etwas, das ihn irritierte … Mitleid mit diesem sperrigen, uneinsichtigen, herrschsüchtigen Klotz, der Nippes gewesen sein sollte. Wer weiß, was aus mir geworden wäre, wenn mein Kind nicht wegen einer Krankheit, sondern wegen einer dummen Unachtsamkeit gestorben wäre, wenn sein Tod vermeidbar gewesen wäre. Und wenn mein anderes Kind mich verlassen hätte. Wenn meine Vera nicht mehr da wäre. Wenn ich strenge, verständnislose Eltern gehabt hätte. Wenn ich im Dorf hätte bleiben müssen und nicht hätte rauskönnen in die Stadt, um eines Tages freiwillig zurückzukehren. Das alles hilft nicht weiter, rief sich Baltes zur Räson, von mir erwartet man keine Gefühle, sondern präzise Angaben.

»Ich gehe noch eine Runde«, sagte er zu Vera, zog Laufschuhe und Sweatjacke an und ging aus dem Haus. Er hatte sich jeden Tag eine Stunde Bewegung an der frischen Luft verordnet, als Vorbeugung gegen Rückfälle, und bisher half es. Die anfängliche Atemnot war weg, und er überlegte, statt der ebenen Tour rund um den schilfbestandenen Jungferweiher im nahen Ulmen sich auf Strecken mit Steigungen und Gefälle zu wagen. Vor den Steigungen hatte er keine Angst, schlimmstenfalls würde er in schnelles Gehen zurückschalten. Aber fast alle Läufer seines Alters, die er kannte, hatten bei Routen mit Gefälle ein schmerzhaftes Stoppschild vom Meniskus bekommen und staksten nun mit Stöcken durch die Wälder, nannten es Nordic Walking und wirkten wie moderne Büßer auf Pilgerreise zum Heiligen Peregrinus, dem Schutzpatron der Beinleidenden.

Baltes wusste, dass es für die Staatsanwaltschaft eng werden würde. Er kannte Alfred Lanius als fähigen Verteidiger. Wenn er zum Schweigen riet und die Schröder das beherzigte, würde am Ende nur übrig bleiben, dass sie die Gelegenheit, die Mittel und Motive hatte. Nicht wirklich viel und vielleicht für die Strafkammer nicht genug. Möglich war auch, dass er ein Gutachten vorlegte, welches der Angeklagten eine eingeschränkte Schuldfähigkeit wegen Suchtmittelabhängigkeit und seelischer Leiden attestierte. Auch Lutz Didier und Natalia Subotka sahen dem Prozess nicht siegessicher entgegen, sondern mit mäßig interessierter Routine. Nichts hing für sie davon ab, ob das Urteil Freispruch oder Freiheitsstrafe lautete. Und eigentlich erging es ihm nicht anders. Seltsam, dachte er, irgendetwas ist für mich anders geworden im Laufe dieses Falles. Abgebrüht? Wohl immer noch nicht, und ich hoffe, ich werde das nie. Aber ich bin nicht mehr so sehr Jäger, der unbedingt jemanden zur Strecke bringen will. Nicht einmal die Schröder.

Er fühlte sich leicht, als er das Ufer des Jungferweihers auf dem mal grasweichen, mal lavaschotterharten Pfad umrundete. Die Kraniche, die hier auf ihrem Rückflug in die baltischen Brutgebiete Pause machten, waren seit Kurzem fort. Kleine gelbe und weiße Blüten machten sich auf den sumpfigen Wiesen ringsum breit, Baltes wusste ihren Namen nicht, nur dass sie immer die ersten Lebenszeichen des Frühlings waren. Er schaffte die Runde mittlerweile im Laufschritt, ohne zwischendurch langsamer werden zu müssen. Es hatte nachts geregnet, nun war der Himmel blau mit grauweißen Sprenkeln. Vorhergesagt war ein Eifeltag, wie er sein sollte, ohne Temperaturrekorde oder Starkregen, nur ein bisschen windig. Wer sagt's denn, dachte Baltes, es gibt noch gute Tage und morgen nehme ich mir das Schalkenmehrener Maar vor, da geht es schon ein bisschen bergauf und bergab. Mit lehmig verkrusteten Sohlen stieg er ins Auto, in sein eigenes vertrautes, der Dreck störte ihn nicht. Gut gelaunt sprang er daheim unter die Dusche, zog sich an und fuhr ins Kommissariat.

Sofort umfing ihn die Anspannung seiner Kollegen. »Was gibt es?«, fragte er in die Hektik hinein, die Natalia Subotka verbreitete, als sie nach ihrer Ausrüstung mit Dienstwaffe und Handschellen griff.

»Gut, dass du da bist! Wir haben einen Suizidversuch, Autobahnbrücke A 60 über die Kyll. Das Kriseninterventionsteam ist vor Ort, aber der Mann will nur mit jemandem von der Mordkommission sprechen.« Sie zögerte einen Moment. »Kannst du das übernehmen. Bitte? Mit deiner Erfahrung …«

»Mit meiner Erschöpfungsdepression, meinst du?«, unterbrach er sie.

»Du bist geduldiger und älter als ich, ganz einfach. Und du bist auch ein Mann.« Sie wirkte verunsichert, und Baltes fiel ein, dass seine jüngere Kollegin noch niemals mit der Aufgabe, einen Selbstmord zu verhindern, konfrontiert gewesen war.

Er nickte. Er würde hinfahren. Ohne alles, was für einen Menschen in Not bedrohlich wirken könnte und nach Polizei aussah. Solange jemand noch ein bestimmtes Ziel hat, bringt er sich nicht um, dachte er. Solange es jemandem nicht gleichgültig ist, mit wem er reden kann, steht der Entschluss noch nicht fest. So lange ist es noch Verhandlungssache mit dem Leben. Er nahm den Dienst-Audi, um ohne jede Sekunde Verzögerung durch die Absperrung der Autobahn zu demjenigen zu gelangen, der so verzweifelt war. Denn Verlass auf die Dauer der Verhandlungssache mit dem Leben war nicht.

Rettungswagen und Streifenfahrzeuge waren schon von Weitem zu sehen, das lang gezogene Band der Autobahn hatte hier sanftes Gefälle. Ein roter Kleinwagen mit offener Fahrertür parkte auf dem Standstreifen. Eine schmale Gestalt hatte die Leitplanken bereits überwunden und saß auf dem Brückengeländer, fast hundert Meter über dem Talgrund. Verzerrt hörte Baltes eine blecherne Lautsprecherstimme, die verkündete, dass nun wie erwünscht jemand von der Mordkommission komme. Der Mann drehte den Kopf, während Baltes auf ihn zuging. Das Wiedererkennen geschah gleichzeitig.

»Ich hatte so gehofft, dass Sie es sind«, sagte der Todessehnsüchtige. »Erinnern Sie sich?«

Baltes nickte. »Darf ich näher kommen? Ja? Danke. Es hat mir damals gutgetan, mit Ihnen zu reden, da auf diesem Baumstamm. Ich habe seitdem noch oft an unsere Begegnung gedacht.« Er kletterte über die Leitplanke und hielt etwas Abstand zu dem Mann, aber so, dass ein Gespräch fast in normaler Lautstärke möglich war. Der Wind brauste in den Ohren, irgendwo in der Ferne zwitscherten Vögel. Erste warme Brisen ließen keinen Zweifel daran, dass der Winter vorbei war. Zuhören, dachte der Kommissar, ich kann jetzt nichts weiter tun, als zuzuhören. Aber immerhin das kann ich.

»Ich auch«, sagte der Mann und schaute in die Tiefe. »Ich habe gleich gewusst, dass Sie der Kommissar aus dem Fernsehen sind. Aber Ihren Namen hatte ich vergessen.«

»Ich bin Werner Baltes.«

»Und ich Simon Haddes.«

»Sie sind Pfarrer?«

»Ich war Jugendpfarrer, zeitweise auch Religionslehrer. Ich habe bis vor einigen Jahren in einem Kloster gelebt, das aufgelöst wurde. Ich wollte aber nie weltabgewandt sein und nur beten, sondern ich war immer überzeugt, dass Gottes Liebe sich in ganz konkreten Taten zeigt … sowieso in allem, was lebt.«

»Ist das, was Sie hier wollen, dann nicht ein Verbrechen? Gegen sich selbst? Gegen das, woran Sie glauben?«

Haddes wiegte bedächtig den Kopf. »Die Kirche sieht es so. Aber ich habe da meine Zweifel. Wenn es das ewige Leben nach dem Tod gibt, kann es kein Verbrechen sein, dorthin zu wollen. Und dann … was war das Verhalten von Jesus anderes als eine bewusste Selbstauslieferung an den Tod? Wenn es stimmt, dass wir Menschen Gottes Ebenbild sind, dann haben wir auch die Freiheit geschenkt bekommen, zu gehen, wann wir es für notwendig erachten. Oder sehen Sie darin einen logischen Fehler?« Er schaute Baltes an und schien sogar zu lächeln.

Der Kommissar schwieg. Nein, darin konnte er keinen logischen Widerspruch entdecken. Im Gegenteil, auf den ersten Blick waren die Gedankengänge des Geistlichen sogar von zwingender Folgerichtigkeit. »Warum erscheint es Ihnen jetzt notwendig zu gehen?«

»Ich habe Schuld auf mich geladen, die ich in diesem Leben nicht wiedergutmachen kann. Und ich fürchte, ich tue es erneut, wenn ich nicht klare Verhältnisse schaffe.«

»Haben Sie jemanden getötet?«

»Nein, aber ich bin trotzdem schuldig, dass Menschen gestorben sind, seelisch und körperlich.«

»Können Sie denn nicht auf andere Weise klare Verhältnisse schaffen?«, fragte Baltes und wagte es, ebenfalls nach unten zu blicken. Hundert Meter. Es zog ihn an und ihm wurde leicht schwindelig. Schnell umklammerte er das Geländer. Er fürchtete den Moment, da Simon Haddes springen könnte. Er würde es nicht schaffen, ihn rechtzeitig zu erreichen und festzuhalten. Er hatte gedacht, dass es nur eine Drohung war, ein Hilferuf. Aber die nüchterne Klarheit des Mannes sagte ihm, dass da eine Entschlossenheit war, die ihn zu allem befähigte.

»Könnte ich vermutlich«, antwortete Haddes, »aber ich bin feige. Außerdem … für die Klarheit habe ich auf andere Weise bereits gesorgt. Sie finden das bei mir zu Hause, Herr Baltes. Es ist wichtig, dass Sie es finden, möglichst bald.«

»Sie wollen nicht, dass andere leiden, nicht wahr? War das ein Motiv für Ihre Schuld, was auch immer Sie getan haben?« Er wollte den Mann mit Worten oben auf der Brücke halten, erinnerte sich an die Begegnung im Liesertal und daran, dass Worte die Kraft gehabt hatten, eine Verbindung zu bauen.

»Das ist richtig. Ich wollte nicht, dass andere leiden. Aber verhindern konnte ich es nicht. Und dann habe ich in meiner Wut selbst Leid angerichtet. Das beschämt mich zutiefst.«

»Herr Haddes, ich möchte Ihnen etwas erzählen. Keine Angst, nur ganz kurz. Ich hatte ein kleines Mädchen, Mona hieß sie. Sie wurde krank und starb. Ich dachte, meine Frau und ich hätten es geschafft, damit in Frieden zu leben und unser Kind loszulassen. Wahrscheinlich haben wir es auch ganz gut hingekriegt, vergleichsweise. Ich habe mich immer mehr in die Arbeit vergraben und nicht gemerkt, dass ich meine Kräfte überschätze. Ich war monatelang krank und arbeitsunfähig. Als Sie mich am Fluss antrafen, da war ich gerade erst so weit, mich wieder zurechtzufinden und meinen

Dienst tun zu können. Jetzt gelte ich als genesen. Außerdem werden wir geschult im Umgang mit Situationen wie dieser.« Er schluckte und merkte, wie es eng in der Kehle wurde. »Aber wenn Sie jetzt springen, werde ich das den Rest meines Lebens nicht vergessen können. Ich fürchte, das wäre der Tropfen zu viel.«

Der Geistliche saß da, antwortete nicht, bewegte sich nicht. Und auch der Kommissar war starr. Er konnte den anderen nicht mehr anschauen. Ich schaffe es nicht, stöhnte Baltes innerlich, ich schaffe es einfach nicht. Es war ein Fehler, mich nicht berufsunfähig schreiben zu lassen. Aber das werde ich jetzt tun. Es geht einfach nicht mehr anders. Ich gerate viel zu leicht aus dem Gleichgewicht.

Er wusste nicht, wie lange sie so verharrten. Vielleicht nicht einmal eine Minute, vielleicht eine Viertelstunde. Baltes hörte die entfernten Stimmen der Einsatzkräfte, jedoch niemand von ihnen wagte sich näher. Die lassen mich hier mit allem allein, dachte er. Aus den Augenwinkeln nahm er eine Bewegung wahr. Jetzt springt er. Jeder Muskel in Baltes' Körper war angespannt. Und gelähmt zugleich. Jetzt springt er. Ich will das nicht sehen.

Eine Berührung am Arm löste seine Verkrampfung. Simon Haddes stand neben ihm. Neben ihm und auf dem Standstreifen, er hielt sich an der Leitplanke fest. »Kommen Sie, Herr Baltes. Bitte kommen Sie mit und helfen Sie mir. Meine Knie sind wacklig. Aber ich muss rübergehen zu Ihren Kollegen, die warten schon so lange.«

Simon Haddes lebte in keiner Wohnung mehr. Vielleicht hatte er mal eine gehabt oder vielleicht sogar ein gut gepflegtes Pfarrhaus mit Haushälterin, Gardinen vor den Fenstern, feinem Teeservice und Regalen voller Bücher, die einen leicht staubigen Bibliotheksgeruch verströmten. Vielleicht hatte er dort ein Besucherzimmer gehabt mit dem Gekreuzigten über der Tür und Häkeldeckchen auf dem Tisch, wo junge Paare ihre Hochzeit besprachen oder Witwen von ihren verstorbenen Gatten erzählten, für eine würdige Beerdigung. Wenn es das je gegeben hatte, war es lange vorbei. Haddes hatte die Jahre seit Nippes' Tod in einem Bauwagen verbracht, versteckt zwischen einem Waldstück mit schütter gewordenen Fichten und einem steilen Stück Brachland. Die Autobahn achtundvierzig war nicht zu sehen, aber zu hören, nur einen Steinwurf entfernt donnerte der Verkehr am spartanischen Refugium vorbei, von echter Stille keine Spur. Etwas entfernt drehten sich drei Windräder und schickten ihr monotones Wuschwusch-wusch über die Landschaft. Keinen Menschen hätte es absichtlich hierher verschlagen, und auch der von tiefen Spurrillen geschundene Feldweg, der zum Bauwagen führte, verleitete sicher niemanden zum Spazierengehen. Es war die perfekte Einsiedelei, um Buße zu tun, das spürte Baltes sofort, als er sich der Hütte näherte. Sie war mit schwarzer Teerpappe abgedeckt, schon vor Jahrzehnten musste ihr jemand einen tarnfarbenen Anstrich verpasst haben, der mittlerweile an vielen Stellen abblätterte. Die profillosen Reifen waren platt und tief in den dürren Wiesenuntergrund eingesunken. Ringsum wucherten üppige Ginsterbüsche … In wenigen Wochen wären sie mit ihrem goldgelben Blütenmeer ein echter Trost und eine Verheißung.

Baltes zog am Türriegel, er gab sofort mit einem leichten Quietschen nach. Haddes hatte es nicht für nötig empfunden, ein Schloss anzubringen. Drinnen im schummrigen Halbdunkel machte der Kommissar eine schmale Liege aus, bedeckt von einem bunten Häkelwerk, das aussah wie die milde Gabe einer Seniorin vom kirchlichen Nachmittagstreff. An mehreren Nägeln, die in die hölzerne Wand geschlagen waren, hingen Jacken, Shirts und Hosen. Ganz hinten im lang gezogenen Raum stand ein Ofen aus Metall, daneben ein Korb mit Feuerholz. Vor zwei schmutzstarrenden Fenstern in der Längsseite des Bauwagens waren zwei Klapptische aus Plastik abgestellt, wie man sie für wenige Euro im Gartencenter bekommt. Auf dem linken lagen fein säuberlich nebeneinander sortiert Bücher, Notizhefte und Stifte, auch eine ausrangierte Schreibtischschublade fand sich dort, voller solarbetriebener LED-Leuchten, Batterien und einem handtellergroßen Radio. Der rechte war mit einem Stapel Plastikschüsseln, einem Campingkocher, Alubesteck, geblümten Tellern und einer Henkeltasse vollgestellt. Es roch leicht nach Rauch, offenbar rußte der Ofen und hatte mit seinem rustikalen Duft alle Gegenstände tief durchdrungen.

Baltes sah sich näher um … Nirgendwo ein Kreuz, nirgendwo eine Bibel, nirgendwo ein Hinweis darauf, dass der Bewohner des Verstecks etwas mit dem Christentum oder überhaupt mit einem Glauben zu tun hatte. Unter der Liege fand er Aktenordner, voller Korrespondenz mit verschiedenen Jugendämtern, mit Schulleitern, mit dem Sekretariat des Bistums … Artikel aus dem Mosella-Courier waren dabei, die Nippes' Auftritte vor den Rechtsstaatlichen beschrieben. Ein handgeschriebener Dankesbrief eines Mädchens namens Jessica, das sich fürs Zuhören bedankte, wo doch die Eltern niemals zuhörten. All das würden seine Kollegen mitnehmen, um es nach Hinweisen auf die Tat zu durchforsten. Polizeiliche Routinearbeit, aber vielleicht war in diesen Papieren verborgen, was er finden sollte. Baltes konnte es fast nicht glauben. Wenn Haddes eigentlich mit dem Leben abgeschlossen hatte, dann ließ er sein Vermächtnis doch nicht in Alltäglichem verstauben. Es muss woanders sein, dachte er. Sein Zuhause, so hat er sich ausgedrückt. Wo mochte Haddes wirklich zu Hause sein?

Baltes verließ den Bauwagen. Das Schaben der Windräder umfing ihn. Er sah sich um und sah doch nur dasselbe wie zuvor, Ginster, Gestrüpp, sterbende Fichten … und einen Trampelpfad, der sich fort von den Windgiganten und fort von der Autobahn in ein undurchdringlicher werdendes Dickicht wand. Er folgte ihm und merkte, wie mit jedem Meter die Natur ein Stück mehr sie selbst wurde. Brombeerranken hefteten sich an seine Hosenbeine. Es roch nach Bärlauch und Boden, der die Feuchtigkeit des Winters bewahrt hatte. Vor allem

Buchen wuchsen hier, hatten schon grüne Blattknospen, und zwischendrin behaupteten sich einige noch junge Nadelbäume, die gesund aussahen und sich offenbar selbst ausgesät hatten, denn sie standen nicht aufgereiht im Spalier. Der Kommissar verstand, was den Geistlichen auch zu dem einsamen Platz an der Lieser gezogen hatte ... Es war dieselbe Macht einer Natur, die sich nicht geschlagen gab, sondern zeigte, dass sie wieder herrschen würde, sobald der Mensch ein paar Schritte zurückwich. Laut keckernd flog ein Eichelhäher auf. Baltes erschrak und wäre beinahe über eine dicke Wurzel gestolpert, die den Pfad durchpflügte. Dann sah er, wo die Spur mündete: unter einem besonders mächtigen, etwas abseits stehenden Baum. Es war eine Eiche, die knorrige Äste fein ausgewogen in alle Richtungen schickte, manche von ihnen berührten fast den Waldboden. An ihrem moosigen Stamm war, etwa auf der Höhe seines Kopfes, ein hölzernes Kästchen angebracht ... eine schreiend bunte Nisthilfe, wie man sie beim Zoobedarf kaufen konnte, kitschig und so überhaupt nicht zur Wildheit der Umgebung passend. Kein Tier würde sich freiwillig in dem auch für Fressfeinde unübersehbaren Teil niederlassen, um Brutpflege zu betreiben. Sicherer vor gefiederten oder bepelzten Dieben konnte ein Waldschließfach nicht sein. Die Vorderseite ließ sich umstandslos wegnehmen. Baltes fand zwei Briefumschläge. »Mein Testament«, stand auf dem einen. Er steckte ihn ungeöffnet ein. Haddes lebte, er würde sein Testament noch viele Male überarbeiten können. Aus dem anderen zog er ein dicht mit graziler Handschrift beschriebenes Blatt.

An den Kommissar, der nach dem Mörder von Timotheus Nippes fahndet.

Ich bin kein guter Mensch. Ich hätte schon lange zu Ihnen kommen und Ihnen alles gestehen sollen. Aber ich hatte noch das Gefühl, gebraucht zu werden. Darum habe ich es nicht getan. Wahrscheinlich ist das nur die halbe Wahrheit. Ich hatte auch Angst, mich meiner Tat zu stellen. Jetzt muss ich es tun, denn sonst wird vielleicht eine Frau verurteilt, die zumindest am Tod von Timotheus Nippes keine Schuld trägt. Das kann ich nicht wollen.

Eines vorweg: Ich bin kein Mörder, ich habe ihn nicht ermordet. Er ist nicht ermordet worden, er war plötzlich einfach tot. Er hatte große Angst, noch viel größere als ich seitdem. Er war auch krank, vielleicht ist er an beidem gestorben. Ich bin kein Arzt. Ich hätte Hilfe holen müssen. Stattdessen habe ich die Säge aus dem Werkzeugkasten, den Timotheus mitgebracht hatte, und die alten herumliegenden Säcke genommen. Ich musste ihn doch irgendwie dort wegbringen. Ich wollte nicht, dass die kleine Lisamarie ihn findet, sie war immer so ein furchtsames Mädchen. Ich wusste gar nicht, dass ich so viel Kraft habe. Ich habe Stunden gebraucht. Ich habe keinen Mord geplant, aber alles andere. Timotheus sollte mich nicht erkennen, er sollte sich vor etwas Unbekanntem fürchten. Denn nichts, was er kannte, hat ihm Furcht eingeflößt. Menschen ohne Furcht sind Menschen ohne Kompass und Grenzen. Ich war lange mit ihm befreundet. Ich war einmal sein bester Freund und dann sein schlechtester.

Ich wollte Timotheus quälen und ihm zeigen, was er den Kindern angetan hatte, indem er nichts tat. Denn niemand hat den Namen des Heiligen Timotheus weniger verdient als er. Er war seinen Idealen nicht treu. Er hat seinen Glauben und seine Versprechungen verraten. Es hat sich über viele Jahre entwickelt. Als wir jung waren, wollten wir die Welt verändern und sie besser machen. Wir wollten eine wahrhafte christliche Politik. Im Laufe der Jahre wollte er nur noch Politik, und ich wollte nur noch Glauben. Er sagte, er sei Realist. Ich sagte, ich sei ein Träumender. Aber wir haben unseren Irrtum erst bemerkt, als es zu spät war. Wir sind nämlich beide Opportunisten.

Ich habe bis zu seinem Tod nur gesehen, dass er es war, der sich verrannte. Als er starb, wusste ich, dass ich dasselbe getan hatte. Zu meiner Verteidigung kann ich nur sagen, dass jeder wütend und fassungslos ist, wenn er sieht, dass kleine unschuldige Kinder geschlagen, missbraucht und im Stich gelassen werden. Sie brauchen uns doch so sehr. Timotheus hatte versprochen, uns mit seinem Einfluss zu helfen. Wir waren nicht wenige, zu uns gehörten Isabel Wingert, Julius-Friedrich Johansen, Julian Lamm und einige andere. Soweit ich weiß, wurden alle von Ihnen vernommen. Wir vertrauten Timotheus, dass er sich beim Jugendamt und vor allem bei den Kirchenoberen dafür einsetzt, dass Kinder geschützt werden und die Missetäter vor Gericht kommen. Ich selbst konnte nichts tun, denn sonst wäre ich als Nestbeschmutzer versetzt worden. Ich war zu feige anzuklagen.

Ich war aber nicht zu feige, Timotheus niederzuschlagen, ihn festzuhalten und ihm die Bilder zu zeigen. Isabel Wingert hat mir erzählt, dass Sie Fotos gesehen haben, aber es waren nur die harmlosen Bilder. Sie weiß nicht, was ich getan habe, und sie wäre niemals damit einverstanden gewesen, wenn sie es gewusst hätte. Alles habe ich ganz allein zu verantworten. Ich habe ganz allein die Beherrschung verloren und bestraft, was mir als Mensch nicht zusteht. Ich wollte die Kinder rächen, denn ich habe im Laufe der Monate vor Timotheus' Tod herausbekommen, dass er niemals etwas gegen die Täter unternahm, sondern sie mit seinem Wissen erpresst hatte. Er erpresste sie nicht um Geld, aber er machte sie für seine Politik gefügig.

Dies ist ein volles Geständnis und ich bitte, dies nach meinem Tod entsprechend zu werten.

Ich bin sehr froh, dass es Polizisten wie Sie gibt, die besser für Gerechtigkeit sorgen, als ich es konnte.

Ihr Simon Haddes

*

Die schwüle Sommerhitze umfing Werner Baltes wie ein alter, miefender, am Körper klebender Duschvorhang, als er aus dem Gerichtsgebäude trat. Drinnen, während des Prozesses gegen Simon Haddes, war es angenehm temperiert gewesen, aber draußen schlug Triers Eigenschaft, schon in der Antike und vor dem Klimawandel als Übungsterrain für römische Söldner im Afrikaeinsatz gedient zu haben, erbarmungslos zu. Natalia Subotka und Lutz Didier, die mit ihren nüchternen Aussagen zu den Ermittlungen schon vor ihm an der Reihe gewesen waren, erwarteten ihn im Schatten vor einem Café und schlürften Eisschokolade.

Die Subotka blickte zu ihm auf. »Und, was hast du für einen Eindruck?«

»Läuft korrekt«, erwiderte Baltes. »Er wird seine Freiheitsstrafe bekommen. Ich schätze, sie wird moderat sein. Es ist nicht zu widerlegen, dass er den Tod von Nippes gar nicht wirklich wollte. Außerdem … was ist schon eine Zelle für einen ehemaligen Mönch? Er wirkt auf mich sehr gelöst. Sein Verteidiger versucht uns zwar anzuhängen, dass wir uns schon einmal auf eine falsche Spur versteift hätten. Und dass die Sache mit den fehlenden Augen immer noch nicht geklärt ist. Der Legende nach wurde der Heilige Timotheus als Märtyrer seiner Sinne mit brennenden Folterwerkzeugen beraubt, und dazu sei sein Mandant psychisch nicht in der Lage. Sehe ich auch so. Es können auch schlicht die Wespen von nebenan gewesen sein. Das alles wird wohl belanglos sein. Gegen das Geständnis kommt sicher nichts mehr an.«

»Da wird sich unsere liebreizende Internetfreundin aber freuen«, frotzelte Didier und sog lautstark am Getränk. »Was macht die jetzt eigentlich?«

»Die Schröder? Man kümmert sich vermutlich liebevoll um sie«, antwortete Baltes. »Wir haben erstklassige Kliniken für Psychosomatik. Sie stottert die Geldstrafe für den vorgetäuschten Überfall ab, krempelt auf Geheiß des Gerichts nach dem Entzug in der U-Haft jetzt ihr Leben um und wird nett, munkelt man.«

Seine Kollegin seufzte. »Wie man's nimmt. Ich habe in den sozialen Medien eine neue Gruppe entdeckt, die sich als Opfer von Justizirrtümern sieht. Unsere Lieblingskandidatin mischt kräftig mit und verkündet, sie habe ein Unrecht erlitten, mindestens wie Gustl Mollath, und solle zum Schweigen gebracht werden. Sie will den Richter verklagen.«

Baltes schüttelte den Kopf und grinste. »Na, dann ist ja die Welt doch noch in Ordnung. Gibt es für ihre Vorwürfe Beweise?«

»Du verstehst aber auch gar nichts, lieber Werner. Sie postet, sie dürfe keine Details verraten. Und genau das sei der Beleg dafür, wie sehr sie mit ihrem Wissen in Gefahr ist.«

»Ah, natürlich, wie naiv von mir, das nicht sofort zu erkennen. Seid mir nicht böse, aber ich will heim in die Eifel.« Er klopfte zum Gruß auf den Tisch und eilte zu seinem Auto ins Parkhaus.

Eine knappe Stunde später entdeckte er Vera im Schatten eines Baumes auf der Liegewiese am Schalkenmehrener Maar. Er zog sich aus bis auf die Badehose, die ihn im Gerichtssaal etwas gezwickt hatte, und setzte sich zu ihr neben die Decke.

»Na«, fragte sie und schob die Sonnenbrille in die Stirn, »erleichtert?«

Er nickte. »Sozusagen. Am meisten erleichtert dürfte allerdings der Täter sein. Denn es wird nicht bei seinem Verfahren bleiben, ließ der Richter durchblicken. Die Ermittlungen sind angelaufen, ob wirklich Verbrechen an Kindern vertuscht wurden … Sag mal, kannst du mir mal ein bisschen Platz lassen? Irgendwas sticht mich in den Hintern.«

»Nö. Geh schwimmen, das tut gut.« Sie klappte die Brille wieder runter.

Wo sie recht hat, hat sie recht, dachte er und stand auf. Es war sowieso zu warm, um sich über irgendetwas aufzuregen.

DANK UND NOCH ETWAS

Ein Buch zu schreiben braucht Herzblut. Von daher danke ich sehr all meinen Freundinnen und Freunden, Kolleginnen und Kollegen, die doch eine Weile mein »Hab keine Zeit« ertrugen … für ihre Geduld, ihr Verständnis, ihr Trotzdem-da-Sein. Und eigentlich kann man nichts Gutes über Corona sagen, außer dass es mit Lockdowns und Abstandhalten etwas leichter fiel, mich ins stille Kämmerlein zurückzuziehen, um an Worten zu feilen. Nicht einmal eine Maske musste ich dort tragen. Was will der Mensch mehr?

Allenfalls hätte ich mir gewünscht, meine drei Kater weniger oft von der Tastatur schubsen zu müssen. Falls noch Tippfehler drin sind: Die sind schuld! Beinahe hätte ich sie als nettes literarisches Beiwerk eingeflochten. Denn »cat content« geht immer, vor allem in Krimis, die auf dem Land spielen. Doch dann schaute mich vor allem Anton, der Dicke, aus schmalen Sehschlitzen giftgrünäugig an und pochte sowohl auf seine Privatsphäre wie auf eine Tastenkombination, welche beinahe das Manuskript gelöscht hätte. Das hat mich nachhaltig beeindruckt.

Der Krimi ist ein Kriminalroman, also Fiktion und von A bis Z gelogen. Obwohl natürlich auch reale Orte und Vorkommnisse Inspirationen beisteuerten. Einige Schauplätze gibt es tatsächlich, andere sind sozusagen eine erfundene Quintessenz des alltäglichen Eifelfeelings. Die handelnden Personen gibt es in der Wirklichkeit nicht, allenfalls mehr oder weniger sympathische menschliche Eigenschaften, die bei dem einen oder anderen vorkommen mögen oder auch nicht. Was es in Teilen der Eifel gibt, ist ein Bringsystem für Biomüll, welches nicht immer auf ungeteilte Gegenliebe stieß und in einzelnen Aktionen zu einer … sagen wir, extraordinären Impulsivität führte. Dem Vernehmen nach lag tatsächlich ein Wildschweinkopf in einem der öffentlich zugänglichen Biomüllcontainer. Wenn das kein Anstoß ist, um einen Krimi zu erfinden …

DIE NEUEN Lieblings-plätze

ISBN 978-3-8392-2730-5

ISBN 978-3-8392-2929-3

ISBN 978-3-8392-2614-8

ISBN 978-3-8392-2930-9

ISBN 978-3-8392-2927-9

ISBN 978-3-8392-0043-8

ISBN 978-3-8392-2926-2

ISBN 978-3-8392-2925-5

ISBN 978-3-8392-0044-5

ISBN 978-3-8392-2932-3

ISBN 978-3-8392-2924-8

ISBN 978-3-8392-2624-7

ISBN 978-3-8392-2628-5

ISBN 978-3-8392-2931-6

ISBN 978-3-8392-2634-6

ISBN 978-3-8392-2928-6

GMEINER KULTUR

WWW.GMEINER-VERLAG.DE

Mensch, Kultur, Region